TOM JONES

Henry Fielding

TOM JONES
Henry Fielding

adaptação
Clarice Lispector

ROCCO
JOVENS LEITORES

Título original
THE HISTORY OF TOM JONES, A FOUNDLING

Copyright da tradução e adaptação © 2005 *by* Clarice Lispector
e herdeiros de Clarice Lispector

Direitos para a língua portuguesa reservados
com exclusividade para o Brasil à
EDITORA ROCCO LTDA.
Av. Presidente Wilson, 231 – 8º andar – Centro
20030-021 – Rio de Janeiro, RJ
Tel.: 3525-2000 – Fax: 3525-2001

rocco@rocco.com.br | www.rocco.com.br

Printed in Brazil/Impresso no Brasil

ROCCO
JOVENS LEITORES

GERENTE EDITORIAL Ana Martins Bergin	ASSISTENTE DE PRODUÇÃO Silvânia Rangel
EQUIPE EDITORIAL Lorena Piñeiro Manon Bourgeade (arte) Milena Vargas Paula Drummond Viviane Maurey	REVISÃO Armenio Dutra Wendell Setubal ILUSTRAÇÕES Mario Alberto

---

CIP-Brasil. Catalogação na fonte.
Sindicato Nacional dos Editores de Livros, RJ.

L/53t   Lispector, Clarice
    Tom Jones / Henry Fielding; adaptação e tradução de
Clarice Lispector; [ilustração de Mario Alberto]. - 1ª ed.
- Rio de Janeiro: Rocco Jovens Leitores, 2017.
    il.

    Tradução de: The history of Tom Jones, a foundling
ISBN 978-85-7980-315-4

    1. Literatura inglesa. I. Fielding, Henry, 1707-1754.
II. Lispector, Clarice. III. Alberto, Mario. IV. Título.

16-36878   CDD-028.5
                                                        CDU-087.5

O texto deste livro obedece às normas do
Acordo Ortográfico da Língua Portuguesa.

TOM JONES

Prólogo

Carta do autor a lorde George Lyttelton — Comissário do Tesouro —, a quem dedica o livro.

Entre agradecimentos e elogios ao amigo, lembra o empenho que teve para com tudo que é bom, justo e belo, de maneira a apresentar ao leitor o melhor.

Diz ainda que "um exemplo é uma espécie de quadro em que o bem se torna objeto visível; que nada do que se consegue pelo crime pode compensar a perda desse sólido conforto interior do espírito, companheiro seguro da inocência e da verdade; que a inocência e a verdade dificilmente poderão ser prejudicadas a não ser pela indiscrição, única coisa que as expõe às ciladas que lhes armam o dolo e a vilania; que acredita que seja muito mais fácil tornar discretos os bons do que tornar bons os maus; que procurou ridicularizar todos os disparates e vícios prediletos dos humanos...".

E deixa a obra ao julgamento do leitor.

Introdução

A história de Tom Jones: com o que se parece e com o que não se parece.

Embora tenhamos resolvido chamar de história esta obra e não biografia nem apologia para uma biografia, conforme está na moda, nela não vamos seguir o método usado pelos historiadores. Esses, para não prejudicar a sequência, são obrigados a encher tanto papel com pormenores de meses e anos em que nada importante ocorreu quanto o que se gasta para descrever épocas em que se deram fatos verdadeiramente notáveis.

Na realidade, essas histórias são como um jornal em que se usa o mesmo número de palavras, haja ou não haja notícias. Podem ser comparadas ainda a uma diligência que faz constantemente o mesmo trajeto, cheia ou vazia.

Nosso propósito aqui é seguir um método contrário: só narrar pormenores de cenas ou fatos que forem realmente extraordinários.

Se, durante anos inteiros, nada suceder que mereça atenção, passaremos aos assuntos de importância, sem receio de prejudicar a continuidade. Tais períodos serão como bilhetes brancos na grande loteria do tempo.

Ninguém se surpreenda se acontecer, no decurso desta obra, capítulos muito curtos e outros muito longos. Alguns podem conter o espaço de um dia. Outros, de anos. Assim, minha narrativa pode parecer, às vezes, que não sai do lugar e, outras, que voa. Tudo depende do que os fatos significarem para o benefício da história e do leitor — única preocupação do autor.

Depois do que foi dito, quero dizer-lhes mais: sou, em realidade, o fundador de uma nova província do escrever. Por isso posso ditar livremente as leis que me agradarem. Sem esquecer, entretanto, que meus estatutos visam a facilidades e benefícios deles próprios, meus leitores. Não os imagino meus escravos nem propriedade minha. Fui, na verdade, encarregado do seu próprio bem e criado para o seu uso e não eles para o meu.

A introdução a esta obra é como a lista de pratos de um banquete, embora eu ache que um autor não deve se considerar como um cavalheiro que dá um banquete particular. É mais como quem dirige um restaurante público ao qual são bem-vindas todas as pessoas em troca do seu dinheiro. No primeiro caso, o hospedeiro proporciona as iguarias que bem entende. Boas ou más ao paladar dos hóspedes, não podem ser criticadas. Antes, pelo contrário, a boa educação obriga-os a aprovar e elogiar.

Quanto ao restaurante, quem paga o que come pode insistir na satisfação do seu gosto, por mais caprichoso e fantástico que seja. E, se alguma coisa lhe for desagradável, tem o direito de censurar, insultar e maldizer a refeição com toda a liberdade.

Em nosso caso, apresentaremos não só uma lista geral dos pratos de todo o banquete, mas ofereceremos ao leitor listas especiais para cada serviço apresentado.

Em nosso banquete mental as iguarias se limitam à natureza humana. Mas o leitor não pode ignorar que a natureza humana, aqui reunida num só nome geral, apresenta uma prodigiosa variedade. E será mais fácil a um cozinheiro dar cabo de todas as espécies de alimentos animais e vegetais do que a um escritor esgotar tão dilatado assunto.

Muitos, de gosto mais delicado, poderão achar esse prato demasiado comum e vulgar. Mas qual é, se não esse, o assunto de todos os romances, novelas, peças e poemas?

Em realidade, a verdadeira natureza é tão difícil de ser encontrada nos autores como certas marcas de presunto ou de salsicha. O resultado final depende da culinária do autor.

Dito isso, entraremos a apresentar, para o seu prazer, o primeiro serviço de nossa história:

PRIMEIRA PARTE

Contém: o nascimento do enjeitado e
todo o necessário para que o leitor
o conheça no início da história.

PRIMEIRA PARTE

Contem o nascimento do elegiado e
todo o necessario para que o leitor
o conheça no meio da historia.

Capítulo 1

O nobre sr. Allworthy e
a srta. Bridget, sua irmã.

Na parte ocidental do reino chamado Somersetshire, vivia há pouco tempo, e talvez ainda viva, um cavalheiro chamado Allworthy. Dele bem se poderia dizer que era um favorito da Natureza e da Sorte: era abençoado e enriquecido por ambas.

Nessa competição, pode parecer que a Natureza haja vencido, pois concedera-lhe muitos dons. A Sorte só poderia conferir-lhe um: a riqueza. E o fizera de maneira tão liberal que essa única dotação, na ideia de alguns, valia mais do que todas as bênçãos dadas pela Natureza.

Esta lhe doara a bela aparência, uma constituição sadia e uma presença agradável. A outra dera-lhe como herança talvez a maior propriedade do lugar.

Esse cavalheiro casara-se muito jovem e apaixonado. Cedo também perdera a esposa e, bem pequenos ainda, os três filhos que tiveram. Essas perdas suportou-as como homem sensato e bem formado. Entretanto, dizia às vezes algo fantástico: julgava-se casado ainda e que a esposa apenas o precedera numa viagem que ele faria mais cedo ou mais tarde. E um dia, em determinado sítio, a ela se reuniria para sempre.

Por essas ideias era criticado pelos vizinhos, que não lhe perdoavam nem entendiam a religião e a sinceridade.

O cavalheiro vivia, nessa ocasião, retirado, na província, com uma irmã solteira a quem dedicava grande afeto. Esta pertencia à espécie de mulheres que são chamadas boazinhas e entendem que os encantos físicos femininos são apenas redes armadas para prender a elas e aos outros. Que é preciso, portanto, prevenir-se contra todas as ciladas. Dessa maneira agradecia sempre a Deus o não ser tão bonita como a sra. Fulana, a quem a beleza tinha levado a erros que, de outro modo, não teriam acontecido.

Assim era a srta. Bridget Allworthy, a virtuosa e severa irmã do cavalheiro de que tratamos.

Antes de prosseguirmos, acho bom avisar que pretendo fazer dessa história o que bem entender. Eu a conheço inteira e dela posso ser o melhor juiz. Os críticos que tratem de sua vida e não se metam em negócios ou obras que não lhes dizem respeito.

Capítulo 2

Estranho acidente com o sr. Allworthy.
A sra. Débora Wilkins, criada da casa.
Seu procedimento e considerações oportunas
sobre os filhos bastardos.

Contei ao meu leitor que o sr. Allworthy era riquíssimo, possuía um bom coração e não tinha família. Muitos concluirão logo: vivia como um homem honesto, guardava apenas o que lhe pertencia, não devia a ninguém, era caridoso com os pobres. Possuía uma boa casa. Recebia com atenção e amizade os vizinhos que participavam de sua mesa. Construiu um hospital e morreu imensamente rico.

É certo que fez muitas dessas coisas. Mas, se tivesse feito apenas isso, eu julgaria bastante que se lhe recordasse os próprios merecimentos nalguma bonita pedra à entrada desse hospital. Creio que, para tanto, não seria necessário que eu perdesse o meu tempo escrevendo obra tão volumosa.

Na verdade, assuntos de um gênero muito extraordinário serão o tema desta história.

O nosso sr. Allworthy estivera em Londres durante vários meses. Algum negócio muito especial que eu não sei qual. Mas avalio--lhe a importância pelo fato de tê-lo conservado tanto tempo fora de casa, de onde não se ausentara por um mês no espaço de anos.

Na volta dessa viagem, chegou a casa muito tarde. Após rápido jantar com a irmã e feitas as orações habituais, preparou-se para dormir. Cansadíssimo, aproximou-se da cama pronto a se entregar a um bom sono. Ao afastar as cobertas, porém, viu pasmado uma criança, envolvida em roupas grosseiras, dormindo profundamente entre os seus lençóis.

Parou e, durante algum tempo, permaneceu assim, imóvel, perdido de assombro diante da cena.

Mas, como a bondade sempre tomava a frente em todas as suas ações, encheu-se de compaixão pelo inocente que tinha diante de si. Tocou a campainha e mandou que uma velha criada se levantasse e viesse à sua presença.

Ele, absorvido pela surpresa da cena e pelo espetáculo de beleza e inocência que contemplava, esqueceu-se de que estava seminu. Ela, de fato, dera-lhe tempo para vestir-se. Em razão do muito respeito ao patrão e consideração à decência, passara bons minutos compondo e retocando a aparência. Seu rigor era tamanho que não pensou um segundo que seu patrão podia estar morrendo e era urgente atendê-lo.

Foi assim que a pura e recatada sra. Débora Wilkins recebeu do patrão, também assustado, ordem para esperar fora do quarto até que ele vestisse alguma coisa.

Já pronto, convidou-a a entrar. Agora se apresentava preparado para não escandalizar aqueles olhos que, apesar dos cinquenta anos de idade, nunca tinham visto um homem sem paletó.

Allworthy mostrou-lhe o estranho achado. O horror tomou--lhe a voz e o olhar:

— Meu bom senhor, que haveremos de fazer?! — gritou ela.

—Você, Débora, tomará conta da criança por esta noite, e amanhã providenciaremos uma ama.

— Sim, senhor — respondeu ela —, e espero que logo mande prender e chicotear essa mãe desalmada que deve ser alguém da vizinhança. Todo castigo é pouco para tal tipo de gente, e garanto, meu senhor, que esse não é o primeiro filho que lhe atribuem...

—A mim, Débora?! Não!... Não creio que tenha sido esse o propósito. Penso que usou desse método apenas para garantir o filho. E na verdade me alegro que não tenha feito coisa pior.

—Não sei o que é pior do que isso! O senhor tem certeza de estar inocente. Mas o povo é falador. A muito homem de bem já aconteceu passar por pai de filhos que nunca fez. E se o senhor pretende cuidar da criança, isso fará que o povo acredite mais facilmente. Ainda se fosse filho de gente honesta! Isso é fruto de pecado, não cheira a cristão! Meu senhor, se eu tivesse coragem de aconselhar, pô-lo-ia numa cesta e o deixaria na porta da igreja. A noite está boa, senhor, apesar de chuvosa e fria! Depois, para essas criaturas mal geradas, é melhor morrerem em estado de inocência do que crescerem e imitarem as mães.

Trechos desse discurso teriam ofendido o sr. Allworthy se ele o tivesse ouvido. Mas, nesse momento, inteiramente desligado, brincava distraído, deixando que a criança segurasse, com força, um dos dedos de sua mão.

Com a atenção voltada para a criança, que, pela pressão no seu dedo, parecia implorar-lhe assistência, deu ordens definitivas à criada: arranjasse roupa, alimento, cama e alguém para cuidar do que necessitasse. E que lha trouxesse, na manhã seguinte, logo que acordasse.

Diante disso, os escrúpulos e a repugnância de Débora desapareceram. Cumpriu as ordens, levando o enjeitado para o seu próprio quarto.

Quanto a Allworthy, dormiu o tranquilo sono dos que têm a alma boa e o coração satisfeito.

Agradável também foi o seu despertar. Tudo concorria para a beleza do amanhecer no vale em que se situava a sua casa.

O estilo gótico da construção não poderia produzir nada mais nobre, mais belo e mais grandioso. Nada faltava, dentro ou fora da casa, para completar um conjunto de bom gosto, conforto, beleza e harmonia.

Era o mês de maio que corria. E a manhã estava extraordinariamente serena.

Minutos depois que Allworthy chegara ao terraço, nasceu o Sol. Glória maior que esta só um objeto vivo poderia exceder: o próprio sr. Allworthy — um ser humano cheio de bondade e de puros e elevados pensamentos.

Preste atenção, leitor, eu o trouxe até o cimo de uma colina tão alta como a do sr. Allworthy. Vamos descer. Cuidado! Se eu o levasse mais alto correria o risco de quebrar o pescoço. Portanto, vamos descer e ficar mesmo com as coisas comuns da vida. Por exemplo:

A primeira refeição do dia do sr. Allworthy: eu o convido a participar.

Ele é chamado por sua irmã Bridget, que toca a campainha. Os dois irmãos cumprimentam-se. O chá é servido.

Ele se dirige a Débora:

— Por favor, sra. Wilkins, traga o presente que eu trouxe para minha irmã.

Bridget agradece, distraída, supondo tratar-se de mais um vestido ou objeto de adorno, como era hábito do irmão, na volta de uma viagem.

A decepção e o espanto foram tão grandes, quando a sra. Wilkins apresentou a criancinha, que Bridget emudeceu.

Aproveitando esse clima de susto, o irmão contou-lhe a história que o leitor já conhece.

O relato comoveu-a tanto que esqueceu a severidade e o grande respeito que devotava à virtude: recebeu com generosidade o enjeitado e até louvou a atitude do irmão.

Mas tudo que poupou à criança reservou para a mãe, sobre quem descarregou todo o amargo de suas críticas e censuras.

E, no final, porque fazia as vontades do irmão sem discutir, combinou satisfazer-lhe mais essa: o pequeno ficaria com eles e Allworthy o educaria como seu filho.

Restava ainda descobrir-lhe a mãe. As criadas da casa estavam excluídas: haviam sido escolhidas, a dedo, pela sra. Wilkins. Mais certo é que estivesse entre os habitantes da paróquia, e Débora foi incumbida de fazer a investigação.

Capítulo 3

Uns poucos assuntos comuns.
A sra. Débora enfrenta a paróquia e a paróquia
enfrenta a sra. Débora.
Jenny Jones e o que pode cercar uma
jovem pobre que busca o saber.
Alguns outros assuntos sérios.

A missão deixará a sra. Débora Wilkins muito feliz e ansiosa para iniciar as investigações.

Assim que o patrão se afastou, a criada esperou que a srta. Bridget se mostrasse como realmente era. Sim, porque a governanta não se fiava, de maneira alguma, no que se passara diante do patrão. Ela sabia que as ideias da senhorita, na ausência do irmão, eram bem diferentes daquelas que expressava em sua presença.

Mas desta vez não teve esse gosto. Bridget, totalmente conquistada pela beleza e inocência da criança, cobria-a de carinhos e beijos. Assim, Débora não teve outro remédio: também ela, dizendo-se maravilhada com o "pequenino amo", conforme passou a tratá-lo, exclamava:

— Que lindo bebê! Creio que é o menino mais bonito que já vi!

Desse modo, apesar de "malnascida", a criança teve acomodações e trato que nem mesmo um filho comumente recebe.

Em seguida, tratou a governanta de cumprir a missão: visitar as casas da paróquia à procura da mãe.

Claro que a população feminina se recolheu temerosa à espera da visita.

De casa em casa, como uma ave rapina em busca da presa, ia ela, com passadas majestosas, arremetendo contra o campo inimigo, insultando, tiranizando a gente mais modesta.

Em compensação, sua visita para ninguém era bem-vinda. Para dizer bem, era por todos temida e odiada.

Mas, como já lhes disse, na humanidade há de tudo. A sra. Débora acabou encontrando uma mulher que se mostrou mais disposta a dar-lhe ajuda. Débora contou-lhe toda a história e, em troca, recebeu informações que lhe abriram caminho para a descoberta. Agora conhecia um nome: Jenny Jones.

Esta moça reunia, pelo raciocínio de ambas, as maiores possibilidades de haver cometido o fato.

Jenny Jones não era muito bonita de rosto nem de corpo.

A natureza, porém, compensara-lhe a ausência da beleza. Dera--lhe o que é geralmente mais estimado pelas senhoras mais amadurecidas: inteligência, entendimento. Esse dom, Jenny aprimorara-o pelo estudo.

Vivera vários anos como criada de um mestre de meninos. Este descobrira-lhe a vivacidade e o grande desejo de aprender — pois era encontrada, em todos os momentos de folga, a manusear os livros dos estudantes. Tivera, então, o mestre, a bondade ou a estupidez, como queiram, de preparar-lhe a mente.

Jenny Jones aprendeu tudo tão bem quanto a maioria dos rapazes mais estudiosos. Adquiriu, sobretudo, enorme destreza na língua latina. Essa superioridade da jovem trouxe-lhe, no meio modesto em que vivia, inúmeras inconveniências.

A cultura adquirida influenciou suas maneiras, que eram mais finas, e suas atitudes, orientadas pela educação, sobressaíam sem que nenhum orgulho houvesse nisso. Tornou-se, de fato, diferente dos demais e, com isto, a inveja e a má vontade dos vizinhos voltaram-se contra ela. Os pais das outras jovens, despeitados, felicitavam-se pelo fato de as filhas não possuírem tais dotes que, diziam eles, não haviam sido conseguidos honestamente...

Talvez por essa razão a mulher houvesse mencionado, em primeiro lugar, o nome de Jenny Jones à sra. Wilkins. Dava-se o caso também de a jovem haver frequentado, recentemente, a casa do sr. Allworthy. Estivera ali fazendo as vezes de enfermeira da srta. Bridget, durante violenta crise de enfermidade. Fora vista lá, na véspera da chegada de Allworthy, pela própria sra. Débora, ainda que esta não houvesse suspeitado, nem lembrado dela, no início.

Jenny Jones foi chamada à presença da sra. Wilkins. Compareceu imediatamente e ouviu os insultos que acompanharam a acusação. Sem mais demora, Jenny fez a confissão completa do acontecido.

Isto não abrandou a fúria da governanta que, com palavras afrontosas e em altas vozes, atraiu uma quantidade de homens. Cada um achou de dizer o que bem quis e Jenny ouviu tudo calada.

Muito mais bem-sucedida do que esperava, Débora regressou triunfante, com Jenny, para apresentá-la ao patrão e fazer-lhe o relatório. Allworthy ouviu o relato impiedoso e pareceu nada impressionado. Antes, mostrou, sim, grande interesse e admiração pelos progressos intelectuais da jovem.

Foi nesse estado de espírito, tomado de extrema simpatia, que Allworthy recebeu Jenny em seu gabinete.

— Sabe, minha filha — disse-lhe ele —, tenho poder para puni-la severamente pelo que fez. Primeiro, como magistrado, e porque, de certo modo, você deixou à minha porta o fruto do seu erro. Mas essa última é justamente uma das razões que me levam a proceder com mais brandura. Quero supor que assim procedeu na esperança de vê-lo mais bem tratado por mim do que por você ou pelo perverso pai. Eu teria me desgostado muito mais se soubesse que você o deixara desamparado, em qualquer lugar. Portanto, o que mais desejo é inspirar-lhe o arrependimento. E nunca lançá-la ao desespero. Já pensou no isolamento em que será jogada, daqui para a frente? Que pessoa de respeito há de querer recebê-la em sua casa? A vergonha e a miséria poderão arrastá-la até a destruição do corpo e da alma. Acha que algum prazer poderá compensar esse sofrimento?

Jenny, que ouvia calada, pareceu encolher, diminuir de tamanho. Por fim, ergueu os olhos e falou:

— Senhor, não sabe o quanto agradeço sua bondade. Quero dizer-lhe apenas que só o meu procedimento futuro poderá dizer-lhe o que penso a respeito de tudo que ouvi agora.

— Sim — continuou Allworthy —, porque do contrário seria negar todos os bons princípios que você aprendeu nos seus livros de estudo e na prática da religião. As criaturas humanas, você sabe bem, não podem se nivelar aos mais baixos animais. Não podem sacrificar o que possuem de grande e nobre e elevado a um impulso instintivo que têm em comum com os ramos mais inferiores da criação...

Nesse ponto, as lágrimas já desciam pelo rosto de Jenny:

— Não fale mais, por Deus! Se eu possuo o entendimento que o senhor tão bondosamente me atribui, pode estar certo de que essa lição não se esperdiçará em mim.

— Justamente, não lhe falei assim, filha, para insultá-la, mas a fim de lhe abrir os olhos para o futuro. E agora resta apenas dizer-me quem foi o perverso sedutor.

— Senhor, agradeço-lhe tudo o que está fazendo por mim e por meu pobre filho. Ele é inocente, e espero que viva para, no futuro, agradecer a todos esses favores. Mas agora, senhor, suplico de joelhos, não insista em pedir o nome do pai de meu filho. Prometo que o saberá um dia, quando os laços solenes e empenhos de honra, os votos e promessas religiosos não mais me obrigarem ao silêncio. Sei que o senhor não seria capaz de querer que eu sacrifique minha honra ou minha religião.

— Mas fez muito mal, filha, em fazer tais promessas a um vilão. Meu dever seria puni-lo, mas, antes de mais nada, respeito sua palavra empenhada.

Assim despediu-a, prometendo que não tardaria em afastá-la do falatório a que ela dera motivo. E concluiu:

— É preciso lembrar, minha filha, que há ainda alguém com quem você deve se reconciliar e cujo favor é para você mais importante que o meu.

Enquanto isso se passava, no gabinete do sr. Allworthy, do lado de fora, outro diálogo acontecia. Só que em bases mais inferiores, entre Bridget e Débora.

O sermão fora ouvido, com todos os pormenores, através de um buraco de fechadura. Esse buraco era bastante conhecido das duas senhoras, que desse modo ficavam a par das questões tratadas pelo sr. Allworthy. Com isso, muitas vezes se davam mal.

O sr. Allworthy, na função de juiz de paz, tratava de assuntos, como bastardices, por exemplo, que eram capazes de ofender os ouvidos puros das virgens, especialmente próximas dos quarenta, como era o caso de Bridget.

Durante o tempo da conversa lá dentro, mantiveram-se caladas. Ouviam, sem opiniões. Mesmo porque era preciso não perder uma palavra do que era dito.

Mas depois, afastado o sr. Allworthy, começou a discussão das duas. Não concordavam quanto à atitude tomada em relação ao caso. Principalmente em se ocultar o nome do pai. Débora afirmava que, antes de o Sol se pôr, já teria obrigado Jenny a dizer-lhes.

E a srta. Bridget Allworthy abrigava no rosto um enigmático sorriso. O tempo todo. Garanto-lhes que não era o inocente sorriso que se imagina na face de uma donzela... Isto foi o bastante para que ambas se entendessem e se pusessem a favor de Jenny. Elogios não lhe foram negados, então. Nenhuma das duas havia jamais surpreendido qualquer coisa reprovável na moça. Nas outras da paróquia, sim!

Quanto a Jenny, voltou para casa muito satisfeita. Trazia com ela uma força nova para enfrentar os murmúrios venenosos da vizinhança: estava com o apoio de um senhor poderoso e justo.

Graças aos cuidados desse mesmo senhor, Jenny foi posta fora do alcance de todas as censuras. Ela e o filho foram levados, por ordem dele, para um sítio onde pudessem ficar até que o caso caísse no esquecimento e ela recompusesse sua reputação, impiedosamente retalhada.

Mas as comadres da paróquia não ficaram sem seu alimento predileto. O objeto agora era o mesmo do enigmático sorriso de Bridget: o próprio sr. Allworthy, de quem se murmurava ser o pai do enjeitado, seu protegido. Muitas calúnias foram levantadas. Tudo isso poderia ter tido sérias consequências se o sr. Allworthy tivesse dado importância. Acontece que, bem formado como era, ignorou tudo e nada teve efeito algum.

Inúmeras outras coisas importantes teremos a tratar, enquanto Jenny e o filho estiverem afastados. Por bastante tempo ainda o sr. Allworthy andará na boca do povo como culpado.

Por muito tempo ainda parecia e parecerá inocente de qualquer erro.

Deixemo-los, portanto, e vamos aos outros assuntos, de importância também para facilitar o entendimento desta história.

Capítulo 4

*Dois irmãos: um doutor e um capitão,
hospedados pelo cavalheiro Allworthy.
Algumas regras e exemplos sobre
apaixonar-se e casar.
Uma ingratidão fácil de explicar
e difícil de entender.*

A casa e o coração do sr. Allworthy estavam sempre abertos a qualquer ser humano, desde que apresentasse algum merecimento. Para dizer a verdade, era a única casa do reino em que você na certa ganharia um almoço se o merecesse.

Acima de todos, mereciam o seu respeito as pessoas de cultura e inteligência. Ele próprio não havia recebido tão grandes conhecimentos (talvez daí a admiração). Mas as suas habilidades naturais, as viagens, a leitura, a conversação e a companhia de gente culta permitiam-lhe sacar enormes benefícios, tornando-o um juiz competente.

Por seu prazer, sua casa hospedava sempre homens de ciência, de espírito.

É aqui que vamos encontrar os dois irmãos Blifil: um médico e um capitão. Ambos de boa cultura e formação religiosa. Essa parte do caráter deles é que deliciava a srta. Bridget.

Hóspedes da casa, mantinham os dois, com ela, longas conversas sobre o tema de seu agrado: teologia.

Dava-se também que o médico era conhecedor profundo de tudo quanto é livro, excetuando os de medicina. Dessa convivência e admiração ao amor, o passo foi curto. O médico era tão bem-aceito que chegou a lamentar ser casado e sua esposa conhecida do sr. Allworthy.

Eliminada para si próprio a esperança da felicidade ao lado da devota Bridget, passou a pensar no irmão.

Tinha certeza de que seria bem-sucedido, pois era fácil ver na senhorita a forte inclinação para o casamento.

O capitão era solteiro, com 35 anos de idade, mais ou menos. Sólido, forte, bons dentes, boa aparência, apesar de um pouco rude. Sua educação era a mesma do outro. Conhecia a fundo as Escrituras.

Dizem que todas as pessoas se apaixonam pelo menos uma vez na vida. E não há idade para isso.

A srta. Bridget é um exemplo. Não foi preciso estar muitas vezes perto do capitão para apaixonar-se por ele. E isto se deu sem aquelas observações às exterioridades, como acontece nos amores juvenis. Para falar a verdade, Bridget nem viu as roupas simples, grosseiras, malfeitas, do sr. Blifil. Nem o porte, nem o talhe. Nada.

Toda a sua pessoa carecia de elegância e beleza. Ele era apenas a força grosseira. Ela o via só com olhos apaixonados. E ele retribuiu. Para falarmos sem reserva com o leitor, diremos que, desde a sua chegada, ele se enamorara da srta. Bridget. Isto é, enamorara-se da casa e dos jardins, das terras e da herança do sr. Allworthy. E a moça era parte desse patrimônio.

Sabiam todos que o cavalheiro não pretendia casar-se novamente e Bridget, sua parenta mais próxima, seria, com os filhos que tivesse, a herdeira de tudo.

Este lado a senhorita não percebeu, e entregou-se inteira à sua paixão, guardando reserva e tratando o apaixonado até com indiferença, na presença do irmão, para não dar na vista, como se diz. Menos de um mês depois eram marido e mulher, sem dar na vista, é claro.

A grande empresa agora consistia em comunicar o sucedido a Allworthy. E coube ao doutor fazê-lo. Sem demora este procurou o cavalheiro e foi dizendo:

— Aqui estou, senhor, para comunicar-lhe assunto da maior importância. Nem sei como dizer-lhe, pois só de pensar me enlouquece.

— Que pode ser assim tão grave, dr. Blifil? — perguntou Allworthy sem demonstrar espanto.

— Poderia eu, senhor, suspeitar que uma senhora tão prudente, como sua irmã, se entregasse a tão desenfreada paixão? Ou poderia eu imaginar que meu irmão... Por que chamá-lo assim, se já não é meu irmão?

— Mas em realidade o é — falou Allworthy — e, agora, meu também.

— Meu Deus, então o amigo já sabe do escandaloso caso?

— Ouça, dr. Blifil. Sempre foi minha norma na vida tirar o máximo proveito de tudo que sucede. Minha irmã, embora bem mais moça que eu, é bastante velha para ser prudente. Se seu irmão tivesse enganado uma criança, eu não o perdoaria. Ela, porém, já sabe o que é melhor para sua felicidade.

— O senhor é bom demais, sr. Allworthy. Não perdoo meu irmão e nunca mais quero vê-lo.

— Seu irmão, Blifil, foi sensato e honrado. Não censuro minha irmã porque acho que o amor é o único fundamento da felicidade num matrimônio. Casamentos feitos por outros motivos são criminosos. Quanto à situação financeira, manda a prudência que se leve isso em conta para fazer frente às exigências da situação e viver com tranquilidade.

Com a maior atenção, o dr. Blifil ouviu o discurso. Dessa maneira, tudo ficou em paz na família.

Mais tarde, o doutor contou ao irmão:

— Falei com Allworthy e disse de você o pior possível para não levantar suspeita. Pedi até que não o perdoasse.

Naquele momento, o capitão nada disse. Mas depois fez um uso notável dessa confissão.

Começou a tratar friamente o irmão. O que desejava já estava garantido: Bridget e a fortuna. O doutor censurou-lhe o procedimento. E a resposta veio pronta:

— Se alguma coisa lhe desagrada na casa de meu irmão Allworthy, você pode deixá-la.

Essa ingratidão magoou tanto o doutor que o afastou definitivamente da casa e dos amigos. Foi para Londres, onde morreu de pesar, enfermidade que mata muito mais do que se imagina.

Enfim, o capitão livrara-se do irmão, de quem sempre invejara a soma de qualidades, maior que a sua. E está provado: sempre que a inveja se une ao desprezo e ao orgulho e a esses ainda se junta uma dívida de obrigação, o resultado está muito longe de ser a gratidão.

SEGUNDA PARTE

Contém: os primeiros anos que se seguiram ao casamento do capitão Blifil com Bridget Allworthy. Uma batalha sangrenta no setor doméstico.

Capítulo 5

*Precauções religiosas contra
a benevolência exagerada
para com os bastardos.
Um grande descobrimento feito
pela sra. Débora Wilkins.*

Oito meses depois do casamento do capitão Blifil com a srta. Bridget, esta, em razão de um susto, deu à luz um belo menino. Tudo muito certo, mas... um mês antes do tempo.

O nascimento dessa criança trouxe grande alegria ao sr. Allworthy, que muito desejava um herdeiro para o nome da família, além de ser Bridget sua única irmã muito querida. Nada disso, porém, alterou a afeição que dedicava ao enjeitado: era seu padrinho, visitava-o pelo menos uma vez por dia e dera-lhe seu nome: Thomas.

Propusera à irmã: se quisesse, o recém-nascido seria educado com Tommy, no que ela concordou. Já o mesmo não sucedeu com o capitão Blifil, que dizia:

— Adotar os filhos do pecado é estimulá-lo. Devia-se punir nos bastardos o crime dos pais e destruir essas crianças malnascidas ou prepará-las para os encargos mais baixos e vis da comunidade.

A isso respondeu Allworthy:

— Não estou de acordo com sua maneira de pensar. Acho que, por criminosos que sejam os pais, os filhos são sem dúvida inocentes. É injusto que se vinguem nos inocentes os erros dos culpados.

Enquanto o capitão se valia de todos os meios e argumentos para expulsar o pequeno Tom da casa do sr. Allworthy, este, sem lhe dar ouvidos, dizia:

— Estou firmemente convencido de que o filho nada tem a ver com o erro dos pais. Por isso, o tratamento e a educação que Tom receberá hão de ser os melhores e o que merece qualquer filho chamado legítimo.

Está visto que o ciúme dominava a alma do capitão Blifil, além da preocupação a respeito da herança, que dessa maneira contava com mais um na sua divisão.

Mas qualquer raciocínio do capitão ameaçava menos o pobre Tommy do que a mente venenosa da sra. Débora. Sua cabeça não descansou enquanto não julgou haver descoberto o pai do menino. Esse é um descobrimento de grande consequência, e é necessário que seja contado desde a origem.

Para isso, somos obrigados a mostrar os segredos de uma pequena família que nos foi estranha até agora.

Antes, eu já havia feito uma leve referência ao fato de Jenny Jones haver trabalhado, alguns anos, com um professor, de quem recebera instrução e boa educação. Para fazer justiça à sua genialidade, devo acrescentar que ficara tão adestrada na língua latina que superara o próprio mestre.

Apesar de seu talento, esse mestre gastava muito mais tempo na conversa com os amigos do que na escola. Seus alunos eram poucos e, se não acumulasse ele os ofícios de escrevente e barbeiro, e ainda se não recebesse, do sr. Allworthy, no Natal, uma ajuda de dez libras, não conseguiria manter-se vivo.

Entre os demais tesouros, possuía o professor uma esposa que fora cozinheira do sr. Allworthy e com quem se casara por amor às dez libras que ela conseguira poupar.

De fisionomia doce, era, entretanto, temida na escola e pelo marido, que não ousava nem falar quando ela se achava presente.

Sem filhos, todo o seu zelo concentrou-se no esposo, a quem o seu ciúme proibia que conversasse com qualquer mulher da paróquia. Na casa só admitia criadas cujo rosto fosse uma garantia da própria virtude. Daí o fato de haverem aceitado Jenny Jones, modesta, reservada, recatada. Tanto que inspirou grande confiança na sra. Partridge e esta consentiu até que o marido lhe desse os ensinamentos já citados.

Assim foi durante anos. Até que, um dia, a desconfiança se revelou. Professor e aluna entendiam-se bem demais, comunicando-se através da língua latina, que Jenny dominava com perfeição.

A sra. Partridge despediu a jovem com violência, de um dia para outro. O professor não interferiu. Antes, pelo contrário, colocou-se inteiramente ao lado da esposa, dando-lhe toda a razão. Quanto a Jenny, disse ele, já andava irritado com ela pelo fato de se achar e mesmo se mostrar superior a ele nos conhecimentos.

Em vista disso, arrependeu-se a sra. Partridge de haver condenado o marido sem causa justa. Tratou de reparar o mal, dispensando-lhe o maior carinho, no que era fartamente retribuída.

Bastante longo foi esse período de calma. Razão de sobra teriam então os supersticiosos para imaginar que, após grandes calmas, podem se esperar grandes tempestades.

E não tardou a desabar.

Estava um belo dia a sra. Partridge numa dessas assembleias femininas, comumente chamadas mercearias, quando foi indagada por uma vizinha.

— Por acaso, soube, sra. Partridge, o que aconteceu recentemente a Jenny Jones?

— Não sei, filha. Esta indigna criatura, já faz tempo saiu de minha casa, onde nunca deveria ter entrado.

— Pois saiba — respondeu a outra com um sorriso —, toda a paróquia lhe agradece por havê-la despedido.

Espantou-se a sra. Partridge. Seus ciúmes estavam muito bem curados e nunca mais tivera razões de queixa contra a tal criada.

— Que vem a ser isto? Que tem a paróquia a ver com um ato meu, dentro de minha casa?
— Então a senhora não sabe que ela deu à luz dois bastardos?
— Dois bastardos? — repetiu precipitadamente a sra. Partridge.
— Sim, mas, como não nasceram aqui, diz meu marido que não somos obrigados a ficar com eles.
— Mas tenho certeza de que foram engendrados aqui, pois não faz nove meses que a sem-vergonha se foi lá de casa.
As operações do espírito são ultrarrápidas, mormente quando se trata de esperança, medo ou ciúme!
A sra. Partridge começou a lembrar-se de coisas passadas em sua casa, às quais não dera importância.
E foi com fúria incontida que, na volta, caiu em cima do marido, atacando-o com unhas e dentes. Correram vizinhos e encontraram o mestre bastante ferido e a senhora desmaiada, o rosto banhado em sangue. É que, na luta, o sangue dele salpicara-lhe o corpo e o rosto. Valeu-se ela disso como prova da barbaridade dele.
Depois de muitos bons conselhos ao sr. Partridge, retiraram-se os vizinhos, deixando o casal sozinho para uma conferência privada.
Foi só aí que o mestre ficou sabendo a causa de toda aquela furiosa e sangrenta pancadaria.

Capítulo 6

*Matéria para pensar
e exercitar o juízo.
Julgamento de Partridge,
o mestre.
Outros assuntos graves.*

Eis uma verdade: nenhum segredo fica com uma só pessoa. Um fato desse gênero num lugar tão pequeno seria milagre se não ficasse logo conhecido por todos da paróquia. Assim aconteceu. Em poucos dias, todo mundo sabia da memorável surra que o mestre aplicara na esposa! Havia até os que falavam que a coitada estava toda quebrada! E a causa? Ciúmes.

Débora Wilkins soube da briga. Tanto bastou para que sua poderosa visão, capaz até de enxergar o futuro, alcançasse logo o seu motivo certo.

Muito viva e ambiciosa, calculou que poderia tirar bom partido do incidente. Há muito desejava tornar-se governanta do capitão Blifil. Também há muito notara que este não apreciava nada o enjeitado Tom. Tratou, então, de fazer algumas investigações para descobrir coisas que fizessem diminuir a afeição do sr. Allworthy pelo menino. Isto faria o capitão sumamente satisfeito, e também Bridget, que, no fundo, pleiteava para o próprio filho as graças do irmão.

O primeiro passo seria inteirar-se dos pormenores do fato e levá-los ao conhecimento do capitão.

Pensou e executou: sem demora comunicava ao capitão a maravilhosa descoberta: o verdadeiro pai do bastardozinho. Acrescentava aí sua tristeza ao ver o patrão decair no bom juízo dos vizinhos, pelo excesso de atenção que dedicava ao enjeitado.

De início, o capitão censurou-lhe a atitude. É que seu orgulho não aprovava que ele se aliasse a uma criada.

Para falar a verdade, nada é menos político do que alguém se aliar aos criados de um amigo contra o patrão. Acontece que esse se torna escravo desses mesmos criados e ainda corre o risco de ser traído e perder o amigo.

Mas, embora diante da sra. Wilkins não mostrasse satisfação alguma, no íntimo saboreou a informação e decidiu aproveitá-la bem.

E, dentro de casa, eis o jogo: quanto mais Allworthy se afeiçoava a Tom, mais Débora o agradava para ser agradável ao patrão. E mais Bridget Blifil a odiava. Dificultava-lhe a vida de todas as maneiras, o que fazia Débora redobrar em respeito e ternura com o menino, para contrariar a patroa.

Havia, portanto, uma distância entre as duas, razão essa que reduziu Débora ao silêncio em relação à descoberta feita. Realmente, depois da reação do sr. Blifil, nunca mais falou no assunto. Este via que, dessa maneira, a história poderia perder-se.

Tratou ele próprio de usá-la, logo que a oportunidade apareceu.

Falavam, um dia, ele e Allworthy, sobre a caridade, quando o capitão afirmou com muita sabedoria:

— Caridade não significa beneficência ou generosidade. É algo mais extenso do que uma lastimosa distribuição de esmola: isto, na verdade, ainda que nos dispuséssemos até a arruinar nossas famílias, não abrangeria muita gente. Ao passo que a caridade, em seu bom sentido, poderia abarcar todo o gênero humano. Ocorre, às vezes, que conferimos nossos melhores favores a quem não os merece. Olhe o caso do indigno mestre Partridge.

— O que eu conheço do assunto é pouco — disse Allworthy, sem dar atenção ao nome do mestre falado pelo outro — e não tenho elementos para discuti-lo.

E prosseguiram na conversa até o ponto em que Allworthy, muito provocado pelo outro, perguntou:

— Quem é, afinal, esse Partridge, a quem você insiste em chamar de indigno?

— Refiro-me — respondeu o capitão Blifil — ao barbeiro, o mestre de meninos ou coisa que valha. Partridge, o pai da criança que o amigo encontrou em sua cama.

Enquanto a notícia surpreendeu a um, a ignorância da notícia espantou o outro.

Chamada a sra. Wilkins e tendo confirmado tudo, foi mandada ao lugarejo para se inteirar da verdade.

Assim o casal compareceu diante do sr. Allworthy. Contaram o que sabiam, afirmando a sra. Partridge que o marido já se confessara culpado. Quanto a este, disse que o fizera para livrar-se das importunações da esposa.

A senhora lastimou-se, chorou, gritou, até que o juiz prometeu-lhe justiça. O homem estava imobilizado pela surpresa e pelo medo. É aqui que temos de louvar a sabedoria da lei, que não considera depoimento de esposa, a favor ou contra o marido.

Enquanto isso, Jenny foi procurada. Não foi encontrada.

Nova audiência foi marcada, também presente nessa só o casal Partridge.

Em resumo, no final, não poderia haver alguém mais infeliz do que Partridge. O depoimento falso da esposa arrasara-lhe a vida. Agora, se era ou não inocente, no caso da paternidade da criança, talvez se verifique mais tarde. Não serei eu quem vá revelar segredos antes da hora.

Só Jenny Jones poderia ajudar no caso. Mas, esta, por onde andava?

Na escola onde trabalhara e estudara bem que havia outros rapazes com os quais Jenny tivera intimidade suficiente para gerar uma suspeita e um filho. Mas a colérica esposa nunca pensou nisso.

A verdade é que o mestre teve sua vida desmoronada. Perdeu a esposa, que faleceu pouco depois. Perdeu a escola, a anuidade e a ajuda secreta que recebia de um benfeitor desconhecido.

Correndo perigo de morrer à míngua, Partridge mudou-se para longe dos vizinhos, que já o olhavam tomados de compaixão.

Capítulo 7

A felicidade que os casais prudentes podem sacar do ódio.
A sabedoria das pessoas que não fazem caso das imperfeições dos amigos.

Depois de liquidado o pobre Partridge, o capitão viu falharem ainda os seus planos de afastar o enjeitado da casa do sr. Allworthy.

Este, pelo contrário, gostava cada vez mais do pequeno Tom, como se quisesse compensar a severidade dispensada ao pai com uma afeição maior para com o filho.

Isso azedava mais o gênio do capitão, que já se via lesado em sua parte na herança. De outro lado, crescia uma inimizade entre marido e mulher. Toda a tolerância do início agora desaparecera. A razão abrira-lhes os olhos: ele enxergou nela a inferioridade de inteligência e de cultura. Ela viu nele a mudança no tratamento que chegava ao desprezo.

O desencontro de gostos, de ideias e de sentimentos, entre os dois, era total. Mas isso não trouxe alteração nenhuma ao sossego da casa, porque ambos receavam desgostar o sr. Allworthy.

É possível que este percebesse algo no comportamento do capitão e de sua irmã. Mas era um homem discreto e educado.

Na verdade os homens sábios e bons contentam-se em aceitar as pessoas e coisas como são, sem se queixar de suas imperfeições e sem tentar corrigi-las.

Perdoem-me quando digo que não conheço ninguém sem defeito. A mais bela composição da natureza humana, assim como a porcelana mais delicada, pode ter um senão. Receio que este, em qualquer dos dois casos, seja igualmente incurável, embora o modelo conserve o seu mais alto valor.

Ao sr. Allworthy, portanto, os defeitos do capitão pouco incomodavam, sendo de notar, ainda, a extrema habilidade deste em ocultá-los.

Seguro de sua força e saúde, e por ser mais moço que o cunhado, o capitão calculava certo que ia viver muito mais que Allworthy. Por isso, passava horas inteiras elaborando um plano de como usar o dinheiro que herdaria. Preparava-se, na verdade, para substituir o outro, tomando a frente de todos os seus negócios. Para a imediata execução de seus projetos, faltava apenas a morte de Allworthy.

E a morte passou a ser uma constante no pensamento de Blifil. Tanto pensou, calculou, desejou que, não sei se por brincadeira ou perversidade do destino, muito depressa e imprevista, ela chegou.

No instante exato em que passeava sozinho, medindo a terra que lhe serviria nos planos futuros, morreu. Exatamente no momento em que seu coração mais se alegrava com a felicidade que lhe viria da morte de Allworthy, morreu ele próprio, o capitão Blifil, num ataque fulminante de apoplexia.

A viúva não derramou lágrima, mas esteve desmaiada por um decente espaço de tempo. Depois, apesar de estar perfeitamente bem de saúde e de ânimo, permaneceu, durante um mês inteiro, cercada de todos os aparatos da doença.

Por fim, esgotado o prazo decente da moléstia e da dor, voltou à vida, vestindo com a cor da tristeza a pessoa e o semblante.

Em pouco tempo, porém, o talentoso e honrado capitão já teria feito largos progressos na estrada do esquecimento, se a amizade do sr. Allworthy não lhe tivesse homenageado as qualidades com um belo epitáfio, falando de seus altos merecimentos.

TERCEIRA PARTE

Contém: o que ocorreu na família do sr. Allworthy, desde que Tom Jones chegou à idade de 14 anos até atingir os 19. E, de vez em quando, alguma sugestão relativa à educação das crianças.

Capítulo 8

*Maus prenúncios para o herói desta história.
Um cavalheiro, um couteiro
(espécie de vigia da caça)
e um mestre de meninos.
Algumas palavras sobre um tempo
que contém pouco ou nada.*

Como era de esperar, o sr. Allworthy sentiu muito, a princípio, a perda do amigo. Depois, a filosofia, a religião e o próprio tempo extinguiram esse pesar.

O mesmo se passou com Bridget: às alterações da fisionomia seguiram-se as alterações do vestuário: do luto fechado passou ao simples preto, do preto para o cinzento, do cinzento para o branco. Assim o seu semblante: do sombrio para o aflito, do aflito para o triste, do triste para o sério, até o dia em que pôde voltar à antiga serenidade.

Os leitores devem estar lembrados de que, no início desta história, referimo-nos à intenção de passar por cima de longos períodos de tempo, desde que nada sucedesse digno de ser registrado. Aí está.

Passado o luto, passados os dias quase comuns de um período de mais ou menos 12 anos, vamos encontrar o herói de nossa história, o jovem Tom Jones, com a idade de 14 anos.

Realmente não sei explicar que força de má influência lhe caiu em cima. Sei apenas que lhes mostro o rapazinho sob uma luz não muito favorável. A opinião geral de toda a família do sr. Allworthy é que ele nascera, sem dúvida, para ser enforcado. Não pensem que eu não lamento isso! Mas a verdade é que o jovem bem que dava motivo para essas previsões. Senão, vejam: desde os primeiros anos, revelara forte propensão para muitos vícios. Em especial um. Tanto que já lhe fora provada a autoria de três roubos: o roubo de um pomar, de um pato e de uma bola no bolso do primo Master Blifil, filho de Bridget.

Justamente a proximidade do jovem Master Blifil, de classe tão diferente da do pequeno Jones, trazia-lhe desvantagem. A família, a vizinhança cobriam o outro de elogios. De fato, ele os merecia: sóbrio, discreto, correto, piedoso, conquistava o amor de todos os que o conheciam. Ao passo que Tom Jones era universalmente desamado.

Todos se espantavam de que o sr. Allworthy permitisse que os dois crescessem e fossem educados juntos.

Para mostrar ao leitor as diferenças individuais existentes entre os dois rapazes, tenho que lhes contar umas histórias.

Tom Jones, que, apesar de mau, tem de servir como herói dessa história, tinha apenas um amigo, entre todos os criados da família: o couteiro, que era uma espécie de vigia dos locais das caçadas. Este era um indivíduo frouxo, de caráter fraco, que não tinha noções muito claras sobre a propriedade alheia.

Para falar a verdade, talvez alguns dos crimes de Tom Jones, dos quais demos três exemplos, tenham sido cometidos por estímulo desse sujeito. Pelo menos em dois ou três deles o homem entrava como cúmplice: o pato inteiro e grande parte das maçãs haviam se destinado ao uso do couteiro e de sua família, embora apenas Jones fosse descoberto e houvesse suportado sozinho toda a dor da culpa, do castigo e do mau nome.

O pequeno Jones foi caçar, um dia, com o couteiro, que, já lhes disse, é uma espécie de vigia da caça para que esta não se perca ou seja apanhada por outro animal. Nessa caçada, perseguiam eles um bando de perdizes que levantara voo e se refugiara na quinta vizinha. Essa propriedade pertencia a um severo e poderoso cavalheiro, sr. Western, que dizia proteger os animais dos outros caçadores. Não dele próprio.

Ora, havia uma ordem rigorosa do sr. Allworthy, proibindo Black George, o couteiro, de invadir as propriedades dos vizinhos, sob pena de perder o emprego. Mas, nesse dia, Tom insistira muito, e o outro, que também gostava de caçar, cedera. Penetraram na quinta e atiraram numa das perdizes. Aconteceu que o dono estava a cavalo, a pequena distância deles. Ouviu o estampido da espingarda e num instante descobriu o pobre Tommy. O couteiro já havia saltado para a parte mais fechada da moita e se ocultara.

O sr. Western revistou o rapaz e, encontrando a perdiz, jurou uma grande vingança.

De fato, compareceu à presença do sr. Allworthy exibindo a prova do crime. Contou, então, como teve a casa invadida. Isso o fez em termos tão cheios de cólera que era como se lhe tivessem arrombado a casa e roubado os seus pertences de maior valor.

Contou também que havia outra pessoa com Tom, pois ouvira dois tiros.

Tom foi chamado. Confessou tudo. Mas, ao ser perguntado sobre a pessoa que o acompanhava, insistiu em dizer que fora sozinho.

Como o couteiro Black George fosse seu único amigo, tornou-se logo suspeito. Foi chamado e interrogado. Fiando-se, contudo, na promessa de Tom de ficar com toda a responsabilidade, negou até mesmo que tivesse visto o rapaz aquela tarde.

Allworthy, muito zangado, despediu Tom e lhe deu o prazo até a manhã seguinte para refletir sobre o caso, quando seria interrogado por outra pessoa, de outra maneira.

Tom passou uma noite terrível e o couteiro não muito melhor, cheio de remorsos com o que pudesse acontecer ao jovem amigo.

Pela manhã, Tom apresentou-se ao reverendo Thwackum, que era o encarregado da educação dos dois: Tom Jones e Master Blifil. As perguntas foram as mesmas. As mesmas foram as respostas. Resultado: uma surra de chicote tão severa como as que se aplicavam em certos países para extrair dos criminosos confissões de crimes terríveis. O reverendo passara dos limites. E Tom suportou o castigo: preferia ser esfolado a trair o amigo.

Allworthy mandou chamá-lo e dirigiu-se a ele da maneira mais bondosa e amiga.

— Estou convencido, meu querido filho, de que minhas suspeitas foram injustas. Magoa-me muito que tenha sido tão duramente punido por causa disso.

No final, Allworthy deu-lhe um cavalo com todas as desculpas pelo acontecido.

Quanto a Tom, era mais fácil suportar chicotadas do que essa generosidade.

Com lágrimas nos olhos, ele caiu de joelhos.

— Senhor, é sempre bom demais para mim. E eu não mereço.

Estava tão comovido que, por pouco, não contou toda a verdade.

Enquanto isso, o reverendo Thwackum insistiu:

— Ele persistiu na mentira. Uma nova surra esclareceria todo o caso, garanto-lhe.

— Não — disse Allworthy —, não consinto. O menino já sofreu mais que o suficiente e só um ponto de honra mal-entendido o poderia levar a fazer o que fez.

— Honra! Mera teimosia e obstinação. A honra não pode ensinar ninguém a dizer mentira — falou Thwackum.

Este diálogo passava-se à mesa e não demorou que outra personagem nele tomasse parte. Sr. Square, o filósofo que, junto com o reverendo Thwackum, cuidava da educação e da instrução dos meninos. E moravam na casa. Com ideias bastante contrárias, raramente se encontravam sem discutir. Para início, o sr. Square julgava a virtude uma questão puramente teórica.

Square achava que a natureza humana era a perfeição de toda a virtude, que o vício era um desvio da nossa natureza, assim como uma deformidade do corpo.

O reverendo sustentava que, depois da Queda, o espírito humano era um poço de pecados, enquanto não fosse purificado pela graça.

Como o ponto de encontro era a mesa das refeições, aí se davam as discussões. Só Allworthy punha fim a elas, interrompendo-as e saindo da mesa.

Mas o que se via claramente é que ambos andavam errados. O reverendo exagerava, exaltando apenas a religião, colocando-a independente e fora de tudo o mais, esquecendo até o próprio Bem.

O filósofo Square deixava de lado a religião e exagerava o valor da virtude. No esquecimento ficavam a bondade natural do coração e todas as puras faculdades da alma. Isto o jovem Tom possuía de sobra e nenhum dos dois pretensos campeões de grandes teorias enxergava.

Com tanta religião e tanta virtude, não sabiam que um amigo desleal é o mais perigoso dos inimigos, pois que tão duramente puniam a lealdade...

Assim ficou bem demonstrado quando os dois meninos, logo após esse incidente, haviam brigado. Master Blifil chamara ao outro "miserável bastardo".

A consequência disso foi Tom Jones enraivecido tirar-lhe sangue do nariz. Nesse estado procurou Master Blifil o tio e o reverendo Thwackum. E lá contou a história à sua maneira, sem dizer a provocação principal, ou seja, a palavra bastardo que o outro não suportava ouvir.

Enquanto Tom desmentia, Master exclamava:

— Deus que me livre de dizer tal palavra!

E tanto persistiu Jones que o primo disse:

— Não é de admirar. Quem já disse uma mentira é sempre capaz de dizer outras...

— Que mentira, filho? — perguntou rápido Thwackum.

— Ora — disse Blifil —, ele disse que não havia ninguém caçando com ele quando matou a perdiz. Mas ele sabe (e aqui se desfez em lágrimas). Ele sabe, porque me confessou, que Black George, o couteiro, estava lá.

— Oh! Oh! — gritou triunfante Thwackum —, esta é a sua falsa noção de honra! Esse é o menino que não merecia apanhar outra vez!

Allworthy, com aspecto brando, perguntou:

— É verdade, meu filho? Como pôde persistir tanto numa mentira?

Tom respondeu:

— Detesto a mentira, sim. Mas ali a honra me obrigou a agir assim. Prometi ao pobre homem encobri-lo. Ele ainda me pediu que não entrasse na quinta. Eu mesmo ia sozinho e ele me seguiu para que nada me acontecesse. Quero pedir-lhe que perdoe George. Eu lhe entrego outra vez o cavalinho.

Allworthy ficou pensativo. Mandou que saíssem, aconselhando-os a se estimarem e viverem em paz.

Os dois mestres discutiram, durante muito tempo, a questão toda. Quem estava e quem não estava certo. Tinha ou não tinha razão.

Allworthy, em relação ao couteiro George, agiu severamente: despediu-o. Mais porque deixou que Tom Jones sofresse o castigo por ele.

Este incidente serviu para que Master Blifil passasse a ser olhado universalmente com outros olhos. A indignação foi geral. Era agora o maroto, ordinário, covarde, sem-vergonha e outros adjetivos parecidos.

Enquanto isso, Tom caiu nas boas graças de todos: rapaz corajoso, bom menino, sujeito direito.

Conquistou, com isto, a amizade de todos os criados. Master Blifil ganhou as afeições do reverendo Thwackum. E o filósofo decidiu-se por Tom Jones, apesar de aceitar bem o outro, pois Master Blifil tinha a habilidade de ser todo religião diante de Thwackum e todo virtude na presença de Square.

Tom Jones era o que era: ele mesmo.

Capítulo 9

Algumas razões mais para facilitar uma opinião sobre os dois mestres. Incidente infantil que revela uma disposição boa em Tom Jones. Os dois rapazes, Master Blifil e Tom Jones, sob aspectos diversos.

Estamos vendo que o sr. Allworthy deliberara educar o sobrinho e o outro rapaz, que ele de certo modo adotara, em sua própria casa, onde julgava que a moral deles escaparia a todos os perigos de se perverter.

Ali, pensava ele, estariam longe da influência e dos vícios a que poderiam se expor em qualquer instituição de ensino público. Estamos vendo, pelo que lhes contei, que o tal plano de educação, estabelecido por ele, estava longe dos efeitos desejados. Alguma falha do próprio plano? O leitor tem a minha licença para descobrir, se puder.

Lembre-se, porém, que não tive intenção de apresentar caracteres e tipos infalíveis nesta história. Creio mesmo que nada se encontrara nela que já não tenha sido visto na natureza humana.

Voltando, portanto, a ela: vamos buscar outras razões para o procedimento diferente dos dois mestres e dos rapazes.

Não só a virtude e a religião, no ambiente da casa do sr. Allworthy, faziam alterações no comportamento das duas ilustradas personagens. Havia a bela viúva, sobre quem ambos lançaram os olhos.

A sra. Blifil era, de fato, objeto das suas aspirações. Com esses, completamos quatro os senhores que passaram pela casa e se inclinaram para a sra. Bridget. Parece mesmo verdade que os amigos e conhecidos íntimos têm uma espécie de queda natural pelas mulheres da casa dos outros: para as mais velhas, quando são ricas, e as mais novas, quando são bonitas, neste caso não escapando nem as criadas.

Ora, com alguma vivacidade os cavalheiros concluíram que o acertado, para agradarem à viúva, era preferir-lhe o filho ao outro rapaz. Essa a razão por que um procurava acabar com a reputação de Tom Jones e o outro esfolava-lhe a pele! Este era o único caso em que os dois concordavam. Castigar o jovem Tom era galantear a amada. Fora disso, os dois mestres se odiavam, pois ambos desconfiavam das inclinações um do outro. E Bridget, conhecendo-lhes os impulsos, tornava-se feliz, retribuindo-lhes o amor discretamente.

Todos nós sabemos que suas relações com o capitão Blifil não eram boas e que só melhoraram com a morte desse. Chegara mesmo a odiá-lo em vida. Também não é de espantar que esse mesmo sentimento de ódio seja o que nutre pelo filho. E, com o passar do tempo, chegará a gostar muito de Tom Jones, e de maneira bem diferente. Tanto que, antes de completar 18 anos, Tom se tornara rival de Square e de Thwackum, e toda a redondeza comentava o afeto dedicado ao rapaz, como antes falara de sua amizade com Square. Por essa razão veio o filósofo a ter o ódio mais implacável ao nosso pobre herói.

Tudo isso era sumamente prejudicial à formação dos dois rapazes, e o sr. Allworthy mantinha-se alheio, confirmando que o irmão e o marido são os últimos a saber ou os únicos a não saber. Apenas, quando percebeu que Master Blifil era odiado pela própria mãe, passou a olhá-lo com olhos mais compassivos, enquanto Tom Jones perdia-lhe a estima. É verdade que ninguém conseguiria expulsá-lo do coração do velho, mas isto foi para Jones grandemente prejudicial e preparou a disposição do sr. Allworthy para as impressões que, mais tarde, certos fatos produziriam em seu espírito e para os quais o moço contribuiu bastante, com sua leviandade e falta de cuidado.

Isto, de fato, faltava ao jovem Tom: prudência. Não basta que as obras sejam boas, é preciso fazê-las parecer boas. Se for belo o interior, é preciso conservar belo o exterior também.

Tom Jones, que carregava os seus atos com uma disposição benigna, era sempre mal interpretado.

Estão lembrados que Tom recebera do sr. Allworthy um cavalo como compensação pelo castigo que supunha ter sido injusto.

Depois de conservar o animal por dois anos e meio, um belo dia resolveu vendê-lo. Com isso, alvoroçou Thwackum, que não perdia vez para puni-lo. Tudo estava preparado para o castigo, quando Allworthy suspendeu a execução e levou o jovem consigo para uma conversa.

— Então, que história é essa de vender o cavalo? Que fez do dinheiro recebido e por que se negou a contar para o reverendo? — perguntou irritado o cavalheiro.

Tom respondeu que, a ele, por direito, não podia recusar coisa alguma, mas ao reverendo a única resposta que tinha vontade de dar era com um bom chicote e que só estava à espera de que chegasse o dia de poder retribuir-lhe todas as barbaridades.

Allworthy censurou-lhe severamente o desrespeito e principalmente o desejo de vingança. O rapaz mostrou-se furiosamente sincero e descobriu ao seu protetor sua alma profundamente ferida. Allworthy tratou de apaziguá-lo e pediu-lhe que prosseguisse, contando.

— Para falar a verdade — disse Tom —, cortou-me o coração desfazer-me do animal. Era presente do senhor, a quem amo e venero acima de tudo no mundo. Mas eu não podia continuar vendo tanta miséria. Mais ainda sabendo-me o causador do sofrimento deles.

— Deles quem, meu filho? — interessou-se Allworthy. — Que quer dizer tudo isso?

— Oh, senhor, o pobre couteiro que o senhor despediu e sua família padecem as misérias da fome e do frio. Eu não podia deixá-los morrer, sabendo-me, ao mesmo tempo, o causador da desgraça. Foi para salvá-los que me separei do querido presente. Vendi-o e entreguei-lhes todo o dinheiro.

O sr. Allworthy estava comovido. Por fim, despediu Tom e pediu-lhe que, de outras vezes, em caso de aflições, o procurasse, em lugar de resolvê-las com os próprios meios.

Este caso foi tema de debates entre Thwackum e Square. O primeiro contra o rapaz, recomendando punição. O outro a favor, para contradizer o reverendo e ser agradável a Allworthy.

Mas, como uma desgraça nunca vem só, logo em seguida o nosso herói se viu metido em outra.

Foi descoberta a venda de uma esplêndida Bíblia, presente também do sr. Allworthy, cujo produto foi para o mesmo fim. Comprou-a Master Blifil, que passou a usá-la no lugar da sua. Fácil foi, então, a descoberta. E Tom duramente castigado. O assunto rendeu, foi motivo de sérias discussões. Por fim, a sra. Blifil encerrou, colocando-se a favor de Jones e afirmando que o filho era igualmente culpado. Não via diferença entre o comprador e o vendedor. Como nenhum dos dois mestres se atrevia a desgostar a senhora, o caso terminou aqui.

Uma noite em que Allworthy passeava em companhia de Master Blifil e do jovem Jones, este deu um jeito de levá-los à habitação do couteiro Black George. Assim o cavalheiro pôde presenciar as torturas da fome, da nudez, do frio que afligiam a família do couteiro. Lá teve a prova da generosidade de Tom, que, segundo a mulher, era quem mantinha ainda viva a família inteira. Allworthy deu-lhe ajuda em dinheiro e na volta prometeu a Tom reconsiderar a situação do pobre homem.

Não se conteve Tom Jones enquanto não voltou correndo à casa do couteiro, debaixo de chuva, na noite escura, para contar aos amigos a boa notícia.

Nem imaginava que, na sua ausência, Master Blifil contava ao tio, bastante aumentada e envenenada, uma história que envolvia o couteiro em roubo, crueldade para com animais e processo na justiça, movido pelo sr. Western (o dono da quinta vizinha onde fora morta a perdiz).

Com isso, o sr. Allworthy, no papel de juiz, declarou a Tom que tinha novas razões para cólera e o proibiu de se referir ao couteiro. Ele próprio protegeria a família, mas, quanto ao sujeito, entregá--lo-ia às leis.

Tom Jones não suspeitava do primo e nem podia adivinhar o motivo de tal mudança. Tratou de arranjar outra maneira de ajudar o amigo.

Ultimamente fizera-se muito íntimo do sr. Western. Tom conseguira conquistar a admiração do severo senhor com suas habilidades desportivas e sua simpática maneira de ser. Esse cavalheiro via no jovem um futuro grande homem e chegava a afirmar que ali estava o filho que desejava ter. Na verdade, o cavalheiro possuía apenas uma filha, de 17 anos de idade, a quem, logo após os instrumentos de seu esporte preferido, amava acima de tudo no mundo.

A amizade para com o jovem Tom era tanta que esses mesmos instrumentos de sua estima, espingardas, cachorros, cavalos, ele os colocava à disposição do amigo e o fazia companheiro favorito em sua mesa e na prática do seu desporto.

Assim como a jovem exerce influência sobre o pai, assim Tom exerce alguma influência sobre ela. Resolveu ele, portanto, fazer uso dessa situação em benefício de seu amigo Black George, que esperava introduzir na família do sr. Western como antes já servira ao sr. Allworthy.

Capítulo 10

*O que aconteceu no espaço de um ano.
A srta. Sofia Western.
Uma desculpa para a insensibilidade de Tom
diante dos encantos de Sofia.*

Todo livro houvera de ser lido com o mesmo espírito e da mesma maneira com que foi escrito. Eu o escrevi entremeando o conjunto de várias comparações, descrições e outros ornamentos poéticos destinados a amenizar a leitura e refrescar o espírito do leitor.

Agora, que estamos a pique de apresentar em cena uma figura importantíssima — a heroína dessa história —, seria conveniente encher a obra de todas as imagens agradáveis que podemos tirar da natureza. Na verdade a sua simples presença aqui já transforma nossa história num poema de beleza, juventude, alegria, inocência, modéstia e ternura! Eis Sofia — a filha única do sr. Western, o novo amigo de Tom Jones.

Ao ser apresentada nesta história, a suave e bela Sofia acabara de entrar no 18º ano de idade.

As índoles diferentes não permitiam, entre os srs. Allworthy e Western, um convívio mais íntimo. Mas estabeleceu-se entre ambos uma decente familiaridade. As duas famílias se visitavam e os jovens, todos mais ou menos da mesma idade, se conheciam e se estimavam desde a infância.

Embora preguiçoso, maroto e sem juízo, Tom era amável, educado, galanteador, e não era inimigo de ninguém, senão de si próprio. Era um jovem encantador.

Master Blifil era prudente, sóbrio, discreto, mas só pensava nele mesmo.

Sofia respeitava Tom Jones e desprezava Master Blifil, como se despreza o que é baixo e traiçoeiro.

Depois dos 13 anos de idade, estivera ausente, durante alguns anos, em companhia da tia Western, irmã de seu pai. Estudara, recebera fina e completa educação, cultivando com a arte os dotes naturais do espírito.

Voltara agora à casa do pai, o qual lhe entregou o governo dela. Colocou-a na extremidade superior da mesa, onde Tom (que pelo seu entranhado amor à caça e por outras qualidades se tornara grande favorito do sr. Western) almoçava com frequência.

Tom nada mudara nos anos em que Sofia esteve fora. Tornara-se um cavalheiro — assim como o menino Tommy — simples, bonito, amável, adorado por todas as mulheres da província. Discreto e distinto com Sofia, a quem respeitava como se fosse uma deusa. Daí a dificuldade de abordá-la para fazer o pedido em favor do couteiro Black George.

Quanto a Sofia, era visível a inclinação que tinha para com o rapaz.

Ela o amava, e se ele não fosse tão jovem e sem juízo já o teria notado. E o sr. Western, se não tivesse os pensamentos tão voltados para o campo, o estábulo, o canil, a caça e a garrafa, teria aí muito motivo para grandes ciúmes.

Estavam as coisas nesse pé quando Tom, uma tarde, a sós com Sofia, encorajou-se e fez-lhe o pedido. Sofia prometeu-lhe arranjar que o pai desistisse logo da ação que movera contra o homem. Prometeu mais: pedir que ele fosse admitido para o serviço de seu pai, na mesma função de couteiro, e dar também uma ajuda pessoal à família do infeliz.

Em troca, pediu ela a Tom Jones que olhasse pelo pai nas caçadas e não o deixasse correr tantos riscos nas aventuras e que não desse ele próprio os perigosos saltos que tanto encantavam o sr. Western.

Naquela mesma tarde, na hora do descanso, enquanto o pai se embriagava e pedia que lhe tocasse ao cravo as músicas prediletas, Sofia foi-lhe fazendo os pedidos.

Na manhã do dia seguinte, tudo estava resolvido; a retirada do processo e a nomeação de Black George para o serviço da coutada.

Essa vitória de Jones foi comentada de todas as maneiras, com todas as interpretações possíveis. Apenas o sr. Allworthy mostrou-se feliz com o procedimento do jovem. Mas esse estado não durou muito. Bem depressa essa ação foi mostrada ao sr. Allworthy sob um outro aspecto. Agora muito menos agradável do que aquele que a bondade do cavalheiro julgara até então.

Já lhes dissemos que Tom era, antes de mais nada, sincero. Talvez a própria Sofia, apaixonada como estava, esperasse de Tom alguma coisa mais do que um simples agradecimento. Não que ele fosse insensível aos encantos dela. Mas, ainda que ele a apreciasse muito e estimasse demais, ela não lhe causara no íntimo uma impressão violenta. A verdade é que seu coração estava inteiramente tomado por outra jovem. Quem? Até o momento, não nos referimos a ninguém que estivesse em condições de rivalizar com Sofia. Quanto a Bridget Blifil, dissemos do afeto que ela dedicava a Tom, mas nem uma palavra que deixasse supor algo dele para ela.

Mas o leitor está lembrado das muitas referências feitas à família de George Seagrim (conhecido como Black George, o couteiro). Esta se compunha de mulher e cinco filhos. O segundo desses filhos era moça, tida como das mais belas do lugar. Cedo, Tom havia posto nela os olhos da afeição. Talvez mais como um companheiro, pois era pouco feminina, ficando sua beleza tão bem num homem quanto numa mulher.

Para conter seus impulsos em relação a ela, Tom apelou para seus princípios e a amizade do pai. Com isso afastou-se da casa do couteiro e absteve-se de ver a filha do amigo durante três meses.

Molly, assim se chamava a moça, viu que ele a desertara por timidez ou respeito.

Achou então que, para não perder o bom partido, devia se lhe meter no caminho e provar-lhe todo o amor que lhe dedicava.

Agora, depois de tudo sucedido entre os dois, estava Tom dominado pelos sentimentos de gratidão e compaixão, em vista do estado em que ele a deixara. Daí veio uma espécie de amor-necessidade, embora não tivesse sido, de início, assim destinado.

Era essa a verdadeira razão da insensibilidade demonstrada por ele aos encantos de Sofia. Não poderia iniciar nada com Sofia, porque não lhe era possível a ideia de traí-la e também não poderia deixar Molly, pobre e sem nada como estava.

E foi justamente na casa da srta. Sofia Western, na mesa do almoço, que Jones, um dia, ficou sabendo: Molly, a bela filha de Black George, seu amigo, ia dar à luz um bastardo.

Mal acabara de ouvir a notícia, desculpou-se Tom Jones e saiu apressado. Essa atitude fez com que o sr. Western desconfiasse e desse boas risadas. Tal não aconteceu com o pároco, que narrara o sucedido com Molly julgando que isto interessasse ao sr. Western, pois Black George era agora seu empregado.

Lamentava o padre, caso fosse verdade, tivesse acontecido isso a Tom, "um jovem de rosto sincero e de sincera modéstia". Já o sr. Western ria, achava muito natural e dizia que nenhum homem escapava disso, nem ele próprio, nem o pároco, nem o próprio sr. Allworthy, que, para ele, era o pai de Tom...

Quem padecia mesmo, com tudo isso, era Sofia. Não demorou e pediu para retirar-se. Também, à noite, não apareceu para tocar as músicas de seu pai e pediu-lhe que desculpasse não comparecer para jantar.

Quanto ao jovem Tom, voltara a pé, mas chegara a tempo de ver Molly saindo da casa do sr. Allworthy, guardada por dois policiais. Impediu que a levassem e mandou que os dois esperassem. O que tinha a dizer ao pai absolveria a moça.

Assim se fez. Tom confessou sua culpa e Molly foi mandada para casa.

O sr. Allworthy, a sós com Jones, pregou-lhe um severíssimo sermão, como o fez, um dia, a Jenny Jones, sua mãe. Ficaram ambos muito tristes. Passaram-se os dias e o incidente ter-se-ia encerrado aí, se Square não se valesse da oportunidade para ferir Tom, de quem tinha ciúmes e se considerava rival no amor da sra. Blifil.

Em conversa com Allworthy lembrou ele a amizade, a aparente generosidade de Jones para com a família do couteiro: sustentava o pai para seduzir-lhe a filha... Impediu que a família morresse à míngua para lançá-la na vergonha e na perdição... E muito mais disse ele. Tanto que, pela primeira vez, uma impressão má a respeito de Tom Jones ficou no espírito do compreensivo e humano sr. Allworthy.

QUARTA PARTE

Contém: uma porção de tempo
algo maior do que meio ano.

Capítulo 11

Assuntos muito mais claros.
Terrível acidente que sucedeu a Sofia.
O procedimento de Tom
e as consequências ainda mais terríveis
desse procedimento para o jovem.

Acredito que o leitor gostará de voltar comigo a Sofia. Tudo o que a moça ouvira sobre Tom fora-lhe extremamente desagradável. Depois teve que escutar muito mais a respeito, pois a sra. Honour, sua criada, estava ansiosa para contar o que sabia. E sabia demais! Tudo o que o leitor já sabe foi repetido por ela a Sofia. Esta pôde notar, então, que havia uma secreta afeição pelo sr. Jones se insinuando dentro de si. Tratou logo de remover os sintomas de sua doença, conseguindo um estado de absoluta indiferença pelo jovem. E confiou que a distância e o tempo completariam a cura. Pediria ao pai e passaria uma temporada com a tia.

Acontece que outros projetos estavam armados para ela e um terrível acidente veio impedir que se realizasse o planejado.

O sr. Western, cada vez mais apegado à filha, pedia até que o acompanhasse em suas caçadas. Foi na volta de uma delas que Tom Jones, para evitar que o cavalo de Sofia atirasse a moça ao chão, amparou-a. Conseguiu apenas amortecer-lhe a queda. Em consequência, teve ele próprio um braço fraturado.

Foi chamado o médico para os dois. Na moça, considerando os sintomas após a queda, fizeram uma sangria, e o braço de Tom foi encanado ali mesmo. E mais: a recomendação de repouso e dieta, que o sr. Western exigiu, fosse tudo feito em sua própria casa.

Assim ficou Jones hospedado na casa de Sofia e esta, que planejara proteger-se com a distância, nunca esteve tão próxima do perigo.

Apenas sua disposição mudara. Já estava disposta a aceitar o que lhe reservasse o destino. O que significa que o amor foi mais forte.

Parece que, em sua sabedoria ou intuição, a moça adivinhava em Tom a sua contraparte. Ele, que era o seu oposto, trazia o lado que lhe faltava. Nem bela Sofia poderia ser, nem feliz, nem alegre, sem ele. E o que evidencia mais a beleza e a excelência de tudo senão o seu reverso? Assim a beleza do dia e do verão é realçada pelos horrores da noite e do inverno.

Durante o tempo que Tom passou em repouso na casa dos Western, recebeu muitas visitas. E todos achavam aquela reclusão uma oportunidade para o jovem amadurecer as lições que recebera e tomar juízo daí para frente.

O sr. Allworthy ia vê-lo diariamente. Repetia-lhe que o futuro estava limpo, bastava aproveitá-lo, entrando nele também limpo. O passado fora perdoado e esquecido.

Outro que ia vê-lo com frequência era Thwackum, e considerava o braço quebrado como um castigo de Deus por seus pecados e irreverências. Previa para ele a desgraça neste mundo e a danação no próximo.

Visitava-o também a sra. Honour, criada de Sofia, que o julgava o homem mais lindo do mundo. Aproveitava para contar-lhe coisas acontecidas a sua patroa e que interessavam ao sr. Jones.

Square e Blifil vinham raramente. Eram visitas desagradáveis, melhor mesmo se nem viessem.

O sr. Western, este era raro se ausentar do quarto e lá tomava sua cerveja e falava de caçadas. Quanto a Sofia, as visitas ela as fazia acompanhada do pai. Tocava ao cravo, para os dois, mais tarde, quando Jones já deixava o quarto. Nesses momentos, controlava-se ao máximo, pois se confundia toda na presença dele.

Tom observava que nele os efeitos da presença de Sofia eram os mesmos. Amavam-se e desejavam-se, portanto. Daí por diante passou a pensar seriamente no caso. O sr. Western, mais de uma vez, deixara claro que desejava dar à filha um casamento com alguém de grande fortuna, muito boa formação e ótima cultura. Com isso tudo, o próprio Jones se excluiu. Pensou, então, em obter Sofia por ele próprio, excluindo o pai. Mas isso, além de ser uma indignidade, era uma traição e traria um desgosto sem fim a seu pai adotivo. Que fazer? Longas foram as noites e as manhãs gastas com tais pensamentos. A decisão final, mais digna, mais lógica e louvável era não pensar em Sofia. E ficar com Molly, que, segundo Tom, colocara nele todas as suas afeições e os projetos de felicidade futura.

Assim foi que, certo dia, já podendo andar facilmente, saiu às escondidas. Na casa de Molly a mãe e as irmãs informaram que ela havia saído. Depois, Betty, a irmã mais velha, disse-lhe, com um sorriso maldoso, que a irmã estava lá em cima, deitada. Tom subiu imediatamente. A porta fechada, a demora em abrir, tudo ficou explicado: Molly estava profundamente adormecida.

Tom já havia aceitado tal desculpa e já estava conversando, quando uma cortina improvisada, num canto do quarto, para servir de armário, caiu. E não foi possível esconder quanto havia lá dentro. Como não foi possível mais, a Molly, ocultar de Tom Jones a verdade de sua vida: lá estava, em posição ridícula, quase nu, o filósofo Square. Na cabeça um barrete de dormir, pertencente a Molly. Acho que não restava mais dúvida.

Passado o espanto, Molly chorava. Square olhava mudo e Tom Jones explodia em gargalhadas. Afinal, era a libertação.

Sem mais, deslizou escada abaixo, com aquela agilidade que só ele possuía.

Depois Betty, a mais velha, contou-lhe: ele, Tom, não fora o primeiro. Will Barnes, esse sim, a quem Betty amava, esse fora o sedutor de Molly e o filho que ela esperava não tinha outro pai.

Este segredo proporcionou a Tom absoluto sossego em relação a Molly. Com respeito a Sofia, porém, andava longe de se achar tranquilo. Amava-a com paixão ilimitada e percebia os sentimentos dela para com ele. Sua vida tornou-se uma luta constante entre a honra e a inclinação, entre a dignidade e seus impulsos de homem. Com isso, tornou-se triste, sem vida.

Ninguém notava. Apenas Sofia sabia tudo o que se passava no espírito dele e conhecia toda a causa de sua tristeza: ambos tinham a mesma coisa na cabeça.

Um dia, uma notícia desagradável veio abrir uma cena diferente na vida dos dois: o sr. Allworthy adoecera e era preciso visitá-lo.

O sr. Western afeiçoara-se de tal forma a Jones que não queria separar-se dele, embora já estivesse curado.

Allworthy quisera reunir, à sua volta, toda a família. Faltavam a sra. Bridget Blifil, que estava em Londres, e Tom Jones, que já a essa hora devia ter saído da casa de Sofia.

O sr. Allworthy parecia mal. O médico assim o afirmava e o cavalheiro estava informado do próprio estado. Essa a razão de reunir a família e dar-lhes a conhecer o seu testamento.

Havia feito do sobrinho Master Blifil o herdeiro de todas as propriedades, acrescentando a renda anual de quinhentas libras. A Jones deixava uma propriedade e mil libras contadas. Aos demais, mil libras, com recomendações especiais a Square e a Thwackum.

Despediram-se todos porque o enfermo precisava de repouso e porque chegara um advogado, a toda pressa, com recado especial para o sr. Allworthy. Foi atendido por Master Blifil. Trazia a notícia da morte, quase repentina, de Bridget Blifil, sua mãe. Reuniu-se Master Blifil aos dois mestres e ao médico e foram levar a notícia ao tio. O próprio médico autorizara que se lhe contassem, porque Allworthy apresentava grande melhora. A reação deste ao saber da irmã foi a expressão de pesar e paciência que se lhe estampou no rosto. Deixou cair uma lágrima, compôs o semblante e exclamou: "Em tudo seja feita a vontade do Senhor."

Jones estava feliz com a melhora do sr. Allworthy. Abraçava e beijava o médico, radiante com a informação que lhes dera à hora do almoço: nenhum perigo ameaçava o sr. Allworthy. Tom Jones, depois de alguns copos de vinho, repetia que, depois do pai, era o doutor o homem a quem mais amava. E o reverendo ouvia indignado.

Já havia tido uma discussão com Square a respeito da herança. Está visto que os dois não concordaram com a importância e cada um discordava do benefício concedido ao outro.

Esse era o humor que reinava no espírito dos dois. Por isso mesmo o reverendo mostrava-se irritado com Tom, semiembriagado. Square mantinha-se em silêncio e Blifil aborrecera-se muito com a alegria de Tom. A casa, dizia ele, era uma casa de luto e só se entendia o procedimento de Tom partindo de alguém para quem os pais nada significavam.

Claro que a insinuação enfureceu o jovem Jones e daí se originou um conflito, e o médico e Square tiveram que interferir para evitar consequências graves.

Tudo se acalmou aparentemente, mas a alegria desapareceu.

Jones, então, saiu para o campo onde pretendia, andando ao ar livre, melhorar para voltar à presença de Allworthy. Lá, pensava e murmurava, em pensamento, doces coisas a Sofia, quando junto de si aparece Molly. Conversaram e Tom, ainda sob os efeitos do vinho, aceitou penetrar no bosque com a moça.

Nesse exato momento chegavam, passeando, Master Blifil e Thwackum.

O moço, ostensivamente, benzeu-se, pois vira algo pecaminoso: Tom e a jovem que o acompanhava.

O reverendo indagou minuciosamente tudo sobre o casal e pediu, por fim, que o levasse ao local onde deviam estar os namorados.

Lá chegando, iniciou um sermão em que sobravam os termos odiados por Tom. Armou-se, então, uma briga — dois contra um — e já parecia que a superioridade numérica ia vencer quando surgiu na batalha um par de punhos. Ao mesmo tempo, o dono deles perguntava: "Não têm vergonha, malditos, de lutarem contra um só?"

Quando Tom Jones pôde dar conta, reconheceu o próprio sr. Western. Terminava a briga, vitoriosos os dois amigos, quando chegaram os companheiros do sr. Western: o padre, a tia Western e Sofia.

O aspecto do campo de batalha: de um lado, vencido, sem fôlego, Blifil. Perto dele, sangrando vitorioso, Tom Jones, e depois, subjugado pelo sr. Western, o reverendo Thwackum!

Tudo terminado, o sr. Western convidou a todos (excetuando Molly, que fugira antes de a briga começar) a jantar em sua casa. Blifil e o reverendo recusaram. Mas Jones não resistiu ao prazer de estar ao lado de sua Sofia.

O pároco se oferecera para ficar ao lado de seu irmão de hábito, mas este empurrou-o para que fosse atrás do sr. Western.

Assim terminou a sangrenta batalha e com ela mais um capítulo desta história.

Capítulo 12

A sra. Western.
Seu caráter, sabedoria e conhecimento do mundo.
O encontro: Jones e Sofia.
O amor.
Outros assuntos.

Terminada a batalha, voltaram todos para casa, onde passaram a tarde com muita alegria. Sofia era a única pessoa que não ria no grupo. A mesma disposição reservada conservou, no dia seguinte, quando deixou à mesa o pai e a tia, voltando para o quarto de fisionomia fechada.

Tanto bastou para que a tia Western chamasse a atenção do irmão para o que se passava.

Dizia-se essa senhora conhecedora profunda da alma humana, das manhas femininas e de todos os traços da paixão quando ataca uma pessoa.

Há dias vinha ela observando a sobrinha e tratou de abrir os olhos do irmão. A reação dele veio pronta:

— Mas apaixonar-se sem minha licença? Eu, que dei a ela todo o meu amor, a minha vida? Pois saiba: eu a deserdarei. Eu a porei no olho da rua, completamente nua e sem vintém.

— E eu sei que meu querido irmão não porá no olho da rua essa filha, que é a sua vida, quando souber que ela ama justamente a pessoa que você escolheria para ela.

— Ah, isso é outra coisa! Se ela casar com o homem que eu escolher, pode amar quem quiser, que pouco se me dará...
E foi assim que a sra. Western, profunda conhecedora da alma alheia, fez um relato do que havia observado no procedimento da menina. E foi assim que garantiu ao pai: poderiam entrar em entendimento com o sr. Allworthy, que iria aprovar a aliança.

Quanto ao sr. Western, já media todas as vantagens: a fortuna seria aumentada, as propriedades, que já eram próximas, se uniriam para sempre, crescendo em tamanho, importância e valor.

Como já havia um convite feito a Allworthy para um almoço com os Western, esse, logo que se viu restabelecido da doença, tratou de satisfazer ao compromisso.

Nessa ocasião, foi chamado à parte pelo sr. Western e comunicado o casamento entre os dois jovens que, segundo ele, se amavam havia muito tempo.

Allworthy recebeu bem a notícia, embora não se mostrasse muito entusiasmado, o que chocou um pouco o pai da moça. O outro procurou abrandar esse ressentimento, fazendo muitos elogios a Sofia e afirmando estar certo de que do outro lado — da parte do jovem — também seria muito bem-aceita a união.

Tudo tratado, restava comunicar a Sofia e ao rapaz. Isto se faria depois, com vagar.

Assim foi feito. A tia procurou a moça e disse-lhe:

— Pronto, Sofia, pode sair de sua tristeza. Não sou cega e estou vendo o que se passa com você. Mas agora venho lhe avisar que seu pai já marcou, para hoje à tarde, seu encontro com o apaixonado.

— Meu pai, esta tarde? — exclamou a moça, enquanto o sangue lhe sumia do rosto.

— Sim, hoje à tarde — repetiu a sra. Western. — Conversei com seu pai e disse da paixão que havia descoberto em você. Sabe como é impetuoso. Não quis esperar e tratou tudo logo com o sr. Allworthy. Você poderá esperar o rapaz hoje à tarde... A verdade é que o rapaz é encantador...

— Confesso, querida tia, que não sei de ninguém que reúna tantas perfeições. Bravo, delicado, humano, inofensivo, tão cortês, tão fidalgo! Oh, tia, que significa malnascido diante de todas essas qualidades?

— Malnascido? Que quer dizer, Sofia? — perguntou a senhora. — O sr. Master Blifil malnascido?

— Misericórdia! — falou Sofia quase caindo. — Mas estou falando do sr. Jones!

— É do sr. Jones e não do sr. Blifil que você gosta, Sofia? Você desonraria a família unindo-se a um bastardo? — Calou-se a sra. Western. Os olhos faiscavam de cólera. Sofia não tinha condições de dizer mais nada.

A tia saiu para comunicar ao irmão a vergonhosa verdade, deixando Sofia em prantos.

Enquanto isso, Allworthy, já em casa, comunica o decidido a Blifil. Este, depois de alguma hesitação, confessa ao tio que matrimônio era um assunto de que ainda não cogitara. Que, de fato, os encantos de Sofia não lhe haviam causado impressão alguma. Não que fosse insensível à beleza, estivesse comprometido ou fosse avesso às mulheres. Nada disso. É que seus impulsos eram moderados e que o estudo, a filosofia, a religião bastavam-lhe por enquanto, e que não possuía o menor vestígio de qualquer paixão dentro dele. Mas aceitaria qualquer desejo do tio e o prezava tanto que se sujeitaria ao que ele lhe impusesse.

Com isso, deu-se por satisfeito Allworthy, mesmo porque viu que o sobrinho, longe de não gostar de Sofia, tinha-lhe uma estima que poderia garantir a felicidade numa união desejável, adequada, agradável e conveniente.

Na casa do sr. Western as coisas não iam bem. Este já ouvira da filha a confissão de que não se casaria, de maneira alguma, com o escolhido.

— Preferia a morte!

— Pois que morra! — gritara o pai, empurrando-a com violência. Saíra, batendo a porta e deixando Sofia caída no pavimento.

No vestíbulo encontrou Jones, que, até aí, ignorava tudo o que estava acontecendo e a respeito de quem Western ainda não fora informado.

Vendo o amigo furioso, Jones tentou acalmá-lo e este pediu--lhe que fosse ver Sofia e tentasse fazer o que pudesse, pois confiava no poder de influência de Jones sobre as pessoas.

Jones, aflito, foi encontrar Sofia levantando-se do chão, com sangue nos lábios. Quando viu o rapaz mandou que saísse dali, sem demora, antes que o pai o visse. Ele explicou-lhe, então, que estava ali por ordem do próprio sr. Western. Ficaram os dois abraçados, bem juntos, num abraço que parecia para sempre.

Ali examinaram toda a situação e Jones fez Sofia prometer que nunca pertenceria a Blifil... Ficaram, por muito tempo, assim os dois, sentindo-se Sofia incapaz de retirar a mão que entregara a Jones e este quase incapaz de segurá-la.

Justamente enquanto estavam os dois ali, a tia procurara o irmão para contar o engano quanto ao apaixonado de Sofia. Esta apenas insistira que não se casaria, mas não dissera ao pai de quem gostava. E a ideia de um casamento entre Jones e a filha nunca passara pela cabeça do orgulhoso fidalgo. Nem nos momentos mais ardentes da afeição que dedicava ao moço.

A revelação da irmã deixou-o, portanto, como que fulminado. Dirigiu-se depois à sala onde esperava encontrar os dois, com fúria e força redobradas, estrondejando propósitos de vingança.

Sofia ouviu-lhe a voz, como um trovão, jurando a destruição de Jones.

E foi a última coisa que ouviu. Porque, quando o pai escancarou a porta, deu com a filha nos braços do jovem, desmaiada.

No primeiro momento, esqueceu a raiva e todos os cuidados foram para ela. Voltando Sofia aos sentidos, foi levada para o quarto, onde ficou com a sra. Honour, sua criada e amiga.

Aí, então, a fúria do sr. Western voltou-se novamente contra Jones, a quem foi dito tudo o que de pior existe em matéria de ofensa.

O rapaz ouviu calado. Quando as coisas estavam no ponto da afronta física, o pároco segurou Western e implorou a Jones que se fosse, e este obedeceu.

Em sua casa, o sr. Allworthy conversava com Blifil quando entrou furioso Western. Em altas vozes contou tudo ao cavalheiro e ao sobrinho. E repetia:

— Minha filha apaixonou-se pelo vosso bastardo! Aí está! No que deu!

— Sinto-o imensamente — falou Allworthy desapontado.

— Bolas para os sentimentos! De que me adiantarão eles, quando tiver perdido minha filha, minha única filha, alegria e esperança de minha velhice?

— Mas o que quer que eu faça, sr. Western?

— Quero que conserve esse filho de uma prostituta afastado de sua casa. Eu prenderei minha filha. E que esse casamento saia o mais depressa possível. Agora devo voltar, para impedir que minha filha fuja.

Tornando a ficar a sós, Allworthy quis saber o que pensava Blifil. Este suspirava desapontado. E cheio de ódio, pois o bom êxito de Jones, junto à moça, fazia-lhe mais mal do que a perda de Sofia... Acabou dizendo:

— A razão me manda que deixe de pensar numa mulher que já entregou a outro seus afetos. Mas sei que Sofia, seguindo Jones, estará seguindo o pior homem do mundo, pois se o tio soubesse metade do que, até agora, ocultei, não o teria protegido tanto tempo.

— Como? Terá ele feito coisas piores do que as que já sei?

Aí, então, Master Blifil aproveitou para narrar ao tio tudo que sempre teve vontade de dizer. Aumentando e envenenando o mais que pôde. Até chegar no dia em que, com Allworthy enfermo e com a morte da mãe enlutando a casa, Tom Jones bebeu, cantou e berrou. Embriagado, enfureceu-se, batendo nele, Blifil, quando lhe chamou a atenção. E, mais tarde, no mesmo dia, estando no bosque com uma jovem do povo, em situação que não podia descrever, foi advertido pelo reverendo Thwackum e por ele, Blifil. Voltara-se contra ambos e entrara em luta havendo ferido muito o reverendo.

Chamado, Thwackum apareceu num instante. E as provas estavam ainda no corpo do sacerdote, não deixadas por Jones, mas pelo sr. Western, se os leitores estão lembrados da batalha no bosque.

Nada mais era preciso acrescentar. Allworthy esperava passar a cólera, de que estava possuído, para chamar Jones. E o fez, mais tarde, na hora da refeição.

O pobre rapaz compareceu, como sempre. Mas o coração e o ambiente estavam carregados demais para que pudesse comer. Pela expressão magoada do sr. Allworthy, concluiu que o sr. Western já lhe revelara o que se havia passado entre ele e Sofia.

No que se refere à história do primo, esta não lhe inspirava o mínimo receio, pois era inteiramente inocente. O que ele não sabia é que Blifil preparara muito bem a situação toda, de modo a não haver mais saída para Jones. Preparara sabendo que, se caísse, ao mesmo tempo, sobre ele, o peso conjunto de muitos fatos, era mais provável que viesse a esmagá-lo. E ficara, portanto, à espera de uma oportunidade como aquela que a sorte generosa acabava de apresentar-lhe.

Já com a cabeça fria, principiou Allworthy o seu sermão. Enumerou tudo, em especial o que lhe haviam contado neste dia. Concluiu dizendo que esperava que ele pudesse se defender. Do contrário, estava determinado a expulsá-lo para sempre da sua casa.

Muitas desvantagens assistiam o pobre Jones em sua defesa. Na verdade, mal sabia de que o acusavam. Allworthy disse-lhe que já o perdoara demais e agora não queria que o julgassem conivente com as ações de Jones.

— Agora — disse ele —, é preciso que eu me justifique por meio de um castigo. Se eu o eduquei como filho, não o deixarei na rua, nu e sem dinheiro. Quando abrir este envelope, encontrará com que ganhar honestamente a vida.

Jones, com a alma destroçada, não encontrava palavra para se explicar, para se defender. Fora tudo repentino e brutal demais para ele.

Depois daquelas palavras, Allworthy deu-lhe ordens para sair imediatamente da casa e avisou que as roupas e os pertences lhe seriam entregues onde ele determinasse.

Assim, pôs-se Tom Jones a caminho. Sem saber para onde ir. Sem destino, ia pensando, preocupado em como avisar Sofia.

Depois de andar mais de dois quilômetros, sentou-se desesperado à beira de um riacho ainda nas terras de seu pai adotivo. Chorou e se entregou à mais violenta das crises de desespero. Por fim, foi serenando e acabou sentindo que fora uma vitória, afinal, sobre suas próprias paixões, o fato de haver preferido deixar Sofia a levá-la, conduzindo-a à miséria, à desonra e a uma vida de incertezas. Chegou a sentir-se até feliz com esses pensamentos.

Decidiu escrever uma carta de despedida a Sofia e outra para o sr. Allworthy.

Próximo dali, arranjou o necessário e escreveu.

Dizia-lhe que era duro deixá-la, mas o próprio amor o obrigava a isso. E o fazia para o bem de todos. Que estivesse tranquila. Nada que ouvisse a respeito dele lhe desse cuidado, porque, depois de perdê-la, tudo o mais era insignificante. Pedia-lhe que o esquecesse e os anjos da guarda a protegessem.

Procurou o lacre no bolso, mas não o encontrou. Lembrou-se que, na sua crise de desespero, lançara fora tudo o que trazia, até a carteira recebida do sr. Allworthy, que nem chegara a abrir. Voltou apressado à margem do riacho.

No caminho encontrou Black George, que lamentou todo o ocorrido. Falou-lhe Jones das coisas que haviam ficado junto ao rio. Procuraram os dois em todos os lugares por ali e nada acharam. Apenas não procuraram onde estavam, bem guardadas nos bolsos de Black George. Jones renunciou àquelas coisas, como já havia renunciado a tantas outras. E esqueceu-as.

Pediu ainda ao couteiro que lhe fizesse o maior favor do mundo. George respondeu indeciso porque pensou que o rapaz fosse lhe pedir dinheiro emprestado. De fato, reunira boas importâncias e Jones sabia, vendendo caça a serviço do sr. Western.

Mas Jones falou-lhe sobre as cartas e ele se prontificou a levá--las. Combinaram entregar a de Sofia à sra. Honour, para que esta a levasse à patroa.

Assim fez Black George. Mais tarde voltou ele alegre a procurar Jones. Trazia a resposta. Eram poucas palavras, mas Sofia dava--lhe a certeza de sua compreensão, de seu amor e de sua fidelidade para a vida inteira.

Daí dirigiu-se nosso herói para uma cidade que ficava a mais de dez quilômetros de distância e onde pretendia retomar o curso de sua vida, e para onde pedira ao sr. Allworthy que mandasse tudo que lhe pertencia.

Capítulo 13

*O procedimento de Sofia
nas presentes circunstâncias.
Grande variedade de assuntos.
Habilidade, sabedoria, esperteza
e outras coisas também necessárias para as pessoas
curtirem bem a vida.*

Sofia passara as últimas 24 horas de maneira não muito desejável. Estivera fechada à chave, no seu quarto, sob a vigilância da sra. Honour.

As ordens do sr. Western eram para não permitir que a senhorita saísse do quarto e não deixar entrar ninguém além dele e da tia. Podia-se-lhe proporcionar tudo o que desejasse, excetuando pena, papel, tinta. Grandes promessas foram feitas a Honour, mas também grandes castigos prometidos se não cumprisse as ordens com rigor.

À noite, Honour entregara-lhe a carta de Jones e dera-lhe a notícia de que este já não se encontrava mais na casa do sr. Allworthy, nem na cidade. Fora expulso, assim o exigira o próprio sr. Western, temendo pelo seu casamento com Blifil. Isto deu motivo a que Sofia entrasse novamente em crise de choro.

Jones, na manhã seguinte, recebera os seus pertences da casa do sr. Allworthy, com uma carta bastante atrevida de Blifil, em que o primo o aconselhava a desaparecer quanto antes e que este era também o desejo do sr. Allworthy.

Esta carta despertou no jovem muita indignação, mas, por fim, a ternura que tinha para com aquelas pessoas venceu e ele resolveu dizer adeus a tudo e cuidar apenas de si.

O mundo todo estendia-se diante dele. E, Jones, como Adão do *Paraíso perdido*, de Milton,* não tinha a quem pedir conforto ou assistência. Olhou para todos os lados. Examinou tudo. Não havia nada, porque tudo requeria tempo e dinheiro. Por fim, o mar, o hospitaleiro amigo dos desamparados, abriu-lhe os braços, abraçou-o.

Jones, com o pouco que lhe restava, alugou alguns cavalos e dirigiu-se a Bristol, onde estava o mar.

Enquanto isso, o jovem Blifil, comparecendo para visitar a noiva, foi por ela muito mal recebido, com ódio e o maior desprezo. Terminada a visita, queixou-se ao pai de Sofia, que resolveu apressar o casamento para o dia seguinte.

Apressada, a sra. Honour procurou Sofia e falou desapontada:

— Se a senhora não se aborrecesse nem ficasse achando que escuto atrás das portas...

— Fale logo, Honour — pediu Sofia impaciente. — Você sabe que, na situação em que estou, nada mais me escandaliza ou aborrece. Depois, só conto com você.

— Pois, minha querida senhora — disse Honour —, a verdade é que ouvi o patrão falando ao padre Suplle em conseguir uma licença esta tarde e que a senhora se casaria amanhã cedo.

— Amanhã cedo?! — repetiu Sofia aterrada.

— Sim, minha senhora, sou capaz de jurar que foi isto que ouvi o patrão dizer.

— Mas, então, o que faço?! Que faria você, Honour, se estivesse no meu lugar? Diga!

— Com efeito, querida senhora, até que eu gostaria de estar no seu lugar. Não haveria dificuldade nenhuma, pois acho o moço Blifil encantador, delicado, simpático...

---

* Poeta e ensaísta inglês (1608-1674). (N. do E.)

— Não me fale nessa coisa ruim. Eu o detesto! A ser esposa dele prefiro uma boa morte!

Ficaram as duas caladas. Por fim, Sofia falou:

— Honour, tomei uma decisão. Vou sair da casa de meu pai esta noite, e se você me tem a amizade que tantas vezes disse, irá comigo.

— Com minha patroa irei até o fim do mundo. Mas peço-lhe que pense bem nas consequências antes de fazer qualquer coisa. Primeiro, para onde irá?

— Há em Londres — explicou Sofia — uma senhora de qualidade, parenta minha. Quando estive lá, tratou-me com muita bondade e gostou tanto de mim que pediu a minha tia para me deixar com ela, em Londres. Depois, tem um espírito diferente. Dá menos importância do que eu à autoridade paterna. Sei que me recebe e me protege, não duvido. Até que meu pai se torne mais razoável.

Nesse ponto, Honour ponderou:

— Como haveríamos de arranjar a fuga? E a condução? E os salteadores? E o frio da noite?

— Olhe, Honour, andando não se sente frio. E os salteadores? Levarei uma arma. Isto não falta por aqui. E, quanto à condução, pretendo sair pelas portas, naturalmente. Por minhas pernas, que, graças a Deus, são capazes de me carregar. Ouve, Honour, estou decidida a ir; se me acompanhar, prometo recompensá-la à altura.

Este último argumento surtiu mais efeito.

Combinaram, então, um plano que seria executado a partir daquele momento.

Ela, Honour, arranjaria uma briga com a criada da sra. Western e ofenderia a ambas, a ponto de a sra. Western exigir que fosse demitida.

Para isso, não precisou muito. Antes que qualquer argumento viesse, na cabeça da sra. Honour, atrapalhar o plano de Sofia, já a criada da sra. Western havia aprontado a briga. E dos insultos pessoais passaram a insultar as patroas. Nesta altura, a sorte trouxe à cena a sra. Western. Encontrando sua criada em prantos e a outra falando, completamente alterada, quis saber o que se passava. E a sua própria camareira explicou:

— Foi ela, senhora, juro. Eu teria até relevado tudo se ela não tivesse chamado a senhora de gata, velha e feia...

A sra. Western saiu, trovejando qualquer coisa, que palavras não eram. Foi à procura do irmão, enquanto a sra. Honour completou o serviço iniciando um combate mais ativo. Agora, sim, seria exigida a demissão da criada de quarto de Sofia, cujas roupas para a fuga já estavam com lugar garantido nas malas de sua fiel Honour.

Obrigada a deixar a casa, sem demora, arrumou mala e bagagem para satisfação de todos, mas em especial de Sofia. Combinou que a esperasse, não muito distante de casa, exatamente à meia-noite. Começou ela própria, então, a se preparar para a fuga.

Antes teve de conceder duas audiências pessoais: uma ao pai e outra à tia. Com a tia nada houve de anormal. Os conselhos de sempre. Mas o pai tratou-a de forma violenta e injuriosa. Sofia achou melhor mostrar-se dócil, o que satisfez tanto ao velho fidalgo que se desmanchou em carinhos. E Sofia deu-lhe o tratamento que ele gostava:

— Sabeis, senhor, que não devo, nem posso recusar-me a obedecer uma ordem absoluta vossa...

Western era agora o mais feliz dos homens. Deu-lhe então uma grande nota de banco para comprar tudo que entendesse. E lágrimas de alegria tomaram o lugar da cólera que despejara momentos antes contra o querido objeto de sua afeição.

E vamos deixar Sofia, aqui, com tudo bem encaminhado para a partida. Voltemos ao sr. Jones, que, conforme estão lembrados, ficara, no início do capítulo, com a resolução de seguir para Bristol, onde estava o mar à sua espera, para tentar reiniciar a vida e a sorte.

Aconteceu que o guia encarregado de conduzi-lo desconhecia o caminho de Bristol e, principiando a escurecer, os dois perderam o verdadeiro rumo. Jones procurou saber na primeira aldeia e ali, depois de muito indagar, acabou sabendo ou deduzindo que cada vez se afastava mais de Bristol.

Afinal, alguém, com cara de honesto, indicou-lhe uma casa decente onde pudesse se hospedar durante aquela noite. Porque, de qualquer maneira, não poderia chegar no mesmo dia a Bristol, pois a estrada não era fácil de encontrar. E ainda havia o perigo dos assaltos. Na casa encontraria agasalho para ele e a tropa.

Assim fez Jones. Chegando lá encontrou o dono sozinho, precisando mesmo de companhia. A filha havia fugido e a mulher o abandonara. Jones não estava de humor próprio para acompanhar o homem em seu sofrimento e solidão. Mesmo assim, para ter a pousada, sujeitou-se a ouvi-lo e apoiá-lo.

Nada disso surtiu efeito porque, quando Jones tocou a campainha para recolher-se, comunicaram-lhe que lá não havia cama para ele. Menosprezaram-lhe a baixa condição, dizendo que, apesar do colete de rendas, ele não passava de um pobre bastardo de paróquia, educado em casa de um grande fidalgo, posto, há pouco tempo, no olho da rua (está visto que por boa coisa não seria).

Já que não conseguiu cama, Jones acomodou-se tranquilo numa grande cadeira de junco, e ali, o sono, que em aposentos luxuosos o abandonara, não tardou a chegar.

Não demorou muito, porém, a estalagem foi tomada por uma companhia de soldados em grande algazarra. O dono tratou de servir-lhes cerveja. Na segunda ou terceira vez em que regressava da adega, deu com o sr. Jones em pé, diante do fogo, no meio dos soldados, conversando com o sargento.

Depois de satisfeita a sede, nada restava senão pagar a conta. E foi aquela dificuldade! Uns já haviam saído sem pagar e os que ficaram achavam que não deviam pagar o que não beberam. Do jeito que estavam as coisas, ia pagar, mesmo, o dono! A discussão crescia de tal maneira que parecia exigir uma interferência militar, quando Jones levantou-se e disse que pagaria a conta. Aplausos e agradecimentos soaram de todos os lados. Os termos "nobre, ilustre e digno cavalheiro" ressoaram pela sala. Até o dono principiou a fazer dele opinião melhor, duvidando já das informações que lhe dera o guia.

Antes de se retirarem, Jones já estava com sua bagagem nos carros e disposto a servir naquela companhia que seguia para combater os rebeldes que marchavam contra as forças do rei. Deram-lhe, ali mesmo, o posto de sargento.

Chegados ao acampamento, o comandante não pôde disfarçar sua surpresa. Além de ser bem-vestido e possuir uma fidalguia natural, Jones tinha uma expressão de notável dignidade e que raro se vê em homens vulgares e, de fato, se encontra obrigatoriamente entre os superiores.

Foi por isso muito bem recebido, o tenente elogiou-lhe a coragem de servir como voluntário, apertou-lhe a mão e convidou--o para jantar em sua companhia e na dos outros oficiais, como se fora um deles.

Assim que terminou a refeição, Jones fez referência à alegria dos soldados na marcha.

— E, no entanto — disse ele —, apesar de toda a barulhada, aposto que, diante do inimigo, vão se portar mais como gregos do que como troianos...

— Gregos e troianos! — falou um dos alferes. — Que diabos são eles? Já ouvi falar em todas as tropas da Europa, mas deles nunca!

— Sr. Northerton — interveio o tenente —, não se mostre mais ignorante do que é. Não é possível que não conheça os gregos e troianos, mesmo que não tenha lido Homero. Aliás, a observação do cadete Jones é muito justa e elogiosa para nós. E mais: eu gostaria que, entre outras coisas, o amigo seguisse o meu conselho e deixasse de insultar o clero, como o tem feito sempre que pode.

A isso, o outro respondeu, ainda, blasfemando e maldizendo os padres, o que levou Jones a discorrer com muita sabedoria sobre a religião. O pequeno discurso mereceu do atrevido alferes o comentário:

— Ora vejam: fala como se tivesse frequentado a universidade! Qual teria sido o colégio?

— Senhor — respondeu Jones —, longe de ter ido à universidade, tive até essa vantagem sobre todos aí, pois nunca estive na escola.

— Eu o supus — exclamou o alferes —, tão somente em vista de sua grande sabedoria...

— E eu lhe digo, senhor — continuou Tom Jones —, é tão possível para um homem saber alguma coisa sem ter ido à escola como ter ido à escola e não saber coisa alguma.

Assim prosseguiu o outro, sempre provocando, querendo levar Jones à briga. E sem demora o conseguiu, terminando por lançar-lhe uma garrafa cheia à cabeça, o que o atingiu e o atirou, sangrando, ao chão.

Ali mesmo, ainda com Jones caído ao chão, o alferes causador do grave incidente foi preso.

Os outros, a pedido do comandante, tentaram transportar o corpo de Jones. Mas como nele só notassem pequenos sinais de vida, deixaram-no cair outra vez. Diziam que o inglês enforca aquele que o toca por último.

Não demorou muito, Jones deu sinais de vida. Puseram-no sentado numa cadeira e passaram a discutir, a receitar, a prescrever tratamentos. Enquanto não chegava o cirurgião, a estalajadeira cortou um chumaço dos próprios cabelos e estancou o sangue. Limpou-lhe o rosto e deu-lhe um bom gole de aguardente.

Pouco depois o cirurgião o examinava e mandava colocá-lo na cama, em repouso.

O ferido já na cama, iniciou-se uma conversa em que se punha dúvida quanto à dignidade e correção de Tom Jones. Em defesa dele falou o tenente, dizendo ser o mesmo melhor do que o oficial e mais cavalheiro do que muitos. Tanto bastou para que no espírito da estalajadeira se formasse uma nova ideia, bem mais favorável a respeito de Jones.

Estavam assim conversando quando entrou na sala o cirurgião. Fez este um resumo do estado do rapaz, não escondendo sua preocupação quanto a esses ferimentos que externamente não apresentam gravidade, mas internamente fazem grandes estragos.

Temia por Jones, julgava-o em perigo. E, pela maneira de responder às perguntas do tenente e mesmo da mulher dona da estalagem, mostrava ser mais filósofo do que médico.

Bem mais tarde, com tudo já serenado, apareceu o tenente para uma visita. Jones parecia bem, embora se queixasse de grande dor no lado ferido da cabeça.

Disse-lhe o tenente que, para continuar no exército, Jones teria que se bater com o alferes, para reparar a ofensa e lavar a honra, logo estivesse bem de saúde.

Isto trouxe um caso de consciência para o nosso rapaz. De educação profundamente cristã, não podia abrigar tal ideia em sua mente. E não era medroso. Nem covarde.

Assim foi que, bastante melhor, dispondo de uma boa espada que comprara, Jones se dispôs a deixar o quarto e procurar o inimigo. Antes uns pensamentos lhe passaram pela cabeça. "Qual a causa por que me bato? Minha honra. Quem é o ser humano com quem vou me bater? Um canalha que me feriu e insultou. Mas não é a vingança proibida por Deus? Sim, mas não o é pelo mundo. Bem, não pensarei mais. Vou bater-me."

Foi até a cela onde estava preso o outro. Lá, sua figura pálida, toda de branco com uma espada e uma vela, nas mãos, à meia-noite, fez logo desmaiar a sentinela. Como a cela estivesse vazia, nela foi trancafiada a sentinela até que desse conta do alferes prisioneiro. Quanto a esse, havia escapado bem antes de Jones lá aparecer. Tivera a ajuda da estalajadeira, que se encantara com a beleza física do rapaz, sem estar dando conta se sua moral era torta ou não.

QUINTA PARTE

Contém: a estreia do maravilhoso: coisas impossíveis podem ser prováveis. Muitas coisas acontecidas no espaço de meses, dias e horas, mas que não têm grandes efeitos. E um simples diálogo, entre Jones e o barbeiro, esclarece grandes coisas sucedidas há vários anos passados.

Capítulo 14

Jones e a estalajadeira.
Jones e o cirurgião-barbeiro.
O sr. Benjamin se identifica.
Jones arranja um companheiro para a viagem.

Em primeiro lugar, quero dizer que acho perfeitamente razoável exigir-se de um escritor que se mantenha dentro dos limites da possibilidade. Lembre-se de que o que não é possível a alguém executar será dificilmente possível a esse alguém acreditar que haja sido executado.

A falar verdade, se o escritor se limitar ao que realmente sucedeu, e rejeitar qualquer circunstância que lhe pareça falsa, ele cairá às vezes no maravilhoso, mas nunca no inacreditável. Poderá despertar o espanto e a surpresa do leitor, mas nunca o ódio incrédulo ou a revolta por estar sendo julgado tolo. O bom escritor poderá ficar nos limites da probabilidade, do acreditável, sem precisar que suas personagens sejam comuns e os incidentes que as envolvem sejam triviais:

"A grande arte está em misturar a verdade à ficção, o crível ao surpreendente."

Aqui voltamos a Jones, no momento em que recebe, em seu quarto, a visita da estalajadeira. Era esta, em realidade, a primeira vez que ela o via. Entretanto, dirigiu-se a ele e conversou durante muito tempo, como se o conhecesse de longa data. Fez referência a pessoas que lhe eram familiares, como Sofia, o sr. Allworthy, a tia Western. A elas se referia como se fossem velhas conhecidas. E Jones acreditando, sem de longe imaginar que tais informações a mulher as obtivera do tenente enquanto bebiam e discutiam.

Saindo dali, ela encontrou o cirurgião na cozinha e nova conversa foi iniciada. Disse-lhe da impressão que Jones lhe causava e que sabia ser ele um completo salafrário. Isto fez com que o doutor desistisse imediatamente do tratamento a que vinha submetendo o rapaz. E, na verdade, este apresentava melhoras, mas estava longe de estar curado.

Depois de um sono de sete horas, Jones acordou disposto e faminto. Desceu para encomendar alguma coisa para comer e pedir que lhe fosse arranjado um barbeiro.

Mais tarde apareceu na sala primorosamente vestido. Aí já encontrou o barbeiro, um homenzinho que atendia pelo nome de Benjamin. Era um sujeito extravagante e engraçado. Logo às primeiras palavras conquistou Jones.

—Vejo, amigo, que és um letrado — disse-lhe Jones.

— Fraco letrado — respondeu o barbeiro, e completou com uma frase em bom e puro latim. Assim foi toda a conversa: tudo o que disse entremeou com frases e ditos latinos.

Acabou Jones convidando-o para tomarem juntos uma garrafa de vinho, o que foi aceito com alegria.

Enquanto nosso herói aguardava a refeição, sentado numa sala que mais parecia um calabouço, ouvia a conversa que se desenrolava na cozinha entre a estalajadeira, o bodegueiro e o barbeiro. Dizia a mulher:

— Faz-me pena o pobre rapaz. Ouvi dizer que era um infeliz menino de paróquia, recolhido em casa do fidalgo Allworthy, onde fora educado como aprendiz, e que havia sido expulso por haver roubado a casa e namorado sua jovem patroa...

— Um criado do fidalgo Allworthy!... — exclamou pensativo o barbeiro. — E qual é o seu nome?

— Disse-me ele que se chamava Jones — respondeu ela —, mas talvez ande com o nome trocado. Disse-me também que o fidalgo o sustentara como seu próprio filho, mas que agora brigara com ele.

— E, se o seu nome é Jones, disse a verdade — afirmou o barbeiro —, pois tenho parentes que vivem na província e conhecem toda a história. Há até quem diga que o rapaz é filho dele, do fidalgo Allworthy.

— E por que, então, não usa o nome do pai?

— Isso não sei dizer — respondeu o barbeiro. — Mas há muita gente que não usa o nome do pai.

— Ora — falou a estalajadeira —, se eu soubesse que ele era filho de um cavalheiro, ainda que fosse bastardo, eu o teria tratado de outra maneira. Muitos desses bastardos chegam a ser grandes homens, e, como costumava dizer meu primeiro marido, nunca se deve maltratar um freguês que seja cavalheiro.

Essa conversa se passou parte enquanto Jones almoçava e parte enquanto esperava o barbeiro na sala de visitas. Quando o sr. Benjamin entrou, Jones convidou-o a sentar-se, deu-lhe um copo de vinho e bebeu-lhe à saúde, brindando em latim.

— *Ago tibi gratias, Domine**— exclamou o barbeiro.

E logo encarando Jones, perguntou, pensativo, como se estivesse se lembrando de um rosto que já vira em outro tempo:

— Queira me perdoar, senhor, mas pode me dizer se o seu nome é Jones?

— Sim, este é o meu nome.

— Por Deus! Que estranha é a vida! Sr. Jones, sou eu o mais humilde de seus criados. Vejo que não me conhece, o que não é de se espantar, pois só me viu uma vez, quando era ainda muito pequeno. Diga-me, senhor, como vai o bom fidalgo Allworthy?

—Vejo — disse Jones — que, de fato, me conhece, mas não tenho a felicidade de reconhecê-lo.

---

* Em latim, "Eu te agradeço, Senhor". (N. do E.)

— Isto não me admira! — exclamou Benjamin. — Surpreende-me que eu não o tenha conhecido antes, pois não mudou coisa nenhuma. E, por favor, posso perguntar, sem ofender, para onde viaja desta maneira?

— Encha o copo, senhor barbeiro, e não faça mais perguntas. Nem fale meu nome enquanto eu não tiver saído daqui.

— Quanto a isto, garanto-lhe que já o faria sem que me pedisse. Sempre que um cavalheiro de sua representação viaja sem criados, podemos supor que deseja ficar incógnito. E, ademais, sei guardar segredo.

— Todavia, isso não é de sua profissão, sr. Benjamin. Os barbeiros costumam ter a língua bem grande...

— Eu lhe asseguro, caro senhor, que não nasci e nem fui educado como barbeiro. Passei a maior parte do meu tempo entre cavalheiros e fidalgos.

Assim ficaram os dois conversando por longo tempo. Benjamin contou-lhe que, da província, os parentes lhe escreviam dando conta dos acontecimentos mais importantes. Dessa maneira soube da generosidade do moço para com Black George e como isso o havia tornado querido de todos.

Para Jones, isolado e distante daqueles que amava, essa amizade foi muito boa. Ficaram tão grandes amigos que o nosso herói se dispôs a contar-lhe toda a sua história. E, de fato, o fez, pois o barbeiro sentiu-se honrado e disposto a ouvi-la, por mais longa que fosse ela.

Jones contou-lhe tudo, até a decisão de alistar-se voluntário e bater-se contra a rebelião no norte. Com isso, chegara ao ponto em que exatamente se achava: ferido, necessitando dos cuidados de um médico.

Benjamin ouviu sem interromper a narrativa uma única vez, embora tivesse tido vontade de fazê-lo. Sim, Jones dissera tudo menos o nome da jovem que, involuntariamente, estragara-lhe a vida. Não resistindo à curiosidade, perguntou. Jones fez uma pausa e disse depois:

—Visto que já lhe confiei tanta coisa e o nome dela já se tenha tornado tão público, na ocasião, não o ocultarei de você: é Sofia Western.

— O sr. Western já tem uma filha moça! — exclamou Benjamin.

— E que moça! — disse Jones. — Olhos humanos nunca viram tão bela nem melhor. Eu poderia elogiá-la a vida inteira e ainda ficaria na metade do que ela merece!

Nesse momento, o vinho chegara ao fim. O barbeiro insistiu para que tomassem mais uma garrafa, mas Jones recusou-se. Disse que já bebera bastante. Desejava agora recolher-se ao quarto, onde daria tudo para ter um livro para ler.

— Um livro! — gritou Benjamin. — Que livro gostaria de ler? Em que língua? Inglês ou latim?

Escolhidos dois volumes em inglês, o barbeiro os trouxe e voltou para casa com a palavra dada de que não revelaria a ninguém o nome de nosso herói. Jones foi para o quarto.

Na manhã seguinte, cedo, Jones ficou preocupado, lembrando-se de que precisava de curativos e o cirurgião havia desertado.

Conversou com o bodegueiro e este lembrou-se de que ninguém melhor para servi-lo do que o próprio barbeiro. Estava ali havia pouco tempo e já realizara curas magníficas.

Mandaram buscá-lo e este apareceu bem aparelhado, com um ar e um aspecto tão diferentes da véspera que ninguém diria tratar-se da mesma pessoa.

— Então, barbeiro, você tem mais um ofício. Como não me falou nele ontem à noite?

— Cirurgião — respondeu Benjamin — é uma profissão e não um ofício. Agora, como profissional, examinarei sua cabeça, verei o estado de seu crânio e darei minha opinião sobre o caso.

Depois de examiná-lo, Benjamin mostrou-se horrorizado com o que fora feito. Pediu licença para aplicar um preparado de sua invenção e disse que assumiria toda a responsabilidade da cura em poucos dias.

— Pronto, senhor — falou Benjamin —, agora é melhor voltar a ser o outro. Um barbeiro pode fazer você rir. Um cirurgião, duvido.

E foi como barbeiro que Benjamin se dispôs a contar, a pedido do rapaz, quem era e de onde o conhecia e à família que o criara.

O barbeiro verificou se a porta estava bem fechada, acomodou-se ao lado de Jones e começou com ar sério e solene:

— Antes de mais nada, devo dizer-lhe que você foi o maior inimigo que já tive.

— Eu, seu inimigo, senhor? — perguntou Jones com espanto e olhar severo.

— Não se zangue, rapaz, pois asseguro-lhe que eu não sou seu inimigo. Depois, não havia no amigo nenhuma intenção de me prejudicar, pois era nessa época um recém-nascido. Parece-lhe tudo muito estranho, mas creio que ficará bem claro se eu lhe disser o meu nome. Já ouviu falar em Partridge?

— Ouvi falar, sim — disse Jones —, e sempre pensei ser filho dele.

— Pois bem, senhor — continuou Benjamin. — Partridge sou eu. Mas eu o libero de quaisquer deveres filiais, pois garanto-lhe que não é meu filho.

— Como?! — exclamou Jones. — E será possível que uma falsa suspeita tivesse lhe acarretado todas as más consequências que conheço tão bem?

— É possível — disse Benjamin —, porque foi o que aconteceu; mas, embora seja comum aos homens odiarem as causas de seus sofrimentos, mesmo que sejam inocentes, comigo sucede diferente. Eu quis bem a você sempre. Mais ainda quando soube do seu procedimento para com Black George. Agora, diante desse nosso encontro extraordinário, estou certo de que você nasceu para me recompensar de tudo o que sofri na vida.

— Eu gostaria, sr. Partridge — acrescentou Jones —, de poder recompensá-lo de tudo o que padeceu por minha causa, embora eu ainda não veja de que maneira poderei fazê-lo. Mas eu lhe asseguro que não lhe negarei coisa alguma que me for possível conceder.

— Isso lhe é perfeitamente possível, senhor — replicou Benjamin —, pois só lhe peço licença para acompanhá-lo nessa viagem. Jones, que se agradara tanto de Partridge quanto este poderia ter-se agradado dele, deu, afinal, o seu consentimento. Logo, porém, refletindo, advertiu:

— Talvez, sr. Partridge, o senhor esteja pensando que estou em boa situação e que possa sustentá-lo. Mas, na realidade, não posso — e, abrindo a bolsa, contou toda a sua fortuna, que se limitava a nove guinéus.

— Por enquanto, senhor — disse o barbeiro —, acredito seja eu o mais rico dos dois. Mas tudo o que possuo está ao seu dispor. Insisto em que aceite tudo e peço apenas para acompanhá-lo como seu criado.

Jones, entretanto, recusou-se a aceitar a generosa proposta relativa ao dinheiro.

Combinaram a partida para a manhã seguinte. Sugeriu, então, Partridge que a mala de Jones, demasiado grande para ser transportada sem o auxílio de um cavalo, poderia ficar guardada em sua casa. O jovem levaria algumas camisas e o mais que fosse indispensável.

E retirou-se o barbeiro para casa, a fim de preparar tudo para a projetada expedição.

Capítulo 15

*Razões para o procedimento do sr. Partridge.
Desculpas para a fraqueza de Jones
e de muita gente.
No fundo há sempre uma razão
que desculpa tudo.*

De tudo o que ouvira sobre Jones e mesmo da narrativa do próprio, Partridge concluiu que ele fugira de casa. Não acreditava que Allworthy o tivesse expulsado, conforme contava o rapaz. Por essa razão, resolvera acompanhá-lo na viagem, certo de que chegaria o momento de convencê-lo a voltar para casa. Com isso prestaria um bom serviço ao sr. Allworthy e talvez lhe caísse novamente na boa graça. Quem sabe até receberia uma boa recompensa pelo bom trabalho prestado! Quem sabe aquela ajuda anual que recebia do cavalheiro, cortada na época do nascimento de Jones, lhe seria agora restituída?! (Sabendo-se inocente, não lhe passava pela cabeça que alguém o julgasse culpado.) E quem sabe seria ele restituído à sua terra natal — Somersetshire —, de onde morria de saudades!

Quanto a Jones, este acreditava que Partridge ia acompanhá-lo só pelo amor e zelo que lhe dedicava. Jones era jovem e inexperiente demais para formar um juízo a respeito da verdade alheia. Guiava-se ele pelas suas próprias intenções, que eram retas e honestas. E supunha, na sua inexperiência e boa-fé, que assim agissem todos. Só o tempo, a idade e o desenvolvimento de suas próprias qualidades lhe dariam, mais tarde, essa suspicácia que é uma espécie de desconfiança em relação àquilo em que se deve confiar... Confiar desconfiando, ou melhor, confiar sabendo que tudo pode apresentar falhas, nada é infalível.

Na manhã seguinte, bem cedo, apareceu Partridge, pronto para a viagem, com a mochila nas costas. Dentro levava toda a sua roupa branca e ali colocara as de Jones. Já havia embrulhado a mala para levá-la à sua casa quando a estalajadeira o impediu: negava-se a permitir qualquer remoção antes de ser paga a conta. Extraída e paga a conta, Jones pôs-se a caminho com Partridge, que carregava sua mochila. E a estalajadeira nem se dignou a desejar-lhes boa viagem. Aquela sendo uma estalagem para pessoas de qualidade, a dona também o era e os dois pobres-diabos não estavam à altura de merecer um cumprimento de pessoa de tão alta classe.

Os dois seguiram o caminho de Gloucester sem nenhuma aventura que mereça ser contada.

Ali chegados, escolheram a Estalagem do Sino para se hospedarem, lugar que diziam ser excelente. De fato, todo o tratamento era bastante agradável. Quando Jones e o companheiro entraram, a sra. Whitefield, a hospedeira, os viu e mandou que os criados os conduzissem a uma boa sala onde, mais tarde, os procurou para convidar Jones a almoçar em sua companhia. Sua sagacidade havia descoberto nele algo que o distinguia das pessoas vulgares. Além do sr. Jones e da simpática dona da casa, sentou-se à mesa um advogado de Salisbury, o mesmo que levara ao sr. Allworthy a notícia da morte da sra. Blifil, cujo nome era Dowling. Havia uma outra pessoa: um que se dizia advogado e morava próximo a Somersetshire. Na verdade não passava de um vilíssimo rábula, sem inteligência, nem cultura.

Durante o almoço, esse senhor reconheceu o rosto de Jones, que vira em casa do sr. Allworthy. Valeu-se disso para perguntar pela família com uma familiaridade que ficaria certa num amigo íntimo do sr. Allworthy ou mesmo conhecido. Mas este, por muito esforço que fizesse, Jones não se lembrava de tê-lo visto por lá. Mesmo assim, respondeu-lhe com muita cortesia.

Logo que a mesa foi tirada, Jones se afastou, deixando à hospedeira a penitência de aturar o sujeito.

Valendo-se da ausência do rapaz, o rábula, a meia-voz, perguntou se ela sabia quem era o belo casquilho. Ela respondeu que nunca vira antes o cavalheiro.

— O cavalheiro, pois sim! Um belo cavalheiro, realmente! — E aí começou a discorrer sobre a vida do jovem com todas as maldades, todos os exageros possíveis. Contou a história deturpada, pintando Jones como se fosse o último dos homens, até chegar ao ponto em que o fidalgo o deixou sem nada e o pôs fora de casa como um vagabundo qualquer.

— E com muita razão — falou Dowling, o outro advogado.

— Por favor, qual é o nome desse belo cavalheiro?

— O nome dele? — repetiu o rábula. — O nome dele é Thomas Jones.

— Jones — respondeu Dowling. — O sr. Jones, que morava na casa do sr. Allworthy, foi o senhor que almoçou conosco?

— O mesmíssimo — falou o outro.

— Eu já ouvi falar nesse cavalheiro muitas vezes — exclamou Dowling —, mas nunca ouvi falar nada de mau de sua pessoa.

— E eu tenho a certeza — disse a hospedeira — de que se é verdade metade do que acabou de dizer este senhor, o sr. Jones engana muito, pois nunca vi uma pessoa tão fina, tão cortês e bem-educada para se tratar.

De qualquer maneira, isto influenciou-lhe o espírito. Mudou a maneira de tratar Jones e desejou até que se fosse logo embora.

As coisas se agravaram mais quando seu marido disse-lhe que na cozinha o sr. Partridge contara que, embora carregasse a mochila, e se contentasse em ficar entre os criados, não era criado de Tom Jones e sim seu amigo e companheiro, e tão fidalgo quanto o próprio sr. Jones.

Dowling ficou, durante todo esse tempo, em silêncio, mordendo os dedos, fazendo caretas, arreganhando os dentes. Afinal, abriu os olhos e protestou que o cavalheiro parecia outra espécie de homem. A seguir, pediu a conta, com a máxima urgência, declarou que os negócios exigiam que se fosse. E se foi.

Logo depois se retirou o rábula.

Jones, sozinho, convidou a hospedeira para tomarem chá. Ela recusou e o tratou com tanta frieza e de maneira tão diferente daquela com que o recebera à hora do almoço que Jones parou espantado e confuso. E daí passou a tratá-lo de maneira tão desagradável que, embora tarde, Jones resolveu deixar a casa naquele mesmo instante.

Pagou, portanto, a conta e partiu, muito contra a vontade do sr. Partridge, que, depois de muito reclamar, decidiu pegar a mochila e seguir o amigo.

Capítulo 16

Os diversos diálogos entre Jones e Partridge
sobre vários assuntos.
E uma aventura para amadurecer
E enriquecer a vida de Jones.

As trevas começavam a descer mais densas das altas montanhas. As aves já estavam dormindo. Era a hora do jantar e os humanos se reuniam para a refeição da noite.

Não haviam viajado muito e Jones, romântico, saudava a Lua que surgia. Como Partridge não dissesse nada, fez comentários sobre a beleza da noite. Iniciaram, então, uma conversa sobre o amor e as ligações que este tem com a Lua. Partridge reclamava porque estava morto de frio. Temia perder um pedaço do nariz antes de chegarem ao próximo albergue. E falava sem parar, nervoso, com frio e fome:

— Digo mais, devemos esperar que nos sobrevenha algum castigo pela loucura de fugir assim, à noite, de uma das mais excelentes estalagens em que já pus os pés.

— Francamente, sr. Partridge! Ânimo! Um pouco de frio não faz mal a ninguém. Eu quisera, realmente, que tivéssemos um guia para nos dizer qual dessas estradas deveremos seguir.

—Você me permitiria a ousadia de um conselho? — falou Partridge.

— Bem, mas qual delas você recomendaria? — perguntou impaciente Jones.

— Na verdade, nenhuma. A única estrada que podemos ter certeza de encontrar é aquela por onde viemos, e nos levará de volta a Gloucester numa hora. Mas se continuarmos, para a frente, sabe Deus quando chegaremos a algum lugar, pois vejo pelo menos uns cem quilômetros diante de mim e nenhuma casa em todo o trajeto.

— Com efeito, você vê um belo panorama — disse Jones — e ainda realçado pelo brilho da Lua. Seguiremos o caminho da esquerda, que parece conduzir diretamente àqueles morros que não ficam muito distantes de Worcester. Aqui, se você quiser, pode deixar-me e voltar atrás. Eu, por mim, estou decidido a continuar.

— Não é generoso de sua parte pensar que eu faria isto. Se o senhor está decidido a prosseguir, eu estou decidido a acompanhá-lo.

Depois disso, caminharam alguns quilômetros em silêncio. Jones às vezes suspirava e Benjamin gemia outras tantas vezes, mas por motivo bem diverso. Afinal, Jones parou de repente e falou alto:

— Quem sabe, Partridge, se a criatura mais encantadora do universo não terá agora os olhos fitos nesta mesma Lua que eu contemplo neste instante?

— Provavelmente, senhor — concordou o outro —, e, se os meus olhos estivessem fitos num bom pedaço de lombo de vaca bem assado, eu daria ao diabo a Lua e os seus chifres de lambujem.

— Diga-me, Partridge, já amou alguma vez em sua vida? — perguntou Jones.

— Ai de mim, senhor — exclamou Benjamin —, teria sido uma felicidade se eu nunca tivesse conhecido o amor. Já provei todas as delicadezas, as delícias e as amarguras da paixão.

— Foi, então, cruel a sua amada?

— Crudelíssima, senhor, pois casou comigo e se converteu numa das mais abomináveis esposas do mundo. Em todo caso, graças a Deus, já se foi. E se eu tivesse certeza de que ela estava na Lua, que, segundo um livro que li, é onde ficam os espíritos dos mortos, eu nunca olharia para a Lua com medo de rever minha mulher.

E assim continuaram a conversa, o amigo tentando consolar Jones, dizendo-lhe que, quando menos esperasse, estaria bem junto de sua querida Sofia.

Ainda uma vez discutiram, Partridge querendo fazer meia--volta e Jones na sua ideia de prosseguir, nem que tivesse de viajar a noite inteira.

Afinal, chegaram a um acordo: seguiriam juntos. Partridge estava no firme propósito de entregar o filho ao pai (pela grande afeição que Allworthy dedicava ao jovem, ele não tinha mais dúvida quanto a essa paternidade). Fosse qual fosse a desavença havida entre os dois, tudo estaria certo quando Jones regressasse. Desse sucesso esperava tirar grandes proveitos. É o que pensava nosso amigo professor-barbeiro-cirurgião.

Conversando, Partridge tocou no assunto do alistamento e disse que Jones o fizera com ideia de morrer, por simples desprezo à vida. O rapaz não negou isso, mas mostrou-se também inclinado à defesa da causa do rei. Antes de se revelar partidário da causa do rei, ouvira de Partridge a declaração de simpatizante da causa rebelde. A isso, Jones havia exclamado:

— A causa do Rei Jorge é a causa da liberdade e da verdadeira religião. É a causa do sentido comum e eu lhe asseguro, meu amigo, que há de vencer.

Partridge nada disse. Estava perplexo com o que acabava de saber.

Jones compreendeu e julgou melhor ocultar suas opiniões, daí por diante. Não seria conveniente manifestarem-se de partidos opostos, agora que estavam viajando juntos. A paz, o bom entendimento e a amizade eram indispensáveis para levar a bom termo o que pretendiam.

No instante em que Jones e o seu amigo chegaram ao fim do diálogo, haviam chegado também ao sopé de uma colina. O jovem manifestou desejo de estar no alto da colina e a contemplava silencioso. Por fim, disse:

— De lá se descortina um magnífico panorama, banhado nessa luz. A solene claridade que a Lua projeta sobre todos os objetos é indescritivelmente bela, sobretudo para uma imaginação desejosa de cultivar ideias melancólicas.

— Estou de acordo — acrescentou o amigo —, mas, se o alto da colina é indicado para inspirar ideias melancólicas, creio que a base é mais indicada para despertar ideias alegres, que considero superiores às outras. Não, se havemos de procurar alguma coisa, procuremos um lugar mais junto da terra, onde possamos nos abrigar da geada.

Estavam nessa troca de palavras quando Benjamin avistou, através de algumas árvores, uma luz fraca que parecia muito próxima deles.

— Oh, senhor! Talvez seja uma estalagem! — gritou Partridge. — Mesmo que não seja uma hospedaria, se forem cristãos, os moradores não recusarão um quartinho a pessoas em nossa miserável situação.

Jones cedeu e se encaminharam para o sítio de onde provinha a luz.

Era uma choça. Bateram muito e ninguém apareceu para atender.

— Os moradores ou estão dormindo ou com medo de abrir a porta em um lugar solitário como este.

Por fim, depois de muito gritarem, apareceu uma velha que disse:

— Seja quem for, não abrirei a porta para ninguém a esta hora da noite.

Tantas foram as súplicas de Benjamin, que pedia somente alguns minutos ao pé do fogo, pois estava morto de frio, e tantos os argumentos, que a mulher acabou deixando-os entrar na casa.

Lá dentro, os dois pararam maravilhados. Por dentro, era um palácio de arrumação primorosa e elegante. Partridge tremia, pensando estar numa casa enfeitiçada, tamanha era a quantidade dos objetos de valor e peças de arte. A velha, depois de alguns minutos, falou-lhes:

— Espero, senhores, que saiam logo, pois aguardo, a qualquer momento, a chegada do meu amo, e eu não quisera por dinheiro nenhum que ele os encontrasse aqui.

— Quer dizer que tem um amo? — perguntou Jones. — Pode ficar sossegada, nós nos entenderemos com ele. Estou certo de que não se há de zangar por esse ato de caridade que a senhora praticou.

— Não, nada disso, senhor. Ele é um homem estranho, nada parecido com a gente. Não anda com ninguém, só sai à noite, todos o temem. Bastam-lhe os trajes para assustar qualquer um. Chamam-lhe o Homem da Colina, pois é lá que anda à noite. Ele ficaria uma fera se os encontrasse aqui.

— Por favor, Jones — falou Partridge tremendo —, estou pronto a andar, nunca me senti mais quente em minha vida. Vamos, não ofendamos o cavalheiro. Há pistolas sobre a lareira, e o que não faria ele com elas!

— Quanto a isso, não — falou a velha —, ele nunca fez mal a ninguém. As pistolas são para defesa, pois todas as noites os ladrões rondam a casa.

Em seguida, contou a senhora das viagens do amo e das raridades que adquirira nessas andanças. De repente, disse ela que ouvira o sinal do patrão. Ao mesmo tempo ouviu-se, lá fora, mais de uma voz gritando, ameaçando.

— Misericórdia! — bradou a velha —, atacaram meu amo!

Na mesma hora, Jones pegou uma espada pendurada na parede, pois as pistolas estavam descarregadas.

Lá fora o velho senhor lutava com dois bandidos. Jones não fez perguntas e, aproximando-se, num minuto pôs os dois a correr. Levantou o velho e o amparou com grande cuidado, perguntando se estava ferido.

— Não, senhor, não me fizeram nada, muito agradecido.

Jones explicou-lhe a presença deles ali, naquele local, as aperturas da fome, do frio e do caminho perdido, a razão da parada naquele sítio.

— Tão somente a Providência deve ter-vos enviado até aqui, meu senhor! — exclamou o velho. — Permiti que eu vos agradeça e vos contemple um pouco. Sois uma criatura humana? Fostes o meu salvador, de qualquer maneira. Entrai na minha choupana. A velha e Partridge ainda tremiam de medo. A senhora tranquilizou-se quando viu a maneira bondosa com que o amo tratava Jones. Viu logo o que acontecera. Quanto ao nosso Benjamin, ficou mais aterrorizado ainda com a figura, a estatura e a maneira de vestir-se do Homem da Colina. Da cabeça aos pés, cobria-se com peles de animais.

Interessava-se o homem em saber quem era Jones, de onde era e para onde viajava o cavalheiro.

Disse que o julgava, sim, um nobre cavalheiro, e que gostaria de pagar a sua dívida para com ele.

Jones respondeu:

— O senhor não me deve nada, pois não há mérito algum no haver arriscado, pelo senhor, uma coisa a que não dou valor: a vida. Nada é mais desprezível aos meus olhos do que a vida.

— Lamento, meu jovem — respondeu o estranho —, que tenhais razões para serdes tão infeliz com tão pouca idade.

— Como o senhor vê, as aparências são quase sempre enganosas — respondeu Jones. — Os homens parecem ser, às vezes, o que não são. De fato, sou infeliz. Talvez o mais infeliz dos homens. Quanto ao resto, não sou nada do que o senhor imaginou e minha viagem também não é bem isso, pois não sei nem para onde vou.

— Tivestes, talvez, um amigo, ou uma amada? — perguntou o outro.

— As duas palavras, amigo e amada, são o bastante para reavivar-me toda a aflição — falou Jones.

— Qualquer uma delas é o bastante para reavivar as aflições de qualquer um — falou o velho. — Não perguntarei mais nada, senhor. Minha curiosidade talvez já me tenha levado longe demais.

— Também confesso — disse Jones — que, desde que entrei nesta casa, minha curiosidade aumenta cada vez mais. Espero que me perdoe, mas acho que algo de extraordinário há de tê-lo levado a este curso de vida, e suponho que também a sua história não seja isenta de infortúnios.

— Amigo, uma boa cara é uma carta de recomendação. Se isto é mesmo verdade, ninguém está mais bem recomendado do que vós. Por isso, e pelo dever de gratidão, já vos tenho um grande afeto. Estou pronto a atender-vos naquilo que quiserdes saber a respeito de mim, da vida que levo e o que me levou a este tipo de vida. Como estais vendo, não fui nascido para ela. Portanto, creio que mereceis ouvir a história de um homem infeliz. Se quiserdes ouvi-la.

Jones respondeu que não desejava outra coisa. E o homem já se dispunha a iniciar a narrativa quando Partridge lembrou que poderiam antes tomar algo.

Na casa o que havia era uma aguardente, de primeira qualidade, que a velha se apressou em servir. Partridge bebeu um bom copo, cheio até as bordas.

E o velho senhor, sem nenhum prefácio, contou sua história. Era uma história, como tantas, na qual um estudante que merecia o respeito, o amor e o cuidado do pai e dos professores perde tudo isso e ingressa num caminho que só lhe trouxe sofrimentos. Aliado às piores companhias, deixa o estudo e se inicia com outros na perigosa senda do erro: jogo, bebidas, mulheres, trapaças de todo tipo. E depois, uma coisa puxa outra, o roubo, a prisão, o livramento. A volta ao crime. A vida incerta de jogador, rico e pobre alternadamente: um dia vestido com as melhores roupas, bem alimentado, e no dia seguinte, a casa de penhores e a miséria, a fome. Até chegar a socorrer um pobre homem assaltado e ferido, na rua, e reconhecer nele o próprio pai. Horas depois o homem morre em seus braços e ele se firma no propósito de nova vida. Tudo conforme o pai mais desejava. Volta aos estudos. Descobre a riqueza da sabedoria e da fé, e a certeza de que uma vida dedicada ao bem e à justiça é a única que pode levar o homem à verdadeira felicidade, aqui na Terra, e defendê-lo, com segurança, da miséria de todo tipo e que, de toda parte, o cerca e ameaça.

A história do velho, como uma lição de sofrimento e grande sabedoria, mostrou a Jones maior clareza no caminho de sua vida. De certa maneira, lançou sobre ela uma nova luz, e ele viu que possuía tudo para se lançar à conquista da felicidade e sair vitorioso. Fortaleceu a fé no seu espírito e avivou nele os princípios que recebera do pai e dos mestres. Viu que a filosofia torna o homem mais prudente e sábio, e que a religião o abranda e purifica.

Por tudo isso, achava Jones que não havia necessidade, nem estava certo, um homem, para viver bem e estar em paz, retirar-se, como o velho, do convívio do mundo. Bastava viver na graça, na sinceridade, no amor e na tolerância, para estar afinado consigo mesmo e com a sociedade dos homens, cujo convívio passaria a ser abençoado, como o é a convivência com os pássaros, as flores e todas as coisas mansas da natureza.

SEXTA PARTE

Contém: vários assuntos que dão um grande adiantamento a esta história.

Capítulo 17

*Jones e mais uma aventura.
A experiência do velho começa a lhe servir.
Jones age certo ao encaminhar
uma jovem desorientada.
O outro Jones: um jovem mais maduro.
Começamos a conhecer
um certo sr. Thomas Jones.*

O dia principiava a raiar quando Jones saiu em companhia do estranho e subiu a colina. Do alto, o panorama era dos mais belos do mundo.

Jones ficou alguns minutos imóvel com os olhos voltados para o sul. Vendo-o assim, o velho senhor perguntou:

— O que há de tão interessante, perdido ao longe, para prender tanto a atenção do meu jovem amigo?

— Ai de mim, senhor — respondeu Jones um tanto desanimado —, eu buscava traçar a minha jornada até aqui. Céus! Que imenso pedaço de terra não me separa de minha casa!

— Ah, rapaz — falou o velho —, ou muito me engano ou, pela sua tristeza, vejo que pensa também no muito que ele o separa daquilo a que você quer ainda mais do que à sua própria casa.

Jones apenas sorriu e concordou.

Puseram-se ambos a caminhar para a parte da colina que dá para o noroeste, onde há uma vasta e extensa floresta.

Ainda não haviam chegado lá quando ouviram, a distância, os gritos violentíssimos de uma mulher, partidos da floresta. Jones prestou atenção por um momento e, logo, sem dizer uma palavra ao companheiro, correu, ou melhor, escorregou morro abaixo e, sem qualquer cuidado com a própria segurança, dirigiu-se para o lugar de onde partira o som.

Ainda não penetrara muito profundamente na floresta quando avistou uma cena espantosa: uma mulher seminua nas mãos de um vilão que procurava arrastá-la, enquanto ela se debatia, tentando livrar-se.

Jones não perdeu tempo com perguntas. Foi em cima do outro com sua bengala de carvalho e só parou de bater quando a mulher pediu que parasse.

Em seguida a mulher caiu-lhe aos pés, de joelhos, agradecendo.

— O senhor é um anjo bom que veio em meu socorro — falou ela. — Na verdade, parece mesmo mais um anjo do que um homem aqui diante de meus olhos.

De fato, Tom Jones era uma figura magnífica. E se uma belíssima pessoa, adornada de mocidade, saúde, força, viço, coragem e bondade, pode fazer que um homem se assemelhe a um anjo, não lhe faltava por certo semelhança.

Já da mulher não se diria tanto. De meia-idade, o seu rosto não trazia tanta aparência de beleza, apesar de não ser feia. Como o vestido lhe tivesse sido arrancado, os seios bem-feitos e alvíssimos atraíram a atenção de Jones. Ambos ficaram em silêncio, parados, durante algum tempo, em mútua contemplação. Até que o bandido começou a mover-se no chão. Jones tomou, então, a liga elástica que o vilão trazia destinada a outro propósito e amarrou-lhe as mãos nas costas.

Aí, ao contemplar-lhe o rosto, descobriu, com grande surpresa, que o vilão não era outro senão o alferes Northerton. Este também reconheceu o antigo adversário. Jones ajudou-o a erguer-se.

— Suponho, senhor — disse ele —, que não esperava encontrar-me de novo, neste mundo. Pelo que vejo, a sorte nos tornou a reunir, dando-me satisfação da injúria que recebi, embora sem que eu mesmo o soubesse.

— Não fica muito bem a um homem de honra — disse Northerton — tomar satisfações atacando pelas costas. Não estou em condições de lhe dar satisfações, visto que não trago minha espada. Mas, se tiver coragem de proceder como um cavalheiro, vamos a um lugar onde possa conseguir uma e eu lhe mostrarei como deve fazê-lo um homem de honra.

Jones não quis discutir mais. Antes tratou de saber se a mulher morava perto ou se poderia conseguir, por ali, alguma roupa com que se apresentasse a um juiz de paz. Não se bateria com um indivíduo que não poderia nem pronunciar a palavra honra sem manchá-la. A justiça se encarregaria dele.

A mulher respondeu que era de todo estranha àquela parte do mundo. Jones lembrou-se, então, do velho da colina. Este poderia ou saberia dirigi-los. Agora se espantava também de o velho não o ter acompanhado.

Mas, quando Jones se dispusera a salvar a moça, o velho sentara-se, com a espingarda na mão e, com paciência e indiferença, aguardava o resultado.

Consultado, o Homem da Colina aconselhou-o a levar a mulher a Upton, a cidade mais próxima, onde encontraria o que precisava.

Jones despediu-se do velho, pediu-lhe que indicasse o caminho a Partridge, para que fosse ter com ele, e voltou à floresta. Aí encontrou a mulher sozinha. Northerton fugira, pois só as mãos estavam amarradas. O jovem não se deu ao trabalho de procurá-lo. Tanto a filosofia como a sua religião o ensinavam a perdoar as injúrias. E ele já o havia feito.

Em seguida, ofereceu o casaco à sua protegida, que o recusou.

Resolveu, então, caminhar à frente dela, protegendo-a com o próprio corpo. Assim, pensava ele, não a constrangeria com seus olhares e estaria ele próprio protegido, pois não sabia até onde poderia resistir às tentações daquele belo corpo.

Nosso herói e sua dama chegaram sem novidades a Upton, apesar de na viagem ter havido muitos tropeços que obrigaram Jones a auxiliar, amparar e até carregar a mulher seminua. Mas agora estamos diante de um novo Jones. Estamos travando conhecimento com um certo sr. Thomas Jones.

Chegados à cidade, encaminharam-se os dois a uma estalagem que parecia a melhor dali. Arranjou-lhe as roupas e retirou-se para que se vestisse.

Acontece que esta casa era de excelente reputação e as mais virtuosas senhoras ali se hospedavam. Por isso os donos tinham o maior cuidado em selecionar os que ali se abrigavam. Foi assim que perguntas ofensivas à dama foram feitas a Jones, insinuações maldosas e até insultos graves. Tantos foram que Jones perdeu a paciência e respondeu a um empurrão do albergueiro com outro mais forte. Veio-lhe a mulher em socorro e acertou umas vassouradas em nosso amigo. Dali se originou uma pancadaria, o homem com os punhos, a mulher com o cabo de vassoura e Jones conforme podia. No exato momento em que a vassoura ia descer na cabeça de Jones, terminando com a briga, apareceram duas mãos que a detiveram, salvando o jovem. Era Partridge que chegava. Virou-se ela contra ele, deixando Jones com o marido. No final, brigavam todos. A mulher da floresta lutava ao lado de Tom Jones e Benjamin. A criada Susana ao lado dos patrões.

De repente parou tudo. É que à porta da estalagem parara um carro e dele desceram uma jovem senhora e a criada. Dirigiram-se imediatamente, acompanhadas pela hospedeira, ao aposento em que Jones havia posto sua protegida. Nesse momento, o rapaz se ocupava em limpar o sangue dos ferimentos feitos no rosto de Partridge pela fúria de Susana. Quanto à jovem senhora recém-chegada com sua criada, atravessara o campo de batalha sem ser notada e sem ver ninguém, pois ambas ocultavam o rosto com um lenço, para escaparem à observação alheia.

Capítulo 18

*Uma paz segura e duradoura
entre todas as partes.
Uma batalha do gênero amoroso.*

Mais ou menos nesse momento chegaram à estalagem um sargento e alguns soldados que conduziam, preso, um desertor. Vinham à procura do principal magistrado da cidade. Este não era outro senão o estalajadeiro que acumulava as funções.

O sargento se acomodara diante da lareira, queixando-se do frio.

O sr. Jones, a esse tempo, consolava a pobre e aflita senhora que, tendo se assentado a uma das mesas da cozinha, apoiara a cabeça no braço e lastimava seus infortúnios.

Vimos que ela estava começando a se vestir quando se iniciou a briga lá embaixo. Por isso saíra de qualquer maneira, cobrindo-se com uma fronha. E assim se encontrava ainda, pois o quarto fora imediatamente ocupado.

Um dos soldados, que a vira na cozinha, chegou-se ao sargento e murmurou-lhe qualquer coisa ao ouvido. O sargento levantou-se e dirigiu-se à senhora, olhando-a bem nos olhos.

— Perdoe-me, senhora, mas estou certo de que não me engano: é impossível que a senhora não seja a esposa do capitão Waters!

A mulher estava ainda tão assustada e aflita que não reparara no rosto de ninguém. Levantou a cabeça, olhou o sargento e reconheceu-o.

— Sim, sou ela mesma, mas admira-me que alguém possa ter-me reconhecido com esse disfarce.

O sargento confessou-se surpreendido por vê-la assim vestida e afirmou recear que tivesse ocorrido algum acidente.

— Ocorreu-me, sim, um acidente — disse ela. — Devo a este cavalheiro não ter sido fatal e estar eu aqui viva para narrá-lo.

— O que quer que este cavalheiro tenha feito — exclamou o sargento —, tenho a certeza de que o capitão saberá recompensá-lo. E se eu puder prestar algum serviço, estou às ordens de Vossa Excelência, o mesmo digo dos soldados. Todos estarão muito felizes em servir a Vossa Excelência, pois sei que o capitão os recompensará muito bem.

A estalajadeira, que ouvira tudo o que se passara entre o sargento e a sra. Waters, desceu às pressas e veio pedir perdão das ofensas que cometera, pois ignorava a sua qualidade.

— Por Deus, senhora! — disse ela —, como poderia eu imaginar que uma dama como Vossa Excelência se apresentasse nesses trajes? Tenho a certeza de que se eu soubesse, se tivesse a menor desconfiança de que Vossa Excelência era Vossa Excelência, teria preferido queimar a língua a dizer o que disse. Espero que Vossa Excelência aceite um vestido meu até que possa mandar vir suas roupas.

— Peço-te, mulher — falou a sra. Waters —, que cales as tuas impertinências. Como podes achar que me tocou com tudo o que disseste? Quero que saibas, criatura, que meu espírito é superior a essas coisas e não serei eu que vestirei qualquer roupa tua.

Nesse ponto, Jones interferiu. Pediu-lhe que aceitasse o vestido e se lembrasse que a aparência deles dois, quando lá chegaram, era mesmo duvidosa. E a dona da casa estava apenas zelando pela reputação de seu estabelecimento.

— Sim, palavra que foi — falou a mulher. — O cavalheiro fala como cavalheiro que é. Aqui recebemos o melhor da fidalguia inglesa e irlandesa. Sinto imensamente que Vossa Excelência tenha sofrido um desastre. E se Vossa Excelência me fizer a honra de usar as minhas roupas até que cheguem as suas, está visto que o melhor que possuo estará ao dispor de Vossa Senhoria.

Depois disso, a sra. Waters se deixou apaziguar e retirou-se com a hospedeira a fim de se trajar decentemente.

Também o hospedeiro já se preparava para fazer o seu discurso para Jones quando o moço interrompeu-o, apertando-lhe a mão com cordialidade, dizendo:

— Tudo está perdoado, meu digno amigo. Se o senhor está satisfeito, eu lhe garanto que também estou. — Na verdade, havia razão para estar o homem satisfeito, pois fora moído de pancada, enquanto Jones nada sofrera.

Partridge ainda tirava sangue do nariz arrebentado e arranhado quando Susana veio apertar-lhe a mão. A batalha custara-lhe um olho preto, mas estava satisfeito com a calma que voltava a reinar.

O sargento, que soubera da briga, aprovou a paz e disse:

— De minha parte, juro que gosto mais ainda de um amigo quando estou brigando com ele. Guardar raiva é mais de franceses que de ingleses.

A seguir, propôs um brinde como parte necessária do cerimonial em todos os tratados desse gênero.

Assim que ouviu a proposta, Jones concordou com o sábio sargento. Ordenou que trouxessem uma taça grande, cheia da bebida usada nessas ocasiões, e começou a cerimônia. Primeiro colocou a mão direita na do estalajadeiro, tomou a taça com a esquerda, pronunciou umas palavras e bebeu. O mesmo foi feito por todos os presentes.

O bom humor tomara conta de todos. Reuniram-se à volta do fogo na cozinha e Partridge, já em grandes elevações, homenageou a todos com seus discursos.

Uma ausência apenas se fez notar: Jones. Vamos encontrá-lo nos aposentos da sra. Waters, onde o almoço já estava à espera. O seu preparo não levara muito tempo. Havia três dias que tudo estava pronto, não exigindo do cozinheiro mais que o trabalho de esquentá-lo...

Aqui nada podemos estranhar nem censurar, pois sabemos que os heróis são mais mortais do que divinos. Por elevados que tenham os espíritos, os corpos (que, para a maioria, constituem o principal) são dados às piores fraquezas. Comer, por exemplo, considerado como ato infamérrimo e quase ofensivo à dignidade filosófica, tem que ser praticado por todos os príncipes, reis, filósofos e heróis da Terra.

Assim é que não podemos considerar desonra o ardor com que nosso herói se atirou às três libras de carne que, um dia, fizeram parte de um boi e agora tinham a honra de se tornarem parte do indivíduo sr. Jones.

Depois de cumprida essa parte, terminado o jejum de 24 horas, é que Jones deu atenção à sua convidada.

Bem, as coisas agora tornavam-se bastante sérias. Ainda não lhes disse quase nada a respeito dessa figura simpática que é Tom Jones. Ora, o rosto belo, além dos indícios de saúde, ainda trazia uma doçura, uma pele delicada, macia, um ar que seria demasiado feminino se não estivesse ligado a um corpo que tinha a masculinidade de um Hércules e a delicadeza e elegância de um Adônis. Além disso, era um jovem ativo, amável, alegre, bem-humorado, e imprimia vivacidade e força a qualquer conversa de que participasse.

Depois de lhes ter dito tudo isso, espero que o leitor ache mais do que natural que a sra. Waters, além de lhe ser grata, dedicasse a ele um grande afeto. Amava-o, a verdade aí está.

Foi assim que, naquele almoço, Jones sofreu o ataque de uma artilharia que estava inteiramente voltada para o seu lado.

Senão, vejamos:

Primeiro, dois magníficos olhos azuis que o fuzilariam se ele não estivesse armado e protegido por um enorme pedaço de bife que ele transportara para o seu prato. Aqui o ataque perde a força e não produz resultado.

A seguir um suspiro, que ninguém ouviria impassível: suave, doce, terno, tão insinuante, teria chegado sutil ao coração de nosso herói se não tivesse sido atrapalhado pelo grosseiro borbulhar de uma cerveja que ele tirava da garrafa para a caneca. Muitas outras armas usou a bela guerreira, mas o deus da comida (se é que existe) protegeu o seu devoto. Ou talvez a segurança de Jones possa ser atribuída a meios naturais, pois, assim como o amor guarda dos ataques da fome, assim a fome, em certos casos, guarda-nos do amor.

Houve, então, uma cessação de hostilidades. Enquanto isso, ela preparou toda a máquina bélica do amor para reiniciar os ataques quando o almoço terminasse.

Tirada a mesa, reiniciaram-se as operações. E foram olhares suplicantes e sorrisos afetuosos, cheios de ternura.

Afinal, Jones percebeu. Parlamentou. Pensava na fidelidade a Sofia. Mas era demais para ele. Bem que se defendeu até o fim, numa defesa que resultou na entrega da guarnição. E o inimigo saboreou os frutos costumeiros da vitória.

Capítulo 19

Uma conversa amistosa na cozinha.
Uma conclusão comum,
não muito amistosa.
A sra. Waters.
Métodos infalíveis
para se ganhar a antipatia alheia.

Ao mesmo tempo que os dois se distraíam da maneira como já lhes contei antes, davam assunto para o grupo reunido na cozinha.

Estavam lá, à volta do fogo, recreando-se com o encontro da bela senhora e Jones e com a bebida: Partridge, o hospedeiro e a esposa, o sargento e o cocheiro que trouxera a jovem e sua criada.

Partridge contara-lhes tudo sobre a história do Homem da Colina, e a situação em que Jones encontrara a sra. Waters. Depois foi a vez do sargento contar o que sabia da história. Disse ser ela esposa do sr. Waters, capitão do seu regimento, que a vira muitas vezes nos quartéis. Que a senhora era muito boa, gostava da farda e já livrara do castigo muitos soldados e que, por sua vontade, ninguém nunca seria punido. Mas que, a dizer a verdade, ela e o alferes Northerton davam-se muito bem. O capitão não sabe de nada, mas estará contente enquanto sobrar alguma coisa para ele.

O sargento perguntou, em seguida, a Partridge para onde se dirigiam, ele e seu amo.

— Nada de amos comigo — disse Partridge. — Não sou criado de ninguém, pois, embora eu tenha sofrido alguns desastres, escrevo senhor antes do meu nome e, embora pareça pobre e sem importância, já tive, no meu tempo, uma escola de latim.

— Espero que não se tenha ofendido — desculpou-se o sargento. — Mas para onde se dirigem, você e seu amigo?

— Acertou, agora. Somos amigos. Eu garanto a vocês que o meu amigo é um dos maiores fidalgos do reino. — A essas palavras o hospedeiro e a esposa aplicaram os ouvidos. — É herdeiro do fidalgo Allworthy.

— Quê! O fidalgo que faz tanto bem na província toda?! — exclamou a hospedeira.

— Ele mesmo — respondeu Benjamin.

— Então — disse a mulher —, herdará uma vastíssima propriedade. Como se explica, senhor, que um fidalgo tão ilustre viaje sem cavalos e sem criados?

— Não sei — respondeu Partridge —, os grandes fidalgos têm, às vezes, seus caprichos. Uma dúzia de cavalos e criados à sua espera, em Gloucester. Mas ontem, como estava muito calor, decidiu caminhar para refrescar-se, até aquele morro, aonde fui também. Foi por lá que encontramos o mais estranho dos homens.

Referia-se ao Homem da Colina, que era conhecido de todos por ali, e a ideia que faziam dele é que era o próprio demônio. Iniciou-se, com isso, uma conversa sobre demônios e ser bom ou não ser bom e tudo terminou no maior desentendimento.

O sargento, muito ofendido, porque tomara uma das tiradas em latim, do mestre Partridge, como insulto à farda, desafiou-os à luta. Aceitou-a apenas o cocheiro, que acabou apanhando até ficar desacordado.

Aconteceu que a jovem senhora resolvera partir naquele momento. O cocheiro achava-se incapacitado e tão cedo não poderia exercer as funções. Para falar a verdade, encontravam-se todos bêbados a mais não poder.

A dona da estalagem, chamada para servir o chá do sr. Jones e sua companheira, fez um relato completo de tudo o que se estava passando. Mostrava, sobretudo, preocupação pela jovem senhora, que desejava viajar e não podia.

— É uma doce e linda criatura — falou ela — e tenho certeza de já lhe ter visto o rosto em algum lugar. Imagino que esteja apaixonada e fugindo de alguém. Quem sabe se algum jovem não estará à sua espera, tão aflito quanto ela?

Jones soltou um triste suspiro ao ouvir essas palavras.

Quando ficaram sozinhos, a sra. Waters se convenceu de que possuía uma perigosa rival na afeição de Jones.

Não quis pensar muito nisso. Por enquanto desfrutava da felicidade que a vida lhe ofertava. Também não desejava saber se Jones partilhava dessa felicidade.

Jones não lhe perguntara, uma só vez, como fora parar naquela situação em que a encontramos.

Melhor será um esclarecimento a respeito dela.

Vivera ela com o capitão Waters, como casados. O alferes, naquele tempo, pertencia ao mesmo regimento e a sra. Waters lhe tinha grande estima. A divisão do regimento a que pertencia o capitão Waters precedera dois dias a marcha da companhia cujo alferes era Northerton. Haviam combinado, o capitão e a sra. Waters, que ela o acompanharia até Worcester e lá se despediriam, voltando a senhora para esperar até o fim da campanha contra os rebeldes.

Acontece que a sra. Waters marcara encontro nesse lugar com o alferes Northerton, assim que se livrasse do capitão. Nesse encontro o alferes contou que estava fugindo e toda a história do acontecido dele com Jones. Disse-lhe que precisava desaparecer dali para não ser preso e condenado. A mulher propôs-se a segui-lo. Fornecer-lhe-ia até o dinheiro necessário, notas de banco contadas e um anel de brilhantes de grande valor que trazia no dedo.

Partiram a pé à luz da Lua. Depois de muito caminhar, avistaram a enorme floresta. Pediu-lhe o alferes que penetrassem na floresta, distantes da vista pública. Lá, sozinhos, atacou-a para matá-la e ficar com os valores. Foi quando aconteceu a presença de Jones, na hora em que mais se fazia necessária a sua corajosa intervenção.

SÉTIMA PARTE

Contém: algumas instruções que devem ser lidas com a maior atenção pelos leitores modernos. E assuntos que dão grande adiantamento à história.

Capítulo 20

A chegada de um cavalheiro irlandês.
aventuras na estalagem.
Coisas boas a serem aprendidas por pessoas de qualidade.
Uma amável senhora e sua desamável criada.
A história se adianta.
A história retrocede.
Conclusão da aventura na estalagem.

Leitor, seria bom sabermos que espécie de pessoa é você. Se conhece muito da natureza humana ou dela nada sabe. Se está aqui neste último pensamento, seria oportuno, antes de prosseguirmos, fazer-lhe umas advertências para que nos entenda e não nos interprete mal.

Primeiro, nós o prevenimos para que não condene, com precipitação, nenhum incidente desta história. Tudo está aqui fazendo parte de um plano, com uma função marcada no projeto geral.

Você encontrará pessoas parecidas. Lembre-se de que há características que se ajustam à maioria dos indivíduos da mesma profissão. Saber conservar essas características e diversificar-lhes, ao mesmo tempo, as operações é um dos talentos do bom escritor. Do mesmo modo: assinalar as distinções sutis entre duas pessoas influenciadas pelo mesmo vício ou pela mesma insensatez é outro.

Outras advertências há a serem feitas, mas de menor importância e, aos poucos, você as ficará conhecendo.

Agora irá conhecer a continuação de nossa história.
Aqui agora, na estalagem, já é meia-noite. Dormem todos, apenas Susana lava a cozinha antes de se recolher aos braços ansiosos do moço das cavalariças.

Nessa hora chega um cavalheiro apressado. Desceu do cavalo e, sem mais conversa, perguntou a Susana se ali se encontrava alguma senhora.

A criada demorou-se a responder, assustada com o aspecto do homem e o avançado da hora.

Disse-lhe que perdera a esposa e estava à sua procura.

— Se ela estiver na casa, juro que não incomodarei ninguém. Conduza-me no escuro mesmo e mostre-me o quarto. E se saiu, diga-me o caminho que devo seguir, e farei de você a pobre mais rica do país.

Dizendo assim, encheu-lhe a mão de guinéus.

Foi o quanto bastou para que Susana, concluindo que só poderia tratar-se da sra. Waters, levasse o cavalheiro até o quarto da senhora.

Aberta a porta, o cavalheiro despertou Jones, que se levantou e quis obrigar o outro a sair. Ia saindo o outro, achando que se enganara, quando viu, na cama, a forma feminina. Entrou em luta com Jones, enquanto a mulher gritava:

— Roubo! Assassínio!

Com isto, chamou a atenção de um hóspede que ocupava o quarto ao lado. Era um irlandês de boa família que, sem demora, veio de espada em punho socorrer a dama. Chegando lá, gritou:

— Sr. Fitzpatrick que diabo significa isto?

— Oh, sr. Maclachlan! Ainda bem que está aqui. Este vilão seduziu minha esposa e estava aqui com ela neste quarto!

— Que esposa? — perguntou o sr. Maclachlan. — Então não conheço a sra. Fitzpatrick? Por acaso é ela que está ali? Veja bem se é ela.

Assim que conferiu seu engano, Fitzpatrick pediu mil perdões à senhora. Voltando-se para Jones, declarou:

— O senhor me bateu. Estou resolvido a tirar o seu sangue amanhã cedo.

Jones não deu importância à ameaça. E o sr. Maclachlan falou por ele:

— Em realidade, sr. Fitzpatrick, o senhor é que devia se envergonhar de importunar os outros a essa hora da noite.

Afinal tudo se acalmou, entrando em cena a dona da casa. Jones explicou que fora forçado a entrar no quarto da sra. Waters para socorrê-la de um assalto. E, para salvar a reputação da casa, resolveu-se não falar mais nada e cada um voltar a seu próprio quarto.

A sra. Waters, representando a cena da mulher que acordou com três homens dentro do quarto, livrara o próprio nome.

Quanto a Fitzpatrick, não era nenhum desclassificado. Pelo contrário, nascera gentil-homem, embora fosse pobre. O que aconteceu com ele foi que, arruinado, tratara a mulher com tamanha crueldade que a senhora, não suportando também os seus ciúmes, fugira de casa.

Depois de tudo passado, a hospedeira deixou-se ficar um pouco na cozinha, onde estavam outras pessoas que haviam acordado e desejavam comer. Estavam ali os cocheiros, o criado do sr. Fitzpatrick e Partridge.

Comiam carne e tomavam vinho quando chegaram duas jovens senhoras, em trajes de montaria. Uma das jovens era tão bela e estava tão ricamente trajada que todos se levantaram e a hospedeira correu a dispensar-lhe as suas cortesias.

— Se me permite, senhora, eu me aquecerei por alguns minutos ao fogo de sua cozinha, mas não desejo incomodar, nem tirar ninguém de seus lugares — falou a jovem, enquanto descalçava as luvas.

O mesmo fez a acompanhante, que era a sua criada.

A jovem recusou tudo o que lhe foi oferecido para comer, aceitando apenas um pouco de vinho branco e solicitando um quarto para o resto da noite. Disse que ficaria cerca de três horas, o tempo de se refazer e tornar a montar a cavalo novamente e prosseguir.

— Lamento muito, minha senhora, mas os meus melhores quartos estão ocupados esta noite. Estão aqui um jovem e grande fidalgo e muitas outras pessoas de qualidade. Mas há um quarto ocupado por dois cavalheiros que não se importarão de cedê-lo, quando souberem para quem o fazem.

— Por mim, não — interveio a moça. — Não quero que ninguém se incomode por minha causa. Se houver um quarto decente, por modesto que seja, há de servir muito bem.

Afastou-se então a hospedeira para mostrar-lhe o aposento, seguindo à frente, com duas velas acesas, enquanto as hóspedes a acompanhavam. Susana adiantara-se para acender o fogo.

Deitou-se logo a senhora e a ama desceu à cozinha para saborear o que ela recusara.

À sua entrada os presentes dispensaram-lhe os mesmos sinais de respeito que haviam dispensado à patroa. Só que ela se esqueceu de agradecer-lhes e pedir-lhes que tornassem a sentar. E, daí em diante, tantas foram as impertinências, exigências e provocações que acabou antipatizada por todos.

Antes de mais nada, mandou sair os postilhões e a criada, deixando apenas Partridge, porque ainda tinha aparência de cavalheiro.

Durante o jantar a mulher perguntou:

— Com que então, senhora, a sua casa é frequentada por gente muito boa?

— Sim, aqui está, entre outros fidalgos, o filho e herdeiro do grande fidalgo Allworthy, de Somersetshire.

— Estranha novidade, pois conheço muito bem o sr. Allworthy e sei que não tem filho nenhum.

Ouvindo isso, a hospedeira olhou para Partridge, que pareceu confuso.

— É de fato verdade, minha senhora, que nem toda gente sabe que ele é filho de Allworthy, pois este nunca foi casado com a mãe dele, mas é seu filho e será também seu herdeiro, tão certo como o seu nome é Jones.

— Será possível que o sr. Jones se encontre nesta casa?! — exclamou ela, deixando cair tudo o que havia levado à boca.

De qualquer maneira, a criada, com a maior pressa, terminou o seu jantar e voltou para junto da ama.

No quarto, linda e doce, com os pensamentos fixos no seu Tommy, Sofia (pois era ela mesma) reclinava a cabeça entre as mãos quando a criada entrou, correndo-lhe diretamente para a cama:

— Senhora, senhora, quem supõe que esteja nesta casa?

— Espero que meu pai não nos tenha alcançado — respondeu Sofia trêmula.

— Não, minha senhora, é alguém que vale cem pais. O sr. Jones em pessoa está aqui neste momento.

— O sr. Jones! É impossível que eu seja de tanta sorte!

A criada confirmou e imediatamente foi enviada pela patroa à procura dele, pois Sofia desejava vê-lo com urgência.

Assim, a sra. Honour dirigiu-se à cozinha, onde conversavam o sr. Partridge e a estalajadeira. O assunto era a própria criada, que escandalizara a todos com seus modos. Ali ordenou à dona da casa:

— Acorde imediatamente o sr. Jones e diga-lhe que uma senhora deseja falar-lhe.

A estalajadeira disse-lhe que falasse com o sr. Partridge, que era amigo do cavalheiro, e que, da parte dela, nunca chamava os homens. E saiu da cozinha de cara fechada.

Honour dirigiu-se a Partridge e este se negou, dizendo:

— Pois meu amigo foi deitar-se muito tarde e ficaria zangado se o incomodassem.

— Pois saiba que seu amigo ficará satisfeito quando souber a razão — insistiu Honour.

— Ficaria em outra ocasião, não agora — falou Partridge. — Uma mulher de cada vez é suficiente para um homem razoável.

— Que quer dizer com isso de mulher, sujeito? — gritou Honour.

— Nada de sujeito comigo — protestou o mestre de meninos.

— Meu amigo está dormindo, sim, com uma jovem, e daí?
Isto enfureceu Honour de tal maneira que o chamou de vários nomes e correu apressadíssima para junto de Sofia, a quem fez o relato de tudo. Falava sem parar, descarregando sobre Jones uma torrente de absurdos, relembrando o episódio de Molly Seagrim e outras coisas passadas.

Afinal, Sofia disse:

— Não, nunca poderei acreditar numa coisa dessas. Alguém o quis caluniar, na certa.

Nesse momento entra Susana com o vinho pedido por Sofia. A sra. Honour aconselhou a ama, baixinho, a sondar para ver o que havia de verdade na história.

— Aproxima-te, filha, e responde fielmente ao que te vou perguntar e prometo recompensar-te muito bem. Encontra-se nesta casa um jovem cavalheiro... — Neste ponto, Sofia parou sem graça e Honour prosseguiu:

— Sim, um cavalheiro que aqui chegou com aquele atrevido que está agora lá na cozinha?

Susana respondeu que sim.

— Escuta, filha — continuou Honour —, não está esse jovem, neste momento, dormindo com alguma ordinária?

Susana sorriu, mas nada disse.

Sofia deu-lhe dois guinéus e disse que sua patroa nunca viria a saber.

Susana contou, então, tudo o que sabia e concluiu:

— Se a sua curiosidade for muito grande, senhora, poderei ir ao quarto dele, de mansinho, e ver se está na sua cama ou não.

Assim foi feito e pouco depois voltava ela com a resposta negativa.

Sofia ficou desesperada. Susana perguntou-lhe se seu nome era Sofia Western. Confirmando, Sofia quis saber por quê.

— O homem que está na cozinha comigo e é amigo do sr. Jones disse que estava o cavalheiro tentando livrar-se dessa Sofia Western e por isso alistara-se no exército. Agora que eu sei quem é a senhora, não compreendo como o sr. Jones pôde fazer uma coisa dessas. E depois trocá-la por uma mulher que não presta, casada com outro. Tudo isso é muito estranho e fora do natural.

Sofia deu-lhe mais um guinéu e pediu-lhe que mandasse preparar logo os cavalos.

A sós com a criada, repetia:

— Estou tranquila. É apenas um desprezível vilão que não me merece. Estou tranquila, muito tranquila. — E rompeu numa violentíssima torrente de lágrimas.

Após um intervalo gasto por Sofia para chorar e assegurar à criada que se sentia tranquila, Susana voltou com a notícia de que os cavalos estavam prontos. Uma ideia extraordinária nasceu, então, na cabeça de nossa jovem heroína. Queria ela deixar, na estalagem, um sinal de sua presença, de modo que Jones viesse a saber e tomasse aquilo como um castigo por suas faltas, se é que ainda lhe restavam algumas centelhas de afeição.

Lembrou-se a jovem de deixar, na cama vazia do sr. Jones, uma echarpe de peles de que ele muito gostava e que várias vezes beijara com grande carinho. Esse agasalho tornara-se, em sua ausência, o companheiro de Sofia que, dia e noite, dele não se separava. Naquele exato momento, ela o trazia no braço, de onde o tirou com visível indignação e o entregou a Susana. Escreveu a lápis, num pedaço de papel, o seu nome e pagou à criada para fazer com que o rapaz não deixasse de encontrá-lo, quando retornasse ao quarto.

Feito isto, pagou o que Honour comera, cuja conta incluía o que ela também poderia ter comido, montou o seu cavalo e, assegurando mais uma vez à companheira que se sentia tranquila, perfeitamente tranquila, continuou a viagem.

Na estalagem as coisas prosseguiram como sempre. Amanheceu, levantaram-se todos. Muitos se dirigiam à cozinha, bebiam vinho e conversavam com animação.

Nessa hora, com a estalagem já em grande movimento, Jones regressou à sua cama. Nem bem havia se deitado e Partridge entrou, mostrando que já havia bebido à saúde do seu rei e dos reis de muitas outras terras. Mesmo assim, ainda guardava o devido respeito àquele que ele dizia ser filho de um grande fidalgo.

O mestre de meninos, depois de cerimonioso prefácio, disse:

— É velho e verdadeiro o ditado que diz: um homem prudente às vezes aprende de um tolo. Eu gostaria de dar-lhe um conselho: deixe esta guerra. Volte para casa. Deixe isso para quem precisa engolir pólvora porque não tem outra coisa para comer. Ora, todo mundo sabe que em sua casa nada falta. Por que, então, há de um homem viajar, nesse caso?

— Partridge — exclamou Jones —, és, por certo, um covarde. Sendo assim, gostaria que voltasses para casa e me deixasses em paz.

— Perdoe, mas falei por sua causa. Todo homem tem que morrer um dia, e que me importa o modo por que morre? Nunca tive menos medo em minha vida. Se o senhor está resolvido a ir, estou resolvido a segui-lo e pronto para qualquer coisa. Agora, acho que não é muito honroso para um homem de sua qualidade viajar a pé. Aqui há dois ou três bons cavalos na estrebaria, que o dono não se importará de confiá-los, e se não o fizer, darei um jeito de pegá-los.

Dito isto, viu pela cara de Jones que ele não estava muito contente com o que dissera. Mudou imediatamente de assunto dizendo:

— Parece que o amigo está me saindo melhor que as encomendas. Esta noite vi-me em sérios apertos para impedir que duas jovens, tarde da noite, o incomodassem em seu sono.

— Mas que gente era essa, homem?

— Não sei — respondeu Partridge —, sei que nada deve ter adiantado do que lhes falei. Parece-me que entraram aqui no quarto, quer eu quisesse, quer não, pois aqui está no chão o agasalho de uma delas.

De fato, como Jones tivesse voltado no escuro para o quarto, não vira a echarpe sobre o acolchoado e, ao enfiar-se de um salto na cama, jogara-a ao chão. Partridge a apanhou e já se dispunha a colocá-la no bolso quando Jones pediu para vê-la. Viu e leu no mesmo instante as palavras SOFIA WESTERN no papel que lhe fora pregado. Transformou-se, então, sua fisionomia e ele gritou alucinado:

— Santo Deus, como veio parar aqui esta echarpe?

— Sei tanto quanto o senhor — respondeu Partridge —, mas sei que a vi no braço de uma das mulheres que o teriam incomodado, se eu o tivesse permitido.

— Onde estão elas? — gritou Jones, saltando da cama e apanhando as roupas.

— Creio que, a esta hora, estarão a quilômetros daqui — respondeu Partridge.

E Jones, após novas indagações, sabendo que a portadora da echarpe outra não era senão a encantadora Sofia, lançava milhares de maldições sobre o amigo e sobre si mesmo.

Ordenou, em seguida, que Partridge alugasse cavalos, a qualquer preço. Pouco depois, tendo-se vestido afobadamente, desceu Jones à cozinha para ver de que maneira o amigo resolvera o caso dos cavalos.

Lá embaixo já estavam os dois irlandeses que reclamavam a noite maldormida e os ruídos noturnos da estalagem. Até agora os dois cuidavam de achar a mulher de um deles, Fitzpatrick, que já se enganara de mulher umas duas vezes na mesma hospedaria. Agora se dispunham os dois a seguir de coche, pois seus cavalos não estavam ainda em condições de viajar. Estavam assim, na cozinha, decidindo a viagem e a caçada à mulher — esposa de Fitzpatrick —, quando, por ali, entrou aos berros um cavalheiro acompanhado de numerosa comitiva.

Este cavalheiro não era outro senão o fidalgo Western em pessoa, que lá surgira em busca de Sofia. Se tivesse tido a sorte de chegar duas horas antes, teria encontrado não só a filha, como também a sobrinha, pois era sua sobrinha a esposa do sr. Fitzpatrick. Ele a havia tirado da guarda prudente da sra. Western e com ela havia fugido e casado.

Pois bem, esta senhora havia deixado a estalagem quase ao mesmo tempo que Sofia.
Despertada com a voz do marido, havia chamado a estalajadeira. Informada do que se passava, dera uma boa quantia à mulher para que lhe arranjasse cavalos para a fuga e saíra sem ser notada.
O sr. Western não conhecia Fitzpatrick, seu sobrinho, e se o conhecesse não lhe teria dado a menor atenção, em vista do casamento clandestino.
A cozinha convertera-se numa cena de confusão universal, em que Western perguntava pela filha e Fitzpatrick, com a mesma afobação, pela mulher, quando Jones entrou, trazendo ainda na mão a echarpe de Sofia.
Assim que o enxergou, Western deu um berro como se fosse um caçador que tivesse avistado a caça. Precipitou-se sobre ele e segurando-o exclamou:
— Afinal, agarramos o macho, garanto que a fêmea não há de estar longe.
Daí ninguém mais se entendeu, todos falavam, se explicavam ou tentavam fazê-lo, dizendo mil coisas diferentes ao mesmo tempo.
Jones protestava inocência, afirmando nada saber sobre Sofia.
Mas o pároco Supple pôs-se à frente e disse:
— É tolice negá-lo, pois tens na mão a prova da culpa. Este agasalho pertence à srta. Sofia. Vi-o com ela, frequentemente, nestes últimos dias.
— A echarpe de minha filha! — gritou furioso o fidalgo. — Está com ele o agasalho de minha filha? Onde está minha filha, vilão? Vou levá-lo à presença de um juiz de paz e lá resolveremos tudo.
— Senhor — disse Jones —, admito que o agasalho pertence à senhorita, mas dou-lhe a minha palavra de honra de que não a vi. — Ouvindo isso, Western perdeu toda a paciência e, de raiva, emudeceu.
Fitzpatrick, querendo aproveitar a ocasião para prestar um serviço ao tio, agora que já sabia tratar-se dele, prontificou-se a levá--lo ao quarto onde vira Jones com a filha do sr. Western, segundo

ele. Está visto que grande foi o susto da sra. Waters e o desapontamento do outro não foi menor.

Num instante, descobriram um juiz de paz e não tinham como condenar Jones, pois não havia provas em relação a Sofia. Resolveram lançar a queixa sobre o roubo da echarpe de peles. Assim foi dada ordem de prisão ao rapaz, que insistiu em ser ouvido.

Atendido, apresentou os testemunhos de Partridge e Susana. Esta depôs que a própria Sofia lhe entregara a echarpe para que a levasse ao quarto onde o sr. Jones a encontrara. Nesse caso, foi absolvido o acusado e encerrada a sessão.

O sr. Western partiu imediatamente em perseguição da filha. Com a pressa não deu conta mais de Fitzpatrick, nem exigiu o agasalho de Jones. Felizmente, porque este teria preferido morrer a separar-se dele.

Agora, partiu Jones acompanhado de Partridge em busca de Sofia. Nem se despediu da sra. Waters, cuja imagem, por motivos claros, passou a detestar.

Quanto à sra. Waters, aproveitou o coche e partiu em companhia dos dois irlandeses, com as roupas emprestadas.

Aqui ainda convém olhar um pouco para trás, comigo, a fim de explicarmos o aparecimento de Sofia e do pai na estalagem de Upton.

Havíamos deixado, muitos capítulos atrás, a nossa Sofia decidindo entre o amor e o dever. Vencera o amor.

Aconteceu que, como tudo estava correndo muito bem, o sr. Western resolveu comemorar e desejou que todos participassem. Assim, com a bebida correndo generosamente, antes das onze horas da noite, na casa só não estavam bêbadas Sofia e a sra. Western.

Na manhã seguinte, convidaram Blifil para, reunido à família, ouvir de Sofia o consentimento para a cerimônia que se realizaria pela manhã, dois dias depois.

Todos reunidos na sala de visitas, ordenou o fidalgo que se chamasse Sofia.

O criado que fora chamá-la voltou assustado, dizendo que a jovem não estava no quarto.

— Não está! Pragas e maldições! Sangue e ódio! Onde, quando, como, que... Não está? Onde?

— Ora, mano — acudiu a tia Western. — Por que se enfurecer tanto? Por nada. Minha sobrinha deve ter ido ao jardim, a passeio!

— Não, não, se for só isso, não tem importância. Mas tive um pressentimento quando soube que não estava no quarto...

Tornou a sentar-se, satisfeito. Tranquilo, mandou tocar o sino no jardim.

Sofia não estava no jardim. O próprio Western pôs-se a procurá-la, aos berros.

Durante muito tempo foi só confusão na casa. A sra. Western discutia com o irmão, dizendo-o culpado, pois fazia-lhe todas as vontades ou então ameaçava-a.

O sr. Western, proferindo coisas terríveis, saiu furioso da sala e não mais voltou. Claro que, na sua ausência, a irmã disse dele as piores coisas. Por fim, Blifil despediu-se e voltou para casa.

Nenhum deles aqui sabe como Sofia saiu de casa naquela noite. Mas nós, leitor, porque a queremos muito e estamos torcendo para que se livre das garras do pai e do noivo, vamos contar isso.

Era meia-noite e toda a família, como dissemos, estava mergulhada no sono e na bebida, exceto a sra. Western. A tia estava distraída com a leitura de um folheto político, e nossa heroína, leve e silenciosa, desceu as escadas, abriu uma das portas da casa e saiu. Dirigiu-se apressada para o local do encontro com Honour.

Chegada ao lugar marcado, em vez de encontrar a criada, como ficara combinado, viu um homem a cavalo aproximar-se dela. Não gritou, nem desmaiou. O homem aproximou-se, descobrindo-se e falou que fora enviado para levá-la à outra pessoa com quem marcara encontro.

Na garupa, viajou com o sujeito cerca de dez quilômetros, onde encontrou Honour.

Discutiram o rumo que deviam tomar para fugir à perseguição do sr. Western, que não demoraria a mandar-lhes alguém no encalço. Resolveram dirigir-se a Londres, mas por uma estrada que cruzava a província por uns quarenta ou sessenta quilômetros pelo menos. O guia levava na garupa uma imensa mala com os apetrechos com que Honour pretendia conquistar Londres e a fortuna.

Depois de uma boa caminhada, Sofia resolveu mudar a direção para Bristol. O guia se negou, alegando vários motivos. Entre eles, dizia, havia aquele de ter levado um cavalheiro da casa do sr. Allworthy e não ter sido bem recompensado.

— Que cavalheiro? — perguntou Sofia.

— Um que dizem ser filho do fidalgo.

— Para onde? Que caminho seguiu ele?

— Para o lado de Bristol, uns quarenta quilômetros mais ou menos.

— Eu te darei dois guinéus se você me levar lá.

Dessa maneira, resolveu o guia enveredar pela estrada de Bristol e Sofia começou a cavalgar no encalço de Jones.

Passou por todos os lugares onde se hospedara o rapaz e ia sempre indagando de seus passos. Soube de suas aventuras com o bando de soldados, do alistamento, das brigas, e achava muita graça nos arrebatamentos do seu amor. Sempre no rastro de Jones, encontrando um e outro que com ele estivera, chegou Sofia à estalagem em Upton, onde a vimos pela última vez.

O mesmo processo usou seu pai e sua comitiva, perguntando nas hospedarias, uma vez que dera a sorte de descobrir, com o primeiro guia, a pista inicial.

Foi assim que passaram todos por Upton e lá se encontraram o sr. Western e Tom Jones, seguindo ambos, sem tomar conhecimento um do outro, agora, a pista de Sofia.

Na estalagem de Upton, até hoje, se fala em sua beleza e na de Sofia, que é chamada por todos o anjo de Somersetshire.

Capítulo 21

*As aventuras com que topou Sofia
depois de sair de Upton.
Um Sol.
Uma Lua.
Uma estrela e um anjo.
A sra. Fitzpatrick.*

A nossa história, no momento exato em que foi obrigada a retroceder, contava a partida de Sofia e da criada da estalagem de Upton. Vamos, portanto, seguir-lhe os passos como o fazem seu pai e seu volúvel amado, que agora lamenta o resultado do seu mau procedimento.

Sofia ordenara ao guia que a conduzisse por atalhos através da província. Não se haviam afastado um quilômetro da hospedaria quando, olhando para trás, viu aproximarem-se diversos cavalos. Pediu ao guia que corressem um pouco mais. O homem obedeceu-lhe e, em poucos minutos, todos corriam em louca disparada. Quanto mais corriam, mais depressa eram seguidos. E como os cavalos de trás fossem mais rápidos que os da frente, foram estes, por fim, alcançados. Ficou a moça muito aliviada quando uma voz feminina saudou-a, da maneira mais suave e com a maior cortesia. Saudações que Sofia retribuiu com muita satisfação. Eram os viajantes duas mulheres e um guia.

Os dois grupos percorreram, em silêncio, juntos, mais de seis quilômetros.

Afinal, Sofia, vendo que continuavam seguindo pela mesma estrada, que não era nenhuma via principal, dirigiu-se a elas dizendo que estava contente porque seus caminhos coincidiam. Ao que a outra, a que parecia mais bem-vestida, respondeu:

—A satisfação é toda minha, pois viajo sem conhecer nada dessas estradas. Para mim, em região completamente estranha, foi bom encontrar sua companhia. Mas, ao mesmo tempo, quero pedir-lhe desculpas por tamanha impertinência.

Trocaram, dessa maneira, as duas senhoras várias finezas. Viajavam agora par a par, uma vez que Honour atrasara o passo, quando vira as elegantes roupas da estranha.

A desconhecida, naquele momento, passava por uma dificuldade. Caíra-lhe o chapéu da cabeça umas cinco vezes e não havia fita nem lenço para prendê-lo. Ofereceu-se, então, Sofia para ajudá-la, emprestando-lhe um de seus lenços. Enquanto buscava tirá-lo do bolso, descuidou-se do governo do cavalo e o animal, dando um passo em falso, caiu sobre as patas dianteiras e atirou Sofia ao chão.

Embora tivesse caído de cabeça, felizmente não se machucou. Era noite e a escuridão quase absoluta. Desse modo, Sofia ainda não tinha visto o rosto da companheira de viagem, apesar de ter sido socorrida por ela em sua queda.

Por fim, surgiu o dia. Lado a lado, as duas se olharam e ao mesmo tempo pronunciaram, com igual alegria, uma o nome Sofia e outra Harriet.

A desconhecida não era outra senão a sra. Fitzpatrick, prima da srta. Western. Haviam sido sempre muito amigas, tendo vivido muito tempo juntas na casa de sua tia Western. Desse modo, o inesperado encontro trouxe grande alegria e surpresa a ambas.

Guardaram as duas, porém, reserva quanto ao lugar para onde se dirigiam. Combinaram que conversariam quando parassem na primeira estalagem.

As duas criadas seguiam juntas. Quanto aos dois guias, um foi colocado à frente, outro na retaguarda.

Viajaram, dessa maneira, muitas horas, até chegarem a uma estrada larga e bem batida. Dali avistaram uma estalagem, onde, em poucos minutos, apeavam. Sofia, como viajava havia muitos quilômetros, não conseguia descer sem ajuda. Para isto, ofereceu-se o estalajadeiro, que, com Sofia nos braços, se desequilibrou e caiu. Com o violento choque machucou-se apenas o homem. O grande mal que sucedeu a Sofia foi apenas o vexame e o desapontamento.

Depois de um copo de vinho e de sentar-se um pouco, Sofia deitou-se para dormir, o mesmo fazendo sua prima e as duas criadas.

Enquanto isso, nosso hospedeiro morria de curiosidade, por saber quem eram, de onde vinham, para onde iam. Os dois guias pouca coisa puderam adiantar-lhe. À esposa pouco interessava o que dissesse respeito aos hóspedes. Importava-lhe que pagassem. Mas o homem, que tinha fama de muito vivo, inteligente e conhecedor de tudo, não suportava ignorar tanta coisa ao mesmo tempo. Desconfiava já de que se tratava de rebeldes fugindo ao exército real.

— Marido — exclamou a mulher —, acertaste, sem dúvida. Uma delas se traja como uma princesa e, a bem dizer, tem todo o jeito de princesa.

— E, se for assim, não pretendo denunciá-la. Antes, conseguirei os favores dela junto à corte.

— E se nós a denunciarmos — falou a mulher —, aconteça o que acontecer, ninguém poderá censurar-nos. Qualquer um faria o mesmo.

Acontece que ali chegou a notícia de uma batalha em que os rebeldes haviam conseguido levar a melhor e já estavam a um dia de marcha de Londres.

As notícias animaram o estalajadeiro a fazer a corte a Sofia, certo de que ela era uma figura importante no comando dos rebeldes.

O Sol — que nessa época do ano se recolhe mais tarde — já havia sumido há algum tempo quando Sofia se levantou. O sono, embora curto, havia reanimado bastante a moça, cansada da longa viagem. Apesar da boa aparência e disposição, Sofia estava doente e tinha febre.

A prima, sra. Fitzpatrick, saltou do leito ao mesmo tempo e vestiu-se logo. Era, de fato, uma mulher bonita e, se estivesse em outra companhia que não a de Sofia, poderia ser considerada bela. Assim como uma estrela de menor grandeza se apaga quando brilha outra mais possante.

Sofia nunca se mostrara tão bela como naquele instante.

De fato, a criada da casa, quando a viu surgir no alto da escada, julgou estar vendo um anjo.

Sofia e a prima combinaram ir juntas para Londres, porque, com a chegada do sr. Fitzpatrick a Upton, acabaram-se para Harriet os projetos de sua ida à casa da tia Western.

A Lua brilhava com extraordinário fulgor quando as jovens, depois do chá, se decidiam a partir. À luz da Lua, Sofia viajara, com toda segurança, por duas vezes. Já a prima estava temerosa e pediu-lhe que passassem a noite ali, seguindo bem cedo. Assim foi feito.

Ficaram as duas, trocando as histórias, cada uma contando a sua. A da sra. Fitzpatrick começa justamente no ponto em que Sofia deixou-a na casa da tia Western para voltar para a casa do pai. Foi quando Harriet conheceu Fitzpatrick, hoje seu marido. Contou ela:

— As atenções amorosas do rapaz, jovem e belo, foram primeiro para sua tia, que não era jovem nem bela, mas de grande fortuna. Quanto a mim, sempre me tratou com o máximo respeito. De repente, mudou o tratamento, passando a tratar-me, então, com muita meiguice e carinho. De fato, me cercava de tantas atenções especiais que a maledicência passou a ocupar-se de mim, como antes se ocupara de minha tia. Houve gente que chegou a dizer coisas terríveis dessa amizade com nós duas.

"A verdade é que, sem que minha tia desconfiasse, a coisa passou a ser só comigo. E agradei-me disso. Achei dos diabos competir com minha tia.
"Todos falavam. Davam-me conselhos. Mostravam-se as falhas dele.
"Adiantou tanto que hoje estou casada com ele. Agora imagine o resto todo: o ódio de minha tia e o furor de que foi tomada quando me casei.
"Saiu de lá, da cidade, no dia seguinte. Escrevi-lhe muito e nunca respondeu. Hoje, procuro entender por que nós estudamos tanto, aprendemos tanta coisa e fazemos escolhas tão absurdas.
"Bem, não ficamos nem 15 dias na cidade. Minha tia não queria saber de mim. Em minha fortuna só se poderia mexer com a minha maioridade. Na véspera de viajarmos para a Irlanda, encontrei no chão, caída do seu bolso, uma carta. Nela alguém lhe emprestava dinheiro sob a promessa de pagamento quando se casasse. Isto seria breve, pois agarraria a tia ou a sobrinha, sendo que preferia a última, por ser o seu dinheiro contado. Na carta o amigo aconselhava-o a agarrar logo a que pudesse a fim de ter com que pagar o empréstimo.
"Arrasada por essa carta, dei conhecimento dela a Fitzpatrick, na hora da partida.
"Confessou alguma coisa dela, mas negou a maior parte. E o resto de meu perdão conseguiu-o com expressões amorosas, muito carinho e ternura.
"Assim não fiz mais objeção à viagem e uma semana depois chegávamos à residência do sr. Fitzpatrick. Era um velho casarão quase sem mobília. Recebeu-nos uma velha que soltou um uivo, que nada tinha de humano, com que saudou o seu amo. Em resumo, a cena era tão sombria e sinistra que me infundiu no espírito o maior dos desânimos. Meu marido, longe de espantar a tristeza da solidão, logo me convenceu de que eu seria desgraçada com ele em qualquer lugar e em qualquer situação. Comecei a ver que fizera um casamento imprudente e depois de tão maltratada e in-

feliz principiei a sentir desprezo por ele. Verifiquei, então, que era um perfeito estúpido.

"Conheci, então, entre os que frequentavam nossa casa, um tenente cuja esposa era educada, inteligente e culta. Não era tolo nem caçador o tenente, como os outros amigos de meu marido. Não se embriagava também. Ele e a esposa eram os únicos com quem eu podia conversar. E você não imagina, Sofia, a cólera de que meu marido era possuído por causa dessa amizade. Por ciúme, não. Inveja, a pior e mais rancorosa das invejas, a inveja da superioridade intelectual. Você, Sofia, é uma moça inteligente; quando for se casar, se o homem tiver capacidade inferior à sua, experimente--lhe a índole antes do casamento e veja se ele é capaz de se sujeitar a essa superioridade. Prometa-me seguir este conselho. Mais tarde verá a importância dele."

— É muito provável que eu nunca me case — respondeu Sofia —, creio, pelo menos, que nunca me casarei com um homem em cujo entendimento eu veja algum defeito antes do casamento.

— Creia, minha querida Sofia, que, de fato, é difícil saber-se dessas coisas antes de uma convivência maior. É sempre muito difícil também o ser humano reconhecer alguma superioridade no outro... Mas, disto, era o tenente um magnífico exemplo, pois, se bem que tivesse um notável entendimento, reconhecia sempre (como era, realmente, o caso) a superioridade da esposa. E essa talvez fosse uma das razões do ódio que meu marido consagrava à moça minha amiga, minha única amiga naquele terrível lugar. Dizia ele não saber o que eu vira nela para achar tamanho encanto em sua companhia, que, além do mais, era uma bruxa de feia. Para ele não contavam qualidades como cultura, inteligência, finura e educação.

"Dizia ele: 'Desde que esta mulher veio para perto de nós, acabaram-se suas queridas leituras, que tanto você dizia adorar, tanto que nem tinha tempo para retribuir às visitas que meus amigos nos faziam.'

"Devo confessar, nesse sentido fui um tanto grosseira, mas você há de imaginar por que não podia querer intimidade com qualquer um deles e mesmo com suas esposas. Fitzpatrick passou a viajar muito, passando meses inteiros em Dublin ou em Londres, tempo em que o casal amigo me fazia a melhor das companhias.

"Finalmente minha amiga foi afastada de mim e eu me vi novamente a sós com a minha solidão e os meus próprios pensamentos, com o único consolo de recorrer aos livros. Passei a ler o dia inteiro. Quantos livros imagina que eu li em três meses, Sofia?"

— Não sei dizer, prima — respondeu Sofia, que seguia interessada a narrativa —, talvez meia centena.

— Meia centena! Meio milhar, filha! Durante este intervalo escrevi três cartas suplicantes a minha tia. Não recebi resposta a nenhuma delas e meu orgulho não me deixou prosseguir em minhas solicitações.

Nesse ponto, Sofia interrompeu:

— Eu não entendo, Harriet, como é que, tendo sido tão minha amiga, não se tivesse lembrado de recorrer a mim, que, por certo, teria me apressado em ajudá-la. Mas peço-lhe que prossiga a história, pois, ao mesmo tempo que estou ansiosa por ouvi-la, tenho muito receio do modo como venha a terminar.

Assim, reiniciou a sra. Fitzpatrick a sua narrativa:

— Meu marido continuou fazendo essas viagens demoradas, deixando-me sempre sozinha. Foi nesse tempo que fiquei esperando bebê e o perdi ao nascer. Imagine meu sofrimento, sem ninguém para partilhá-lo. Num desses períodos de ausência dele chegou, do interior, uma jovem senhora, parente do meu marido, para nos visitar. Eu mesma insisti que ficasse. Era, de fato, bem-vinda. Educada, agradável, com muito boas qualidades morais.

"Poucos dias após a sua chegada, sem indagar a causa de minha tristeza, começou a conversar comigo sobre isto, dizendo que todos conheciam a índole e o gênio do meu marido e todos tinham uma imensa pena de mim. Contou-me, entre outras coisas, que meu marido mantinha outra mulher.

"Dizer que ouvi essa notícia completamente insensível é mentir, porque o desprezo que tinha por ele não foi bastante para evitar a cólera que tomou conta de mim.

"Seremos nós tão egoístas que nos aflige o fato de outros possuírem aquilo que desprezamos? Ou seremos tão vaidosos que isto é uma injúria grande demais para nossa vaidade? Que me diz, Sofia?"

— Em realidade, não sei — respondeu Sofia —, nunca me passaram pela cabeça tais pensamentos. Mas creio que a senhora procedeu muito mal, comunicando-lhe um segredo desses.

— E, no entanto, minha querida, esse procedimento é natural — disse a prima — e, quando você tiver vivido, lido e visto tanto quanto eu, haverá de reconhecê-lo.

— Lamento muito que seja natural — comentou Sofia —, pois não preciso nem de leitura nem de experiência para convencer-me de que é uma atitude infame e perversa. Digo mais: é tão infame, tão grande falta de educação revelar a um marido ou a uma mulher os erros um do outro, quanto revelá-los às próprias pessoas que os praticaram.

— Pois bem — continuou a outra —, meu marido afinal regressou. Se é verdade que conheço meus próprios pensamentos, eu o odiava então mais do que nunca.

"Ele tratou-me de maneira bem diferente daquela com que vinha tratando ultimamente. Parecia até com os seus modos durante a primeira semana do casamento. Se ainda houvesse uma pequena centelha de amor, talvez tivesse reacendido o afeto que eu tive por ele.

"Não demorou muito ele mesmo me mostrou a razão dessa mudança. Já havia gastado todo o dinheiro contado que eu possuía e não podia hipotecar nenhuma propriedade mais. Desejava munir-se de fundos para suas extravagâncias vendendo uma pequena propriedade minha, o que não era possível fazer sem o meu auxílio. A obtenção desse favor era o único motivo de toda a ternura que simulava.

"Recusei-me a concordar com isso. Não vou recordar nem cansar você contando as cenas que se passaram depois disso. Afinal, no meio de tudo, saiu a história da outra mulher e ele me explicou que tudo aquilo fora apenas uma farsa para maltratar-me. Sim, por causa dos ciúmes que tinha do tenente de que lhe falei.

"Em resumo, depois de muitas cenas em que expulsou de casa a sua parenta, tentou bater-me e prendeu-me no quarto. Ali entrava uma criada para fazer-me a cama e trazer-me as refeições. Proibiu que me dessem papel, pena, tinta ou livro.

"Depois de uma semana, fez-me uma visita e perguntou-me se já me decidira a concordar. Respondi-lhe, com firmeza, que preferia morrer. 'Pois morrerá, então, maldita!', gritou ele, 'pois nunca sairá viva deste quarto!'

"Lá fiquei ainda mais 15 dias, e eu já estava com a minha resistência se esgotando quando, um belo dia, na ausência de meu marido, que saíra por algum tempo, por sorte, ocorreu um acidente. Com ouro — a chave comum de todos os cadeados — consegui abrir a porta e pôr-me em liberdade.

"Fui, então, a toda pressa a Dublin, comprei passagem para a Inglaterra e vim buscar proteção junto de minha tia ou de seu pai ou de qualquer parente que ma quisesse dar. Ontem à noite meu marido alcançou-me na estalagem em que eu me encontrava e que você deixou poucos minutos depois de mim. Mas tive a boa sorte de escapar-lhe e ainda de a alcançar.

"E assim, minha querida Sofia, termina minha história que, para mim, tenho a certeza de que é trágica."

Sofia ficou pensativa e, comovida, falou:

— Em realidade, Harriet, eu me compadeço do fundo do coração! Mas que poderia você esperar? Por que casou com um irlandês?

— Bem, aí você está sendo injusta, minha prima. Há entre os irlandeses homens de tanto valor e de tanta honra quanto entre os ingleses. Pergunta-me antes por que me casei com um tolo e eu lhe direi uma solene verdade: eu ignorava que ele o fosse.

— Você é de opinião que nenhum homem — perguntou Sofia com voz muito grave e mudada — pode ser mau marido não sendo tolo?

— Isso é uma negativa muito geral. Mas acredito que ninguém tem mais probabilidade de ser mau marido do que um tolo, e nenhum homem inteligente tratará muito mal uma esposa que mereça ser tratada muito bem.

Capítulo 22

*Um engano do estalajadeiro
deixa Sofia
num terrível embaraço.
Alvoroço na estalagem.
Uma carruagem.*

Harriet Fitzpatrick terminava a sua história quando a interrompeu a chegada do jantar.

Apresentou-se, então, o hospedeiro com um prato debaixo do braço, tratando as duas moças com a maior intimidade, como se tivessem elas viajado num transporte coletivo.

A senhora casada parecia menos impressionada e comeu com grande apetite. Sofia aparentava grande aflição e tristeza e mal tocou no alimento. A outra, notando isso, falou:

— É possível que tudo termine melhor do que nós esperamos.

O nosso estalajadeiro entendeu que chegara o momento de abrir a boca e resolveu não perder tempo.

— Lamento, senhora — disse ele —, que Vossa Excelência não possa comer. Pois haverá de ter fome depois de tão prolongado jejum. Espero que Vossa Excelência não esteja preocupada com alguma coisa, pois, como diz a outra senhora, é possível que tudo termine melhor do que muita gente espera. Um cavalheiro que acaba de sair daqui trouxe notícias excelentes. Talvez certa gente que passou a perna em outra gente possa chegar a Londres antes de ser alcançada. E, se o fizer, não duvido de que lá encontre pessoas muito dispostas a recebê-la.

Quem quer que se veja com o susto de um perigo, converte tudo o que vê e tudo o que ouve nos objetos desse susto. Sofia concluiu, portanto, que fora reconhecida e estava sendo perseguida pelo pai. Sentiu-se na maior agonia e, por alguns minutos, não pôde falar. Assim que recuperou a fala, pediu que mandasse sair os criados e, dirigindo-se a ele, disse:

— Percebo, senhor, que sabeis quem somos, mas suplico-vos... não, estou convencida de que, se tiverdes alguma compaixão, não nos traireis.

— Eu, trair Vossa Excelência?! — exclamou o hospedeiro. — Não. Quisera antes ser cortado em dez mil pedaços. Até agora eu nunca traí ninguém em minha vida. Tenho certeza de que não começarei com uma senhora tão meiga quanto Vossa Excelência. O mundo todo me censuraria se eu o fizesse, uma vez que, em pouco tempo, a senhora estará em condições de premiar-me. Minha mulher é testemunha de que reconheci Vossa Excelência no instante em que entrou nessa casa: eu disse quem era Vossa Senhoria antes mesmo de erguê-la do cavalo. Levarei para o túmulo os ferimentos que recebi a seu serviço. Mas, que importa isso, se consegui salvá-la? Está visto que outras pessoas pensariam em obter uma recompensa. Mas nenhum pensamento semelhante entrou jamais em minha cabeça. Eu preferiria morrer de fome a aceitar um prêmio por haver traído Vossa Excelência.

— Prometo-vos, senhor — disse Sofia —, que, se eu tiver poder alguma vez para recompensar-vos, não terá sido inútil a vossa generosidade.

— Pobre de mim, senhora! — falou o homem. — Se Vossa Excelência tiver poder! De minha parte, repito: com ou sem recompensa não trairia Vossa Excelência mesmo antes de ouvir as boas notícias.

— Que notícias, por favor? — quis saber Sofia.

— Então ainda não soube?

O estalajadeiro ia responder quando entrou Honour correndo, no quarto, pálida e sem fôlego, e bradou:

— Senhora, estamos perdidas, todas arruinadas, eles chegaram, eles chegaram!

— Eles quem? — perguntou a sra. Fitzpatrick, porque Sofia perdera a fala.

— Os franceses. Centenas de milhares deles desembarcaram e seremos todas assassinadas.

Sofia sorriu aliviada. Sentiu uma imensa satisfação em saber que eram os franceses e não o pai que a alcançara. Tranquila, repreendeu a criada pelo susto que lhe pregara e disse haver pensado em coisa pior.

— Ai — exclamou o homem também sorrindo. — Vossa Excelência sabe mais do que isso. Sabe que os franceses são nossos melhores amigos e que chegaram apenas para o nosso bem.

Sofia, com isso, continuou atribuindo a si própria tudo o que o homem dissera, pensando ser ela a mulher do chefe rebelde.

A seguir, o hospedeiro tirou a mesa e saiu, sempre falando que esperava ser lembrado mais tarde.

O espírito de Sofia não estava tranquilo com a ideia de que era conhecida naquela casa. Ordenou à criada que soubesse dele de que maneira viera a conhecê-la e quem oferecera recompensa por denunciá-la. Ordenou, ainda, que os cavalos estivessem prontos para as quatro da madrugada, hora em que a prima prometera-lhe fazer companhia.

Como fosse cedo, ainda, para a partida, pois mal haviam terminado o jantar, Harriet pediu à prima que lhe narrasse a sua história, conforme prometera.

Sofia atendeu-lhe o pedido e contou-lhe tudo o que já se leu no início desta história. Apenas deixou de mencionar o nome de Jones, como se o mesmo não existisse.

No instante preciso em que Sofia concluiu sua história, chegou ao quarto um ruído como se uma matilha de cães houvesse invadido o pátio. Tal ruído explodiu como um trovão no pavimento inferior, subiu as escadas e penetrou, afinal, no aposento onde estavam as duas senhoras.

Era nada mais nada menos do que a sra. Honour, tomada de indignação, fazendo tremendo estardalhaço. Gritava:

— Que me diz a senhora? Seria capaz de imaginar o que este vilão do estalajadeiro está pensando da senhora?

— Calma, Honour — acalmou Sofia. — Conte devagar o que houve lá embaixo.

— Imagine que ele pensa que minha senhora é essa suja e ordinária prostituta, Jenny Cameron, que é a mulher do chefe rebelde e anda por aí com ele. Mas eu unhei o patife. Deixei-lhe as marcas na cara. Minha senhora, seu canalha, disse-lhe eu, não é bocado para pretendentes a trono. Minha senhora é uma jovem de grande distinção, família e fortuna como a que mais seja em Somersetshire. Ela é filha única e herdeira do grande fidalgo Western! Ah, minha senhora, quase arrebentei-lhe os miolos com uma poncheira.

A principal preocupação de Sofia foi Honour haver revelado a sua identidade. O resto só a fez sorrir e, claro, tranquilizar-se, pois nada do que ele dissera se aplicava a ela. Honour estava possessa. Muito encolerizada, gritou:

— Eu não pensei, senhora, que isso lhe fosse motivo para riso. Ser chamada prostituta por um patife desses!

A verdade é que Honour defendia tanto a reputação de Sofia porque julgava que a sua achava-se intimamente ligada à dela.

Passada a tempestade, vieram a saber que uma boa razão de a criada estar tão inflamada havia sido um fortíssimo ponche que ela tomara em doses exageradas.

A tranquilidade fora restaurada no andar de cima, mas, no debaixo, a coisa fervia. É que a nossa estalajadeira não se conformara com o fato de haverem causado tamanhos prejuízos à beleza do marido. Bradava vingança e justiça!

Quanto ao homem, estava tranquilo. Apanhara muito, estava todo ensanguentado, mas também o seu engano fora muito grande.

Momentos antes havia chegado uma pessoa de grande representação acompanhado de pomposa equipagem. Essa pessoa assegurou que uma das senhoras era uma mulher de qualidade e íntima conhecida sua.

Por ordem dessa pessoa, subiu o estalajadeiro e comunicou às duas belas viajantes que um grande fidalgo desejava a honra de visitá-las. Sofia empalideceu e tremeu ao ouvir isso. Não raciocinou que o pedido era delicado demais para partir de seu pai.

A pessoa de que falamos era um nobre da Irlanda que ia a caminho de Londres. Estava jantando quando rompeu o furacão já referido. Nesse momento, vira a criada da sra. Fitzpatrick e por ela ficou sabendo que sua ama, que ele muito conhecia, estava lá em cima. Depois dessa informação, dirigira-se ao hospedeiro, pacificara-o e mandara-o ao andar de cima com cumprimentos mais delicados do que os transmitidos pelo nosso hospedeiro.

A outra criada não fora a mensageira do pedido do nobre pois achava-se em estado lamentável devido ao abuso da aguardente de cevada.

Não demorou Sofia a tranquilizar-se com a entrada do nobre par, que não só era conhecido da sra. Fitzpatrick, mas, em realidade, amigo particularíssimo dessa senhora. A falar verdade, fora com auxílio dele que ela pudera fugir ao marido, pois esse nobre tinha as disposições dos famosos cavalheiros e já libertara muita dama dos seus cárceres privados. Possuía ele uma propriedade nas vizinhanças de Fitzpatrick e conhecia, havia já algum tempo, a senhora. Quando soube da prisão, aplicou-se em obter-lhe a liberdade. Não tomando de assalto o castelo, como os heróis de outro tempo. Não pelo chumbo ou pelo aço, mas pela astúcia e pelo ouro.

Espantou-se ele de encontrá-la ali. Mas ela explicou-lhe que fora alcançada pelo marido e desde então estava fugindo. Contou que teve a sorte de encontrar a prima, que escapara de um tirano igual ao dela.

Lamentou muito ele que tudo isso estivesse acontecendo, fez sérias reprovações aos maridos da época (julgara que o tirano de

Sofia também o fosse) e afinal ofereceu-lhes sua proteção e sua carruagem a seis, que foi aceita pelas duas jovens.

Recolheram-se para repousar depois das despedidas de Sua Excelência.

Antes de dormir, Harriet elogiou muito o caráter do nobre par, dizendo acreditar ser ele o único fiel ao leito conjugal.

— Em realidade — acrescentou ela —, isto é muito raro nos homens de qualidade. Não espere, querida Sofia, que o seu o seja, porque terá fatalmente uma decepção.

Bem, decepcionada Sofia já estava e, por causa disso, adormeceu preocupada e não foi muito agradável o sonho que teve. Como nunca revelou esse sonho a ninguém, o leitor não deve esperar que eu vá contá-lo aqui.

OITAVA PARTE

Contém: uma ou duas observações nossas.
Muitas outras de boas pessoas.

Capítulo 23

Feitio heroico de Sofia.
A sua generosidade.
Como lha atribuíram.
A partida do grupo
e a sua chegada a Londres.

Mal o relógio dera sete horas e as damas já estavam prontas para a sua viagem, o nobre e a equipagem preparados para acompanhá-las.
Nesse momento surgiu um problema. Como transportar Sua Excelência, que não tinha hábito de viajar apertado. Ofereceu-se ele para montar o seu cavalo, mas a sra. Fitzpatrick não consentiu.
Resolveram, então, que as criadas se revezariam num dos cavalos do nobre.
Depois de tudo acertado na estalagem, as senhoras despediram os guias. Sofia fez um presente ao estalajadeiro, em parte para compensá-lo pelos ferimentos que recebera por causa dela quando caiu e das unhas de sua colérica criada. Foi nesse instante que Sofia deu fé, pela primeira vez, da perda de uma nota de cem libras que o pai lhe dera no último encontro de ambos e que era tudo o que, então, possuía. Procurou em toda parte, não encontrou. Convenceu-se de que lhe caíra do bolso quando, em grande aflição, tirara o lenço antes da queda, para socorrer sua prima na

estrada. Sofia voltou para junto dos outros de fisionomia tranquila, sem deixar perceber o que se passara.

A carruagem, tendo recebido os passageiros, principiou a rodar, acompanhada de muitos criados e conduzida por dois capitães.

Enquanto viajava, nosso hospedeiro comentava, com a mulher, a generosidade da jovem senhora.

— Pois, a bem dizer — disse ela —, poderíamos ter cobrado o dobro por cada coisa, e ela não teria reclamado contra a conta.

A esposa sentia as injúrias mais do que o próprio marido e achava que Sofia deveria ter pagado muito mais, considerando os prejuízos.

Os dois ficaram assim discutindo, se estava ou não bem pago, enquanto nossos amigos viajavam sem atropelos. Tão boa fora a viagem que, em dois dias, percorreram um trajeto de mais de 180 quilômetros, chegando a Londres na segunda noite, sem haver encontrado, na estrada, aventura nenhuma que mereça ser referida nesta história.

Apenas a relatar as belezas naturais que iam encantando os olhos de nossos viajantes. Assim mesmo, para cada um, elas aparecem de um jeito ou mesmo nem aparecem. Em alguns sítios, a Arte prende a admiração dos que sabem ver. Em outros, é a Natureza que surge com seus adornos mais ricos. As florestas, os rios, os prados atraem a vista do engenhoso viajante e lhe retardam o passo. Já não viaja assim o homem de negócios que pensa no dinheiro, o criador de gado, os que vão preocupados com seus próprios problemas, os criados, talvez, e todos os numerosos produtos da opulência e da estupidez.

Capítulo 24

*Uma ou duas referências
à virtude
e algumas
à desconfiança.*

Chegados a Londres, ficaram os viajantes instalados em casa de Sua Excelência. Enquanto descansavam da viagem, os criados procuravam alojamentos para as duas senhoras, pois, como a esposa do nobre não se encontrava na cidade, a sra. Fitzpatrick não quis, de maneira alguma, permanecer na residência do par.

Talvez isso pareça de um exagerado escrúpulo, virtude em demasia, mas é preciso descontar a situação melindrosa em que se encontravam e a maldade das línguas murmuradoras. Aliás, esse excesso de cuidado toda mulher, nas mesmas condições, faria bem em imitar.

Preparado o alojamento, Sofia acompanhou a prima por aquela noite, mas decidiu, na manhã seguinte, procurar a senhora cuja proteção deliberara pedir ao sair da casa do pai. Queria procurá-la principalmente por causa de algumas observações que fizera durante a viagem de carro.

Não desejamos, de maneira alguma, atribuir a Sofia uma índole desconfiada, inclinada à suspeita. É certo que a propósito da sra. Fitzpatrick nossa heroína tinha alguma dúvida, mas trazia suas razões para isso. Como vimos, elas passaram um bom período da vida juntas, em íntimo convívio, na casa da tia Western.

É preciso que se esclareçam algumas coisas antes de dizermos ao leitor o que se passava no espírito da jovem.

Sempre me pareceu que são dois os tipos de desconfiança. Existe uma que vem do coração e é de extrema velocidade, por assim dizer, pois parece vir de um impulso interior. Sem se firmar em provas, em bases sólidas, cria ela própria os seus objetos: vê o que não há e vê sempre mais do que realmente existe. Esta observa não só os atos, mas as palavras e os olhares dos homens. Assim como nasce no coração do observador, também mergulha no coração do observado e lá espia o mal, por assim dizer, em seu começo — e, até, às vezes, antes que se possa afirmar que tenha sido concebido.

Seria admirável essa faculdade, se fosse infalível. E, pelo fato de esse tipo de desconfiança já haver causado danos terríveis e mágoas enormes, não posso deixar de considerá-la perniciosíssima. E tanto mais me inclino a essa teoria quanto mais receio que a referida penetração provenha sempre de um mau coração pelas razões que, acima, já citei, às quais acrescento mais essa: nunca me constou que fosse propriedade de um bom coração. Ora, dessa classe de desconfiança absolvo e peço ao leitor que absolva inteira e absolutamente nossa Sofia.

Uma segunda classe dessa qualidade parece nascer da cabeça. E esta não é senão a faculdade de vermos o que está diante de nossos olhos, e de tirarmos conclusões do que vemos.

A primeira é inevitável para os que têm olhos, e a segunda não é, talvez, consequência menos certa e necessária do fato de termos algum miolo. Esta é inimiga da culpa como o é da inocência a primeira. O leitor poderá sugerir a si mesmo grande número de exemplos. Por exemplo, um marido surpreende a esposa nos braços de um desses jovens que têm fama só de conquistadores... Creio que eu não o censuraria se ele fizesse deduções a respeito da cena.

Também a suspeita de ser alguém capaz de tornar a fazer o que já fez, ou seja, quem já foi vilão representar de novo o mesmo papel. E, a confessar a verdade, creio que Sofia era culpada dessa classe de desconfiança. E partindo dela concluíra, de fato, que a prima não era, em realidade, melhor do que devia ser.

O caso, pelo que parece, era este: a sra. Fitzpatrick considerava que a virtude de uma jovem, toda vez que sai de casa, fica exposta aos inimigos. Por isso, mal decidira aproveitar o primeiro ensejo para deixar a proteção do marido e já deliberara buscar a proteção de outro homem. E quem poderia ela escolher melhor, como seu defensor, do que uma pessoa de qualidade, de posses e de honra? Um já consagrado campeão protetor das damas aflitas e que já provara consagrar-lhe violenta atenção e da qual já dera todas as provas possíveis?

Mas como a lei se esqueceu de regularizar esse ofício de vice--marido ou defensor de senhoras fugitivas, e como a maldade humana seria capaz de dar a ele uma denominação mais desagradável, ficou assentado que ele prestaria todos os favores em segredo, sem assumir publicamente o caráter de protetor.

O que Sofia entendeu de tudo, não dos lábios ou dos modos da prima, foi que houvera uma velada combinação para o encontro que realmente se deu. O segredo que a prima guardara, a respeito, por ocasião de sua narrativa, serviu para agravar as suspeitas de Sofia.

Nossa jovem encontrou muito facilmente a senhora que procurava. Era ela muito conhecida. A sra. Fitzpatrick não insistiu para que Sofia ficasse com ela, pois já estava amedrontada de haver despertado suspeitas no espírito da outra. Na verdade, desejava tanto que Sofia se fosse quanto esta poderia desejar partir.

Ao despedir-se, Sofia deu-lhe conselhos. Disse-lhe que se cuidasse e que considerasse a perigosa situação em que se encontrava. E que procurasse um modo de se reconciliar com o marido.

Em seguida, Sofia dirigiu-se para a casa de lady Bellaston, onde foi finamente acolhida. A senhora afeiçoara-se muito a ela quando a conhecera em companhia da tia Western. Ficou contentíssima ao vê-la e assim que soube das razões que a haviam levado a deixar o pai e fugir para Londres aplaudiu-lhe sinceramente o bom senso e a coragem. Agradeceu e tomou como elogio Sofia ter escolhido sua casa para refúgio e prometeu-lhe dar toda a proteção que estivesse a seu alcance.

Assim tão bem entregue Sofia, creio que o leitor gostará de saber das outras personagens, principalmente do pobre Jones, que, há muito tempo, está a fazer penitência dos crimes passados.

Capítulo 25

*O sr. Western não encontra a filha,
mas encontra alguma coisa
que lhe põe fim a esta caçada.*

Vamos voltar com nossa história à estalagem de Upton. Seguiremos, primeiro, os passos do sr. Western, pois, como ele não tardará em chegar ao fim da viagem, teremos tempo suficiente, depois, para acompanhar Jones.

Os leitores devem estar lembrados de que o fidalgo partira da estalagem, com grande fúria, no encalço da filha.

O moço das cavalariças havia-lhe informado que a srta. Sofia atravessara o Severn. O fidalgo seguiu-lhe, então, os passos, cruzando aquele rio com a sua equipagem e os cavalos a toda velocidade, jurando a maior vingança contra a pobre moça, se chegasse a alcançá-la.

Não andara muito quando atingiu uma encruzilhada. Aí convocou os acompanhantes e, depois de ouvir diversas opiniões, tomou a estrada Worcester.

Depois de percorridos três quilômetros, nessa estrada, começou a lamentar-se:

— Que lástima! Nunca houve cão mais infeliz do que eu! — E prosseguiu numa descarga de pragas e maldições.

— Não se aflija, senhor — disse o pároco, tentando confortá-lo. — Não fale como os que não têm esperanças. Ainda que não tenhamos tido a sorte de alcançar a jovem senhora, podemos nos considerar felizes por estarmos no mesmo trajeto que ela vem fazendo. Pode ser até que ela se canse da viagem e pare nalguma estalagem para se refazer, aí então o senhor a alcançará.

— Bolas! Que importa a sem-vergonha? — revidou Western. — O que lamento é estar perdendo uma manhã tão boa para caçar. É muito duro a gente perder um dos melhores dias para caçada, depois de tanto tempo de geada!

Mas ele mal acabara de pronunciar essas palavras quando, a pequena distância, uma matilha de cães principiou a ladrar. Percebendo-o, o cavalo do fidalgo, que tinha inclinações iguais às do seu dono, levantou as orelhas e partiram ambos, o cavalheiro gritando:

— Ela partiu! Ela partiu! Raios me partam se ela não partiu.

Imediatamente, todo o grupo, atravessando um campo de trigo, atirou-se, num abrir e fechar de olhos, no rastro da matilha. No meio de uma infernal algazarra de brados e gritos, seguia o pobre pároco, formando a retaguarda.

Não devemos acusar o sr. Western de falta de amor à filha, pois, em realidade, tinha-o muito. Devemos apenas considerar que ele era um fidalgo e caçador e, como tal, não poderia deixar de ouvir aqueles imperiosos apelos.

Corriam os cães à desfilada e o fidalgo atrás deles, sobre cercas e fossos, com todo o barulho costumeiro e o habitual prazer que o esporte lhe causava.

Nem se intrometeram lembranças de Sofia para lhe diminuir a satisfação que lhe causava a caçada que, conforme afirmava, era das melhores que já vira. Jurava: merecia que se percorresse por ela uma distância de mais de cem quilômetros.

O entusiasmo do sr. Western fez com que ele esquecesse a filha e os criados não mais se lembrassem da senhora.

O padre, em vista disso, resolveu expressar intimamente sua surpresa, em latim, e, atrás do grupo, inteiramente esquecido da perseguição à jovem Sofia, meditava sobre o assunto do sermão para o próximo domingo.

O dono dos cachorros ficou muito feliz com a chegada do seu irmão caçador, pois difícil era achar alguém tão hábil e tão eficiente naquele desporto como o nosso amigo Western. Na verdade, era um mestre em incitar os cães com o seu vozeirão. Ninguém mais experimentado do que ele para animar a caçada com seus brados.

A coisa é tão empolgante, os caçadores ficam tão entretidos, no calor da caça, que não perdem tempo com mais nada. Esquecem-se até de seus deveres de humanidade. Pois se, a qualquer deles, ocorre um acidente, caindo num fosso ou num rio, por exemplo, passarão todos por cima do infeliz, deixando-o entregue a seu destino.

O sr. Western e o dono da caçada já haviam, várias vezes, passado um pelo outro, sem trocarem uma palavra.

Mas tudo o que Western fez foi visto e aprovado pelo outro, que o olhava com respeito. Outra coisa a considerar era o número elevado de servidores, o que já dava uma ideia da alta qualidade do nosso caçador. Por conseguinte, assim que a caçada acabou, com a morte do animalzinho que a motivara, encontraram-se os dois cavalheiros e se saudaram com todos os cumprimentos de uso da fidalguia.

Foi uma conversação interessante em que os dois se entenderam muito bem e que terminou com uma segunda caçada. Depois desta, um convite para almoçar. Aceito o almoço, foi este acompanhado de muita bebida e, por sua vez, terminou com um prolongado sono do sr. Western.

Nosso fidalgo não podia, de maneira alguma, competir na bebida, essa tarde, nem com o hospedeiro nem com o Padre Supple. O cansaço, de espírito e de corpo, fizera com que se embriagasse com pouca coisa.

Enquanto dormia o sr. Western, aproveitara-se o padre para conversar com o outro fidalgo a respeito de Sofia. Pedira-lhe mesmo que demovesse o outro da tal perseguição.

Assim, pela manhã do outro dia, quando o sr. Western reclamou o gole matutino e mandou preparar os cavalos, o novo amigo e o pároco dissuadiram-no daquele projeto. Afinal os dois conseguiram convencê-lo e ele resolveu voltar para casa.

Despediu-se do irmão caçador e, mostrando grande alegria por haver terminado a geada, partiu a caminho de Somersetshire.

Antes, porém, despachou uma parte da comitiva para continuar a procurar a filha.

Ele ficaria em casa, onde os bons dias, sem geada, o esperavam com promessas de memoráveis caçadas.

NONA PARTE

Contém: mais algumas aventuras de Tom Jones, em que a sorte parece ter-se mostrado de melhor humor em relação a ele, do que, até agora, tem sido.

Capítulo 26

*A partida de Jones de Upton
e o que se passou
entre ele e Partridge
na estrada.*

Voltamos, por fim, mais uma vez, ao nosso herói.

Tantas foram as coisas desagradáveis que já lhe aconteceram, que receio estar o leitor pensando que aparecer Jones é surgir encrencas e complicações.

O sr. Jones e o seu companheiro Partridge deixaram a estalagem poucos minutos após a partida do sr. Western. Percorreram, a pé, a mesma estrada, pois o moço das cavalariças os informou de que, àquela hora, não lhes seria possível obter cavalos em Upton. Puseram-se, pois, a caminho com o coração pesado. Ambos estavam descontentes, embora as suas preocupações tivessem razões muito diferentes. E se Jones às vezes suspirava amargamente, o outro resmungava, com tristeza, a cada passo.

Chegados à encruzilhada em que o sr. Western se detivera para consultar os companheiros, Jones também parou e, voltando-se para Partridge, perguntou-lhe a opinião sobre o caminho que haviam de seguir.

— Ah, senhor — disse Partridge —, eu quisera que Vossa Senhoria seguisse o meu conselho.
— E por que não? — respondeu Jones. — Agora me é indiferente o lugar para onde vou ou o destino que me espera.
— Pois então o meu conselho — disse Partridge — é que dê imediatamente meia-volta e retorne a casa. Pois, tendo uma casa para voltar como a que o senhor tem, como pode ficar por aí como um vagabundo? Perdoe-me, mas falo porque o estimo, Jones.
— Ai de mim! — exclamou Jones —, não tenho casa para onde voltar. Mas se o meu amigo, meu pai, quisesse receber-me, como poderia resolver com Sofia? Cruel Sofia! Muito cruel, também ela. Não, deixe que culpe, antes, a você. Maldito seja! Idiota! Estúpido! Você me arrasou a vida! E eu lhe arrancarei a alma do corpo.

Ao dizer isso, segurou, com violência, o colarinho do pobre Partridge e o sacudiu até sentir que ele tremia sem parar.

Partridge caiu, trêmulo, de joelhos, e implorou misericórdia, jurando que não o fizera por mal.

Jones soltou-o e, em seguida, desabafou contra si mesmo uma cólera como se tivesse caído sobre outra pessoa e, se assim o fosse, lhe acabaria com a vida, como quase o fez.

Muitos foram os desatinos que Jones praticou nessa ocasião. Basta dizer que, depois de se haver comportado como louco, durante muitos minutos, foi voltando, aos poucos, a si.

Voltou-se, então, para o companheiro, pediu-lhe perdão pela violência que usara com ele. Pediu-lhe também que nunca mais falasse em voltar, pois estava decidido a não tornar a ver aquela região.

Partridge perdoou com facilidade e prometeu obedecer à ordem que lhe fora dada. E logo Jones exclamou:

—Visto que me é absolutamente impossível continuar a seguir os passos do meu anjo, seguirei os da glória.

— Que quer dizer com isso, amigo?

— Que vamos agora para o exército. É gloriosa a causa e eu lhe sacrificaria a vida de bom grado.

E, depois disso, tomou pela estrada diversa da que seguira o sr. Western e que, por mero acaso, era a mesma por que Sofia passara.

Os nossos viajantes caminharam um bom pedaço sem trocarem uma única sílaba, embora Jones murmurasse de vez em quando para si próprio.

Partridge não se animava a dizer nada, mantinha-se profundamente silencioso, porque temia provocar, no amigo, um segundo acesso de fúria. E também porque um novo conceito se formava em sua mente: começava a suspeitar de que Jones estivesse completamente louco.

Afinal, Jones se dirigiu ao amigo e censurou-lhe o silêncio.

O pobre homem foi sincero e explicou que estava receoso de ofendê-lo.

Jones tratou de afastar-lhe esse receio e o outro tornou a soltar as rédeas à língua, escolhendo agora os assuntos.

— Decerto, senhor — disse ele, referindo-se ao Homem da Colina —, nunca poderia ser um homem quem se veste e vive de forma tão estranha e tão diferente das outras pessoas. Além disso, segundo me contou a velha, a sua alimentação é constituída de ervas, alimento mais adequado a um cavalo que a um cristão. O estalajadeiro de Upton diz que os vizinhos têm ideias terríveis a seu respeito. Sabe o que me passa na cabeça, Jones?

— Nem de longe imagino, amigo. Que é?

— Ocorre-me estranhamente que ele há de ter sido algum espírito, enviado para nos prevenir. Quem sabe se tudo o que nos contou sobre haver ido para a guerra, ter sido feito prisioneiro e haver corrido grande risco de ser enforcado não é um aviso para nós, considerando o que estamos a pique de fazer? Além do mais, sonhei a noite inteira com brigas, o sangue me escorria do nariz como vinho de uma torneira de barril. (Aqui, a respeito, disse uma de suas frases latinas.)

— A sua história, Partridge — respondeu Jones —, é quase tão mal aplicada quanto seu latim. Nada é mais provável que aconteça do que a morte dos homens que se empenham numa batalha. Talvez morramos ambos nela. E que tem isso?

— Que tem isso? — repetiu Partridge. — Ora, mas isso será então o nosso fim, não é verdade? Quando eu morrer, tudo terá se acabado para mim. Que me faz a causa ou que vençam estes ou aqueles, se já estou morto? Jamais sacarei disso proveito algum. Que me importam repiquem sinos, se estou a sete palmos debaixo da terra? Isto seria o fim do pobre Partridge.

— E o fim do pobre Partridge — continuou Jones — há de chegar, mais dia menos dia. Se gosta de latim, eu lhe repetirei uns belos versos de Horácio que dariam coragem a qualquer poltrão.

— Gosto de latim, sim, Jones, mas eu os quisera traduzidos, pois Horácio é um autor difícil e não entendo a sua pronúncia.

— Bem, vai uma tradução minha, muito má — disse Jones —, pois sou apenas um poeta medíocre:

Quem não morreria pela causa de sua querida pátria?
Visto que, se o medo vil lhe retarda o passo pusilânime,
Da morte não lhe é dado fugir: o mesmo túmulo
Recebe, afinal, o covarde e o bravo.

— Isso é muito certo! — exclamou Partridge. — Ai de mim! Mas vai grande diferença entre morrermos na nossa cama daqui a muitos anos, como bons cristãos, cercados de amigos que nos choram, e o sermos alvejados amanhã como cachorros loucos. Ou sermos retalhados em pedacinhos, antes de nos arrependermos de nossos pecados. Oh, senhor, tende misericórdia de nós! Para falar a verdade, soldados são gente ruim. Nunca fui muito com eles. Sinto até dificuldade em considerá-los cristãos. Eu quisera que o senhor se arrependesse antes que fosse tarde e não pensasse em se meter com eles. As más companhias corrompem os bons costumes. Esta é a minha razão principal. Quanto ao resto, não sou mais medroso do que os outros, isso não. Sei que toda carne humana tem de morrer. Mas, ainda assim, um homem pode viver muitos anos, apesar dos pesares. Hoje eu sou um homem de meia-idade, mas posso viver um grande número de anos. Sei de gente que viveu mais de cem. Oitenta ou noventa já me seriam suficientes, o que, graças a Deus, está muito longe. De mais a mais, se eu fosse fazer algum bem, vá lá! Mas de que adiantarão mais duas pessoas? Que entendo eu disso tudo? Nem sequer disparei uma espingarda mais de dez vezes em toda minha vida. E ainda assim porque não tinha bala. Quanto a espadas, entendo menos ainda. Perdão, juro que disse tudo isso, mas não foi por mal. Espero que não venha a atirar o meu amigo em outro acesso de cólera.

— Não tema, Partridge — disse Jones. — Estou agora tão convencido de sua covardia que você não conseguiria provocar-me por nada deste mundo.

— Pode chamar-me covarde — respondeu Partridge. — Ou até outra coisa que lhe vier à cabeça. Não sei se gostar de dormir com a pele intacta converte o homem em covarde... Nunca li em meus livros que um homem não pode ser homem de bem sem lutar. Nem uma palavra sobre lutas. E a elas é tão contrária a Escritura que nunca me convencerá de que é bom cristão o homem que derrama sangue cristão.

Capítulo 27

A aventura de um mendigo.
Outras aventuras com que Jones e Partridge
se defrontaram na estrada.

Precisamente no instante em que Partridge acabava de enunciar a boa e piedosa doutrina com que se rematou o último capítulo, chegaram a outra encruzilhada, onde um coxo, coberto de andrajos, lhes pediu uma esmola.

Partridge passou-lhe, então, uma severa descompostura, dizendo:

— Cada paróquia devia sustentar os seus pobres.

— É engraçado — disse Jones a rir — que você tenha tanta caridade na boca e nenhuma no coração. A sua religião, Partridge, serve de desculpa apenas para os seus defeitos, mas não de incentivo para as suas qualidades. Pode alguém, verdadeiramente cristão, deixar de acudir a um de seus irmãos em tão miserável estado?

— E, metendo a mão no bolso, deu ao pobre homem um xelim.

— Senhor — exclamou o sujeito, depois de lhe agradecer —, tenho aqui no bolso uma coisa curiosa, que encontrei a uns quatro quilômetros daqui, e que Vossa Excelência talvez queira comprar. Eu não me arriscaria a mostrá-la a qualquer um. Mas vejo que o senhor é tão bom cavalheiro e tão generoso para os pobres, que será incapaz de suspeitar que um homem seja ladrão pelo simples fato de ser pobre. — Pegou, a seguir, um livrinho dourado de lembranças e entregou-o a Jones.

Abriu-o Jones apressado e (adivinha o leitor o que sentiu) viu na primeira página as palavras SOFIA WESTERN, escritas pela linda mão de sua amada. Assim que leu o nome, apertou-o aos lábios, beijou-o e mordeu-o com carinho, completamente esquecido da presença dos outros.

Enquanto o jovem beijava e quase mastigava o livro, como se estivesse saboreando qualquer coisa deliciosa, caiu de dentro um pedaço de papel que Partridge apanhou e entregou a Jones. Era uma nota de banco, em realidade, a mesma que Western dera à filha na véspera da partida, as cem libras que Sofia já havia dado como perdidas.

Os olhos de Partridge cintilaram. O mesmo aconteceu (embora sob um aspecto diferente) com o mendigo, que achou o livro e que não o abrira por princípio de honestidade e também porque não sabia ler.

O livro era valioso, uma joia, presente da sra. Western à sobrinha.

Jones contou ao mendigo que conhecia a pessoa a quem o livro pertencia e que a procuraria o mais depressa possível para devolvê-lo.

Deu um guinéu em troca, generoso e honesto que era.

A alegria do mendigo foi tamanha, ao receber tamanho tesouro, que se ofereceu para acompanhar os nossos viajantes ao lugar onde achara o livro: juntos, portanto, seguiram para lá. Não tão depressa como desejaria Jones, pois o guia era coxo e não caminhava mais de um quilômetro por hora. O lugar distava dali mais de seis quilômetros. O leitor poderá calcular o tempo que levaram para chegar lá.

Jones abriu o livro umas cem vezes no trajeto. Falava sozinho e não se dirigiu aos outros nem uma vez.

Diante de tudo isso, o guia fez alguns sinais a Partridge e este concordou que o companheiro estava doido, o que fez com que o mendigo exclamasse, sinceramente penalizado:

— Pobre cavalheiro! Tão belo de corpo!

Por fim, chegaram ao mesmíssimo lugar em que Sofia deixara cair o livrinho de lembranças e onde o sujeito o encontrara.

Nesse ponto, Jones tentou despedir o guia e apertar o passo.

Mas o sujeito coçou a cabeça e disse:

— Espero que Vossa Excelência veja que sou um homem muito pobre. Poderia ter ficado com tudo isso. Agora espero receber mais. Não lhe digo que quero tudo, mas se o verdadeiro dono não for achado Vossa Excelência ficará com as cem libras e o livrinho, que tem bastante valor. Vossa Excelência é um homem bom e espero que considere a minha honestidade. Se eu tivesse ficado com tudo, ninguém saberia nunca.

— Eu garanto que conheço a verdadeira dona e que restituirei tudo.

—Vossa Excelência poderá fazer o que bem entender — replicou o sujeito. — Desde que dê a minha parte, que é a metade do dinheiro, poderá ficar com o resto, se quiser. — E concluiu, dizendo que nada diria a ninguém do que acontecera.

— Ouça, amigo — respondeu Jones —, a verdadeira dona receberá tudo o que perdeu. Quanto à gratificação, não posso lhe dar, por enquanto; diga-me o seu nome e onde mora e é provável que ainda vai ter muita alegria com a aventura desta manhã.

— Não sei o que quer dizer com aventura. Parece que a aventura está em saber se vai devolver ou não à senhora o dinheiro dela... Mas espero que considere.

—Vamos, homem, vamos — interrompeu Partridge impaciente. — Diga ao cavalheiro o seu nome e onde pode ser encontrado. Asseguro-lhe de que nunca se arrependerá de lhe haver entregado o dinheiro.

O sujeito, não vendo esperanças de recuperar o livrinho, concordou, por fim, em dar o seu nome e residência, que Jones anotou num pedaço de papel. Colocou-o na mesma página em que estava o nome de Sofia.

—Agora, meu amigo — exclamou Jones —, você é o mais feliz dos homens, pois juntei o seu nome ao de um anjo.

— De anjos não entendo — disse o mendigo —, mas eu quisera que me desse mais dinheiro ou me devolvesse o livro.

Partridge zangou-se, xingou o pobre aleijado com alguns nomes e já se dispunha a espancá-lo quando Jones o conteve. Afastaram-se os dois, a passos mais largos, deixando o coxo para trás. O homem começou a gritar, amaldiçoando os dois e a geração toda de cada um. Por fim, gritou-lhes, de longe:

— Se me tivessem mandado para uma escola onde eu aprendesse a ler, escrever e contar, eu conheceria o valor dessas coisas tão bem como os outros!

Os nossos viajantes caminhavam agora tão depressa que tinham muito pouco tempo e curto o fôlego para conversas.

Durante toda a caminhada, Jones pensava em Sofia e Partridge na nota de banco. Já haviam caminhado por mais de uns seis quilômetros quando Partridge, incapaz de continuar a par com Jones, pediu-lhe que afrouxasse o passo. O rapaz atendeu logo, pois, com o degelo, já perdera o rastro dos cavalos e se encontravam num extenso pasto, onde se viam diversas estradas.

Parou, portanto, para decidir sobre a escolha da estrada que deveriam seguir. Foi nesse ponto que ouviram o ruído de um tambor que parecia perto. Este som apavorou Partridge, que gritou:

— O Senhor tenha misericórdia de todos nós. Eles, com certeza, estão se aproximando!

— Eles quem? — perguntou Jones. Há muito tempo, em seu espírito, o medo já dera lugar a ideias mais ternas. E, desde a sua aventura com o coxo, aplicara-se exclusivamente a seguir Sofia, sem se lembrar sequer do inimigo.

— Quem? — repetiu Partridge. — Ora, os rebeldes. Mas por que hei de chamar-lhes rebeldes? Pelo que sei, são até cavalheiros honestíssimos. O diabo carregue quem os insultar. Eu é que não o farei. Hei de tratá-los até com muita cortesia. Pelo amor de Deus, Jones, não os insulte, quando chegarem. Pode ser que assim não nos façam mal. Mas não seria prudente ocultarmo-nos no meio daquelas moitas até que fossem embora? Que podem fazer dois ho-

mens desarmados contra 50 mil? Ninguém, sem dúvida, a não ser um louco, espero que Vossa Senhoria não se ofenda, mas ninguém que tenha *mens sana in corpore sano*... — A essa altura Jones interrompeu a falação que o medo provocara. Tranquilizou-o, dizendo:
— Pelo barulho do tambor, percebo que estamos perto de alguma cidade. Tenha coragem, pois eu não o conduziria a perigo nenhum, e depois acho impossível que os rebeldes estejam tão próximos.

Essa última garantia confortou um pouco o mestre de meninos, fazendo com que concordasse em seguir o amigo, em vez de tomar o caminho contrário.

Ia, então, Partridge, par a par com Jones quando descobriu, bem perto, alguma coisa pintada que flutuava no ar. Supondo ser o estandarte do inimigo, pôs-se a berrar:
— Oh, senhor, eles estão aqui! Ali vêm a coroa e o caixão. Nunca vi coisa tão medonha! E já estamos à distância de um tiro de espingarda.

Assim que ergueu os olhos, Jones viu claramente a causa do engano do companheiro.
— Partridge — disse ele —, creio que você sozinho seria capaz de dar combate a este exército, pois vejo, pelo estandarte, o que era o tambor que ouvimos.
— E o que era? — perguntou trêmulo o outro.
— Apenas o tambor que rufa, chamando gente para um teatrinho de bonecos.
— Um teatrinho de bonecos?! — repetiu o homem maravilhado. — Oh, senhor, é o divertimento que mais aprecio na Terra. Demoremo-nos aqui e assistamos à representação. Ademais, estou morto de fome. Já está quase escuro e desde as três horas da manhã não como coisa alguma.

Chegaram, então, a uma estalagem, ou melhor, a uma cervejaria. Jones decidiu parar, mesmo porque já não tinha mais certeza de estar seguindo a estrada que desejava.

Dirigiram-se os dois para a cozinha, onde Jones começou a perguntar se não havia passado por lá, aquela manhã, alguma senhora. Enquanto isso, o outro procurava saber o que havia para comer. Foi mais bem-sucedido, pois Jones não teve notícias de Sofia. Mas Partridge ficou feliz em saber que, dentro de alguns minutos, entraria em doce colóquio com um excelente e fumegante prato de ovos e toucinho.

Os sofrimentos do amor não produziam muito efeito sobre a fome de Jones. Também ele recebeu muito bem o que havia para jantar e seu entusiasmo e apetite eram tão grandes quanto os de Partridge.

Antes que os nossos viajantes terminassem o jantar, anoiteceu e, como a Lua estivesse minguante, fez-se profunda escuridão. Partridge convenceu Jones a ficar para assistir ao espetáculo que não ia demorar a começar.

O próprio dono do teatrinho veio convidá-los, dizendo ser aquele o melhor de toda a Inglaterra. E foi, na verdade, um teatro sério, grave, sem nada que pudesse provocar o riso. Afinal, todos passaram boas horas de sadio divertimento.

Muito cumprimentado, recebendo elogios e agradecimentos, o dono do teatro disse:

— Lembro-me de que, quando começamos neste negócio, havia muita porcaria por aí que provocava realmente o riso, mas não se propunha a aperfeiçoar a moral dos moços, que deve ser a finalidade principal de todas as representações de bonecos. Pois a troco de que não se poderiam transmitir, desta como de outra maneira qualquer, boas e instrutivas lições? Os meus bonecos são grandes como a vida e representam a vida em todos os seus pormenores, e não duvido de que as pessoas saiam dos meus pequeninos dramas tão edificadas quanto saem dos grandes.

E assim continuou o homem a fazer o seu discurso, quando foi interrompido por um incidente que será contado em outro capítulo.

Capítulo 28

*As melhores coisas podem ser
mal compreendidas e mal interpretadas.
A sorte começa a mostrar-se
de melhor humor para Jones.*

Afinal o incidente não fora quase nada. Enquanto todos assistiam, distraídos, à cena dos bonecos, a estalajadeira dera por falta da criada, Grace. Procurou-a e, depois de pequena busca, fora encontrá-la no palco do teatrinho de bonecos em companhia do palhaço, numa situação não muito própria para ser contada.

Fez um tremendo barulho e agrediu a moça com a língua e os punhos.

— Por que me bate dessa maneira, senhora? — perguntou a criada. — Se não está satisfeita com o que faço, mande-me embora. Se sou uma prostituta, as minhas superioras o são tanto quanto eu.

A dona da casa, depois de ouvir isso, caiu em cheio sobre o marido e o dono dos bonecos, ou seja, o titereiro.

— Está vendo agora, marido — disse ela —, em que dá abrigar em nossa casa gente como essa? Se lhes damos um pouco mais de bebida, pouco saímos ganhando com a desordem que fazem. Além disso, transformam-nos a casa em verdadeiro prostíbulo. Em resumo, peço que parta amanhã cedo, pois não suportarei mais essas coisas. Isso só serve para ensinar asneiras e bobagens aos criados; pois, a bem dizer, não se aprende boa coisa com essas peças idiotas. Lembro-me de quando assisti a outras representações que eram tiradas de boas histórias das Escrituras, onde os maus eram carregados pelo demônio. Mas hoje em dia ninguém acredita mais no diabo. Aparecem esses grupos aí vestidos de lordes e senhoras só para virar a cabeça das pobres raparigas provincianas. E quando elas ficam de cabeça virada, não é muito de admirar que vire o resto todo também.

O homenzinho do teatro de bonecos, em vez de responder à estalajadeira e para não ouvir outro sermão, saiu correndo para punir o palhaço.

Nesse momento, como a Lua começasse a emitir a sua luz de prata, conforme dizem os poetas (se bem que mais parecesse, então, um pedaço de cobre), Jones pediu a conta. Partridge, acordado naquele instante de seu sono profundo, preparou-se para a viagem. Com muita má vontade, diga-se de passagem, porque desejava assistir a mais uma representação do teatrinho. Como da outra vez já havia conseguido com que Jones ficasse na hospedaria, tentou, novamente, influenciar-lhe o espírito com seu argumento mais forte: Sofia.

— Acho, senhor, que, para cumprir bem nossa missão, não é inteligente viajarmos a essa hora. Se conhecêssemos muito bem o caminho seguido pela srta. Sofia, ainda vá. Mas assim, como estamos, cada passo nosso poderá estar nos afastando dela cada vez mais.

— Que quer você que eu faça, afinal? — perguntou Jones, já meio influenciado pela última razão apresentada pelo amigo.

— Pois pergunte, meu senhor, às pessoas desta casa se foi esse o caminho seguido por ela. Pode ser mesmo que tenha se hospedado aqui. E, amanhã bem cedo, seguiremos-lhe os passos. Pode ser até que encontremos alguém que nos informe a respeito com maior segurança.

Jones estava quase cedendo quando o estalajadeiro disse:

— É verdade que o vosso criado vos deu um esplêndido conselho. Pois quem seria capaz de viajar à noite nesta época do ano?

Em seguida passou a elogiar as excelentes acomodações de que sua casa dispunha para hospedar tão nobre cavalheiro. Enquanto isso a mulher, por sua vez, manifestou-se igualmente, reforçando tudo o que dissera o marido.

Para não demorarmos mais nessa conversa de hospedeiros e hospedeiras, vamos dizer logo que Jones, afinal, aceitou ficar. Ele bem que precisava restaurar as forças com algumas horas de repouso, pois apenas fechara os olhos desde que partira da estalagem onde ocorrera o acidente da cabeça quebrada.

Assim que Jones tomou a resolução de não seguir viagem aquela noite, retirou-se para descansar em companhia dos seus dois inseparáveis companheiros de cama: o livrinho de lembranças e o agasalho de Sofia.

Partridge, que, em várias ocasiões, já restaurara suas forças com diversos sonos, sentia-se mais inclinado a comer do que a dormir e mais inclinado ainda a beber do que a qualquer outra coisa.

Tudo em paz, a estalajadeira reconciliada com o homem dos bonecos, que perdoara todas as palavras pesadas que lhe foram dirigidas e às suas representações, a tranquilidade tomou conta da cozinha. Aí, então, se reuniram à volta do fogo o dono e a dona da casa, o titereiro, o cobrador de impostos, o secretário do advogado e Partridge. Entre eles se travou agradável conversa, onde o assunto de interesse geral era o simpático sr. Jones.

Mais de uma vez vimos que o orgulho de Partridge não lhe permitia considerar-se criado. Apesar disso, em muitos pequenos detalhes, ele imitava os costumes dessa classe. Um exemplo disso temos quando habitualmente aumenta a fortuna do amigo e companheiro, conforme a ele se refere. Nunca o trata como amo, mas tem o hábito geral de todos os criados de engrandecer e exagerar as posses do outro, pois nenhum deles se sujeitaria a ser tido por criado de um mendigo. Parece que supõem que, quanto mais elevada for a situação do amo, tanto mais elevada será, consequentemente, a sua.

Por isso não devemos nos admirar de que os criados (refiro-me aos homens) façam tão grande caso da fama e riqueza dos amos e tenham em tão pequena conta o caráter deles. Não querem, de modo algum, passar por empregados de um mendigo, mas pouco se lhes dá servirem de criado a um crápula ou um estúpido. Pelo contrário, têm um certo prazer em divulgar, o quanto possível, a fama das atrapalhadas e das loucuras dos ditos amos, e isso sempre é feito com grande humor e alegria.

Aqui, no caso, em nossa reunião, à noite na cozinha, depois de haver discorrido longamente sobre a imensa fortuna de que era herdeiro o sr. Jones, comunicou aos presentes uma apreensão sua que principiara no dia anterior. O procedimento de Jones parece ter-lhe dado razões suficientes para julgar que o amo enlouquecera e, sem mais nem menos, comunicasse essa opinião aos circunstantes agrupados à volta do fogo.

— Confesso — disse o homem do teatrinho — que o cavalheiro me surpreendeu muito ao dizer tantos absurdos sobre as representações de bonecos. É difícil entender que uma pessoa em pleno gozo de suas faculdades mentais faça juízos tão errados a respeito. Agora, com o que o senhor está dizendo, estão explicadas todas as monstruosas teorias que expôs ontem aqui. Pobre cavalheiro! Estou preocupado com ele. Há, de fato, em seus olhos uma estranha expressão de loucura, que eu já havia observado, embora não dissesse.

O estalajadeiro concordava com todas as afirmativas e quis mostrar a sagacidade de o haver notado.

— E, com certeza — acrescentou ele —, há de ser isto, pois ninguém, senão um louco, pensaria em deixar uma casa tão boa para andar por aí a esta hora da noite.

O cobrador de impostos, tirando o cachimbo da boca, voltou-se para Partridge e disse:

— Se estiver louco, não devemos permitir que viaje pela província, pois é possível que faça algum mal. É mesmo para se lastimar que não tenha sido preso e reconduzido à casa dos pais.

Ora, a ideia de reconduzir Jones à casa do sr. Allworthy há muito estava na cabeça de Partridge. Ele sonhava com as mais altas recompensas, caso conseguisse levá-lo de volta. Mas o medo que tinha do rapaz, cuja violência e força já conhecia muito bem, não o animava a levar avante qualquer projeto nesse sentido.

Assim, logo que ouviu as ideias do cobrador do governo, aproveitou para externar as suas, expressando um sincero desejo de que se levasse a efeito o negócio.

— Levá-lo a efeito! — exclamou o homem dos impostos. — Pois não há nada mais fácil.

— Ah, senhor — falou Partridge —, não sabe que demônio de homem é este. Ele é capaz de me pegar com uma das mãos e jogar pela janela. E não hesitaria em fazê-lo, se apenas imaginasse que...

— Ora — tornou a falar o cobrador —, creio que sou tão homem quanto ele. De mais a mais, aqui somos cinco.

— Não sei que cinco são esses — disse a estalajadeira. — Meu marido é que não vai se meter nisso. Nem ninguém usará de violência contra ninguém em minha casa. O jovem cavalheiro é o mais belo fidalgo que já vi em minha vida e acredito que esteja tão louco quanto qualquer um de nós. Por que dizem que tem nos olhos uma expressão de loucura? São os olhos mais lindos que já vi e a expressão deles é a mais bela do mundo. Além disso, é um rapaz muito modesto e educado. Tive muita pena quando soube que sofre de amores contrariados. E isto é bastante para qualquer um ficar com a expressão diferente da que sempre teve.

O secretário do advogado declarou que também não se meteria no negócio sem se aconselhar com o patrão.

— Imaginem — disse ele — se nos movem um processo de prisão falsa, que defesa apresentaríamos? Quem sabe que provas exige um tribunal do júri? Falo apenas por mim, pois não fica bem a um advogado meter-se num caso desses, a não ser como advogado. Mas não tiro da cabeça de ninguém, se quiserem, que o façam.

O cobrador de impostos sacudiu a cabeça ao ouvir esse discurso e o titereiro disse que a loucura era, às vezes, uma questão difícil de ser decidida pelo júri.

— Lembro-me — afirmou ele — de ter assistido a um processo de loucura, em que vinte testemunhas juraram que a pessoa estava tão louca quanto uma lebre na ocasião da cria. E vinte outras que estava tão sã quanto qualquer outra pessoa na Inglaterra... De fato, isto foi somente um artifício dos parentes para despojar o pobre homem dos seus direitos.

— É muito possível! — exclamou a hospedeira. — Eu mesma conheci um senhor que ficou preso num hospício a vida inteira por artes da família, que se aproveitou dos seus bens.

— Ora! — falou o secretário. — Quem é que tem direitos senão os que a lei lhe confere? Se a lei me desse a melhor propriedade da província, eu não me importaria muito com quem tivesse o direito a ela.

Nesse momento, o hospedeiro, que se afastara para receber um cavaleiro, voltou à cozinha com o temor estampado no rosto e gritou:

— Que me dizem, senhores? Os rebeldes estão quase em Londres. Deve ser verdade, porque um homem a cavalo acaba de me contar.

— Isso me alegra profundamente! — exclamou Partridge. — Quer dizer que não haverá batalhas por aqui.

— Pois a mim me alegra — disse o secretário do advogado — por uma razão melhor. Eu quisera que o direito vencesse sempre.

— Bem, mas já ouvi dizer — falou o estalajadeiro — que esse homem não tem direito.

— Eu lhe demonstrarei o contrário num momento! — gritou o secretário. — Se meu pai morrer de posse de um direito, prestem atenção, eu disse, de posse de um direito, não passa esse direito para o filho, e, como esse, não passam todos os direitos?

— Mas como é que ele pode ter o direito de nos fazer papistas? — insistiu o hospedeiro.

— Não tenha receio! — exclamou Partridge. — No que toca ao direito, o cavalheiro aí já o demonstrou com clareza. Quanto à religião, não há nenhuma importância. Os próprios papistas não esperam uma coisa dessas. Um padre papista, meu conhecido e homem honestíssimo, deu-me a sua palavra de honra de que não pretendem nada disso.

— E outro padre de minhas relações — disse a estalajadeira — contou-me a mesma coisa. Mas meu marido tem tanto medo dos papistas! Conheço muitos papistas que são gente muito honesta e que gastam muito liberalmente o seu dinheiro, e eu sempre segui a teoria de que o dinheiro de um é tão bom quanto o de outro.

— Isso é bem verdade, senhora — interveio o titereiro. — Pouco me importa a religião que vença, contanto que não seja a dos presbiterianos, pois esses são inimigos do teatrinho de bonecos.

— Então, amigo, você sacrificaria sua religião aos seus interesses? — perguntou o sr. Thompson, o cobrador do governo. — E desejaria ver o papismo implantado aqui?

— Eu não — falou o titereiro. — Odeio tanto o papismo como qualquer outra pessoa. Mas já é um consolo pensar que a gente pode viver num regime papista, o que já não seria possível num regime presbiteriano. Claro está que todo homem pensa primeiro na garantia da sua subsistência. Vejo que o amigo, para dizer a verdade, tem mesmo é medo de perder o emprego. Mas não tenha susto. Sempre haverá impostos em outros governos, assim como neste.

— Eu seria um péssimo homem — falou o cobrador de impostos — se não ficasse ao lado do rei, que me dá de comer. Se não fosse ele, não existiria a repartição cobradora de impostos e eu não teria a função que tenho. Mas nunca ninguém me convencerá a renunciar à minha religião para conservar o emprego em outro governo. Eu, certamente, não ficaria melhor, mas sim, provavelmente, pior.

— Ora, pois é isso mesmo o que eu digo — exclamou o estalajadeiro — sempre que os outros falam no que pode acontecer! Pois quê! Não seria eu um idiota se emprestasse o meu dinheiro a não sei quem, só porque ele pode vir, talvez, a devolvê-lo? Tenho certeza de que está seguro na minha escrivaninha, e lá ficará.

O secretário do advogado admirava muito a vivacidade de Partridge e a ele se afeiçoara. Possuíam muitas coisas em comum e ficaram muito amigos. Beberam juntos e brindaram nomes que julgamos oportuno esquecer.

Esses brindes foram, depois, acompanhados por todos os presentes e até pelo próprio estalajadeiro, embora relutante. Não lhe foi possível resistir às ameaças do secretário do advogado, que jurou nunca mais pôr os pés naquela hospedaria se ele recusasse. Copos imensos foram bebidos, por todos, para encerrar a conversação. E, com ela, encerramos também o capítulo.

DÉCIMA PARTE

Contém: pouco mais que umas
poucas observações esquisitas.

Capítulo 29

*A sorte parece continuar
sorrindo para Jones.
O sr. Jones e o sr. Dowling, o advogado.*

Não há remédio mais poderoso para o sono que o cansaço. E deste pode-se dizer que Jones tomara uma dose violentíssima que atuou com força sobre ele. Tanto que já dormira nove horas e poderia, talvez, haver dormido mais se não o despertasse um barulho muito forte à porta do quarto. O ruído era acompanhado de pedidos de socorro e gritos desesperados.

Jones pulou imediatamente da cama e foi procurar a razão do tal barulho. Encontrou, então, o dono do teatrinho de bonecos, nosso titereiro, moendo com pancadas as costas e as costelas do pobre do palhaço, sem dó nem piedade.

Claro que Jones se interpôs, sem demora, do lado da parte mais fraca e arremessou, de encontro à parede, o insultuoso vencedor. O titereiro era tão incapaz de medir forças com Jones, quanto o pobre palhaço com o homem dos bonecos.

Mas, se bem que o palhaço fosse um sujeito pequeno e não muito forte, tinha, contudo, alguma cólera em sua composição. Assim que se viu livre do inimigo, principiou a atacá-lo com a única arma em que não lhe era inferior. Lançou inicialmente uma descarga de palavras afrontosas, para, em seguida, começar as acusações especiais.

— Maldito patife é o que você é — disse ele —; não só o sustentei, pois deve a mim todo o dinheiro que tem, como o livrei da forca. Lembra-se de que, ainda ontem, quis roubar à bela senhora o seu rico traje de cavaleira, no caminho, lá atrás? Pode negar que a queria ter sozinha num bosque para despi-la? Para despir uma das senhoras mais lindas que já se viram? E aqui caiu o senhor sobre mim e quase me assassinou, embora eu não tenha feito mal algum a uma rapariga tão desejosa quanto eu, só porque ela gosta mais de mim do que de você.

Jones, assim que ouviu essas palavras, deixou, de lado, o titereiro, ordenando-lhe, ao mesmo tempo, energicamente, que deixasse de insultar o palhaço.

A seguir, levando consigo o pobre infeliz para o seu quarto, não demorou a ter notícias da sua Sofia, que o sujeito, na véspera, enquanto acompanhava o patrão com o tambor, vira passar. Conseguiu facilmente que o rapaz lhe mostrasse o lugar exato. Chamou logo Partridge e partiu sem demora para o local indicado.

Já eram quase oito horas quando tudo se aprontou para a partida, pois Partridge não estava com pressa, nem foi possível acertar imediatamente a conta. Depois que tudo isso ficou decidido, Jones não quis sair sem ver resolvidas todas as divergências entre o titereiro e o palhaço.

Depois de o haver felizmente conseguido, pôs-se a caminho e foi levado, pelo fiel palhaço, ao local por onde passara Sofia. Aí, gratificou generosamente o condutor, seguiu com a maior impetuosidade, satisfeitíssimo com a maneira extraordinária por que recebera a sua informação.

Quando soube disso, Partridge, com grande seriedade, começou a profetizar. Assegurou a Jones que este seria, afinal, sem dúvida nenhuma, bem-sucedido. Disse que dois acidentes semelhantes não teriam ocorrido para colocá-lo na pista de Sofia, se a Providência divina não tivesse determinado reuni-los.

Essa foi a primeira vez que Jones deu alguma atenção às teorias supersticiosas do companheiro.

Eles não haviam caminhado mais de quatro quilômetros quando um violento aguaceiro os alcançou. Muito perto à vista, havia uma cervejaria e Partridge, a poder de muita insistência, conseguiu convencer o companheiro a parar, entrar e abrigar-se do temporal. Como sempre, Partridge tinha muita fome. Dirigiu-se logo à cozinha, onde começou com as habituais indagações. Como consequência foi apresentado à mesa excelente lombo frio, com o qual não só o mestre como também o próprio Jones fizeram suculenta refeição matinal. Jones começava a inquietar-se novamente, pois ali a gente da casa não lhe sabia dar informação nenhuma sobre Sofia.

Terminado o pequeno almoço, Jones preparou-se para nova procura, se bem que a tempestade continuasse violenta. Antes da partida, Partridge pediu ainda outra caneca. Por fim, descobriu, junto ao fogo, um rapaz que, poucos instantes antes, entrara na cozinha. O rapaz também o observava, com a mesma insistência. Afinal, voltou-se para Jones e exclamou:

— Senhor, dê-me sua mão. Uma caneca só não chegará desta vez. Eis aqui notícias frescas da srta. Sofia. O moço junto ao fogo é o mesmo que a conduziu. Juro pelo meu emplasto que está na cara dele.

— Deus o abençoe, senhor — gritou o rapaz —, é realmente o seu emplasto, não há dúvida nenhuma. Terei razões sempre para lembrar-me de sua bondade, pois quase me curou.

Ao ouvir tais palavras, Jones saltou da cadeira. Ordenou ao rapaz que o seguisse imediatamente, dirigiu-se a um aposento reservado. Tão delicado era ele em relação a Sofia que nunca lhe mencionava o nome diante de muita gente, embora tivesse feito aquele brinde à amada, no auge da paixão, entre oficiais, onde achava impossível que a conhecessem.

Toda essa delicadeza Sofia desconhecia, pois justamente o que a estava afastando dele agora era ter julgado que ele brincara com seu nome e tomara certas liberdades com sua reputação.

Jones interrogava o rapaz, em tom sussurrante de voz numa sala separada. Partridge, menos delicado do que ele, catequizava abertamente, na cozinha, o guia que acompanhara a sra. Fitzpatrick. Desse modo, o estalajadeiro, cujos ouvidos estavam sempre alertados, nessas ocasiões, ficou sabendo a respeito de Sofia, da queda do cavalo, do equívoco a respeito de Jenny Cameron, a companheira do chefe rebelde, das muitas consequências de um certo ponche e, numa palavra, tudo o que sucedera na estalagem, onde nos despedimos de nossa heroína, que seguiu para Londres numa carruagem de seis lugares.

Tom Jones estivera meia hora ausente quando voltou, à pressa, para a cozinha, e pediu ao estalajadeiro que lhe dissesse quanto teria de pagar.

A tristeza que Partridge sentiu ao ter de deixar o canto quente da lareira e o copo da excelente bebida, que estivera saboreando, foi um tanto compensada pela notícia de que não continuaria a viagem a pé. Jones, por meio de áureos argumentos, convencera o moço a levá-los de volta à estalagem para onde conduzira Sofia. Isto foi feito sob a condição de que o outro guia esperasse por ele na cervejaria. Os donos das duas estalagens de Upton e Gloucester eram íntimos e o guia tinha medo de que, mais dia menos dia, seu patrão viesse a ter notícia de que seus cavalos tinham sido cedidos a mais de uma pessoa. Então, seria convidado a prestar contas. Teria que entregar o dinheiro que, afinal, pretendia enfiar, discretamente, no próprio bolso.

Esta circunstância tão insignificante foi aqui citada porque ela retardou consideravelmente a partida do sr. Jones.

Afinal, prontos os cavalos, Jones saltou para o silhão que montara sua querida Sofia. É verdade que o rapaz, muito delicadamente, lhe oferecera a sua cela, mas Jones preferiu o silhão, talvez por ser mais macio. Partridge, para não ofender sua masculinidade, aceitara o oferecimento. Assim reiniciaram a viagem, chegando, quatro horas depois, à estalagem que o leitor já conhece.

Partridge se mostrou de muito bom humor, durante todo o trajeto, fazendo alusões aos inúmeros bons presságios de um futuro êxito feliz que ultimamente o haviam favorecido.

Partridge, além disso, agradava-se mais da atual busca do companheiro do que se agradara da sua busca da glória. Agora, também, o nosso mestre formava, pela primeira vez, uma ideia clara dos amores entre Jones e Sofia. Daí por diante, cercou o amigo de maior compreensão, a expedição tornou-se mais agradável e os dois se entenderam melhor.

O relógio dera três horas quando eles chegaram, e Jones encomendou, sem demora, alguns cavalos. Infelizmente não havia um único cavalo que se pudesse conseguir em toda a redondeza. Isto não deve causar estranheza a ninguém, em vista da tremenda confusão em que se achava todo o país e principalmente aquela zona, em que os mensageiros passavam e repassavam a cada hora do dia e da noite.

Jones fez o que pôde para convencer o guia a escoltá-lo até Coventry. Mas nada conseguiu.

Enquanto discutia com o rapaz no pátio da hospedaria, aproximou-se dele uma pessoa que, cumprimentando-o pelo nome, perguntou como ia toda a sua boa família em Somersetshire. Lançando os olhos sobre a pessoa, reconhecera de pronto o sr. Dowling, o advogado, com quem almoçara em Gloucester. Retribuiu, cortesmente, a saudação.

Dowling conversou com Jones, tentando convencê-lo a que não seguisse viagem naquela noite. Lembrou todas as inconveniências da viagem noturna. As estradas estavam péssimas, os assaltos e muitas outras boas razões para viajar durante o dia, as quais o próprio Jones já sugerira a si mesmo. E ele continuou resolvido a levar a cabo o seu projeto, ainda que lhe fosse preciso seguir a pé.

Quando o advogado verificou que não poderia convencê-lo a ficar, aplicou-se com o mesmo ardor a persuadir o guia a acompanhá-lo.

Apresentou muitos motivos para levá-lo a empreender a curta viagem e concluiu, dizendo:

— Acha, então, que o cavalheiro não lhe recompensará muito bem pelos serviços prestados?

Dois contra um representam uma superioridade de respeito, tanto quanto no futebol.

Afinal o rapaz resolveu aceitar e prometeu, mais uma vez, admitir o sr. Jones em seu silhão.

Antes, insistiu em dar aos cavalos uma boa merenda, dizendo que tinham viajado muito e feito um grande esforço. Nem seria preciso tanta insistência, pois Jones espontaneamente o teria ordenado. Não era de seu feitio, de maneira alguma, tratar com desumanidade os animais. Não concordava que os magoassem com esporas, nem que os tratassem como máquinas.

Enquanto as montarias comiam o seu milho, o sr. Jones, atendendo a um insistente pedido do advogado Dowling, acompanhou-o ao seu quarto, onde se sentaram e se prepararam para tomar, juntos, uma garrafa de vinho.

Capítulo 30

*O sr. Jones e o sr. Dowling.
Um brinde feito às coisas
muito importantes da vida.*

Enchendo um copo de vinho, o sr. Dowling fez um brinde ao bom fidalgo Allworthy, acrescentando:

— Se isto lhe agradar, senhor, lembrar-nos-emos também do seu sobrinho e herdeiro, o moço fidalgo: vamos, senhor, bebamos à saúde do sr. Blifil, esplêndido rapaz. E eu lhe digo mais, este fará figura considerável em seu país. Eu mesmo já tenho em vista uma cidade onde deverá operar, como seu tio, o grande homem público, Allworthy.

— Senhor — respondeu Jones —, estou convencido de que o amigo não tem a menor intenção de ofender-me, e, portanto, não levarei a mal suas palavras. Mas eu lhe asseguro que reuniu impropriamente duas pessoas. Sim, uma é a glória da espécie humana e a outra é um canalha que desonra o nome de homem.

Dowling arregalou os olhos ao ouvir essas palavras. E disse julgar que ambos os cavalheiros fossem de um caráter irrepreensível.

— Pelo que toca ao fidalgo Allworthy em pessoa — acrescentou —, nunca me foi dada a ventura de conhecê-lo. Mas o mundo inteiro lhe fala na bondade. E, de fato, em relação ao jovem cavalheiro, só o vi uma vez, quando lhe levei a notícia da morte da mãe. Eu estava nessa ocasião com tanta pressa, apertado e aflito com tantos negócios, que mal tive tempo de conversar com ele. Mas pareceu-me um cavalheiro tão honesto e se portou com tamanha elegância que afirmo nunca me haver agradado tanto um homem desde que nasci.

— Não me admira — disse Jones — que ele tivesse lhe enganado durante um contato assim rápido. É astuto como o próprio diabo. Pode-se viver com ele durante anos e anos sem o conhecer. Fomos criados juntos, desde a infância, e pouquíssimas vezes nos separamos. Mas só há muito pouco tempo descobri metade da vileza que há dentro dele. Confesso que nunca morri de amores por ele. Eu supunha que lhe faltava a generosidade de espírito que constitui a base verdadeira de tudo o que é grande e nobre na natureza humana. Já de há muito notara nele um egoísmo que desprezei. Mas só recentemente foi que o percebi capaz das atitudes mais cruéis e mais vis. Acabei apurando, senhor, que ele se aproveitou da fraqueza do meu próprio temperamento, armou o mais ardiloso dos planos, por uma longa série de infames recursos, para levar a efeito a minha perdição, o que, afinal, conseguiu.

— Sim! Sim! — exclamou Dowling. — Pois, então, eu declaro ser uma lástima que uma pessoa como essa venha a herdar o grande patrimônio de seu tio Allworthy.

— Ai de mim, senhor — disse Jones. — O senhor me faz uma honra a que não tenho direito. É certo, com efeito, que a bondade dele me permitiu, um dia, a liberdade de dar-lhe um nome ainda mais próximo. Foi, porém, um ato voluntário de bondade. Não me posso queixar de injustiça alguma quando lhe parece conveniente tirar-me essa proximidade. Asseguro-lhe, senhor, que não sou parente do sr. Allworthy, e qualquer pessoa que o julgue desumano e cruel comigo estará cometendo uma injustiça ao melhor dos homens. Mas, amigo, não quero molestá-lo...

— Declaro, meu jovem amigo — falou Dowling —, que o senhor fala como um homem de honra, mas em vez de me molestar, declaro também que me daria grande satisfação ouvir de que maneira veio a ser considerado parente do sr. Allworthy se não é na verdade. Os seus cavalos só estarão prontos daqui a meia hora e, como dispõe de tempo suficiente, eu quisera que me contasse como sucedeu tudo isso. Parece-me muito surpreendente o amigo passar por parente de um cavalheiro, sem que o seja realmente.

Jones foi, então, facilmente levado a satisfazer a curiosidade do sr. Dowling, expondo-lhe a história do seu nascimento e educação.

O sr. Dowling sentiu-se comovido com a narrativa. Por ser advogado não renunciara à humanidade.

Jones, como já sabe o leitor, desconhecia ainda as cores sombrias com que o pintaram ao sr. Allworthy. O advogado, porém, mais habituado às malícias dos humanos, concluiu que alguém devia ter prestado um péssimo serviço a Jones junto ao sr. Allworthy. Dizia ele, concluindo:

— Pois, certamente que o fidalgo não iria deserdá-lo apenas em atenção a umas poucas faltas que qualquer rapaz poderia cometer. Em realidade não se pode falar em deserdar, pois, a bem dizer, de acordo com a lei, o amigo não pode reclamar nenhuma herança. Isso é certo e para tanto ninguém precisa consultar advogados. Não obstante, quando um cavalheiro adota alguém, como é o seu caso, em que ele o legalizou como seu próprio filho, esse pode reclamar uma parte considerável dos bens, senão tudo, pois decerto todo homem há de querer obter o mais que puder sem que ninguém possa censurá-lo.

— Está sendo injusto comigo — falou Jones. — Eu me teria contentado com muito pouco. Nunca lancei as minhas vistas sobre a fortuna do sr. Allworthy. Posso até dizer que nunca pensei no que ele poderia dar-me. E declaro que, se ele tivesse prejudicado o sobrinho em meu favor, eu teria desfeito o prejuízo. O que desejo mesmo é satisfazer-me com o que pode me oferecer o meu próprio espírito e não com a fortuna de outro homem.

— Estou apreciando, meu jovem amigo, as boas qualidades que revela — falou o outro.

— Acho que o orgulho — continuou Jones — nascido de uma casa magnífica, de numerosa criadagem, de esplêndida mesa e de outras vantagens ou aparências da fortuna, não é nada comparado ao quente e sólido contentamento, à satisfação, aos transportes e triunfos que um espírito bom experimenta diante de uma obra boa!

— Cada vez mais me espanto, sr. Jones, com a sua maneira de ser e de sentir. Juro-lhe que pensava no senhor como uma pessoa completamente diferente.

— Olhe, sr. Dowling, saiba que não invejo Blifil na expectativa de suas riquezas, nem o invejarei na posse delas. Graças a Deus, conheço, sinto... sinto a minha inocência, meu amigo. Eu não quisera separar-me dessa sensação por nada no mundo.

A seguir, encheu um bom copo de vinho e bebeu à paz de espírito, às boas ações e ao caráter reto. E, enchendo da mesma forma o copo de Dowling até as bordas, insistiu com ele para que o acompanhasse.

Tudo o que Jones dissera causara fortíssima impressão em Dowling, apesar de nem tudo ele haver entendido. Não queria que o rapaz percebesse mas estava tomado por um fortíssimo impulso de compaixão. É provável que ainda façamos comentários sobre isso, quando toparmos novamente com o sr. Dowling, no decorrer de nossa história. Por enquanto, vamos ser obrigados a nos despedir apressadamente desse cavalheiro, do mesmo modo como o fez Jones. Este, logo que soube, por Partridge, que os seus cavalos estavam prontos, pagou a conta, desejou boas-noites ao companheiro e foi a caminho de Coventry, apesar da noite muito escura e de uma chuva forte principiar a cair naquele instante.

Capítulo 31

*Os desastres que sucederam a Jones
em sua ida para Coventry:
com os sábios reparos de Partridge.
Jones prossegue sua jornada.*

Nenhuma estrada pode ser mais fácil do que esta que vai do local em que se encontravam até a cidade de Coventry. Embora Jones, Partridge ou o guia jamais a tivessem percorrido, fora-lhes quase impossível errarem o caminho, a não ser pela escuridão da noite e a chuva forte que caía.

Por essas mesmas razões tiveram que se desviar por um atalho menos frequentado. E depois de percorrerem mais de doze quilômetros, em vez de chegarem às grimpas de Coventry, encontraram-se ainda numa ruela muito suja onde não se viam indícios da proximidade dos subúrbios de uma grande cidade.

Jones declarou que haviam, decerto, perdido o caminho. O guia insistiu que isto era impossível, mas na verdade se referia ele à impossibilidade de se perder o que, em realidade, já se perdera. De fato, há muito se achavam eles tão longe da estrada certa para Coventry quanto se pode achar na estrada certa para o céu o assassino, o usurário, o fraudulento, o hipócrita, o cruel.

O leitor que procure imaginar o horror de se ver alguém perdido na noite escura, na chuva e no vento, sem a agradável perspectiva de um teto, de um fogo quente, de roupas enxutas e outras coisas a estimular-lhe o espírito para a luta contra as inclemências do tempo. Partridge, supersticioso e cheio de medos, estava com a cabeça cheia de imagens horríveis, achando que, a qualquer hora, algo muito ruim ia lhes acontecer.

Jones afirmava, cada vez mais obstinadamente, que eles seguiam o caminho errado. Agora, também o próprio guia estava admitindo não acreditar que aquela fosse a estrada certa para Coventry. Partridge continuava falando sobre o pressentimento que o acompanhava desde que partiram: alguma coisa desagradável ou alguma desgraça haveria de suceder.

— Não notou, senhor — perguntou ele a Jones —, aquela velha, junto à porta, no instante em que o senhor montou? Eu, sinceramente, quisera que lhe tivésseis dado alguma coisa, qualquer coisinha. Pois ela disse, então, que o senhor poderia se arrepender. No mesmo instante começou a chover e o vento, a partir dali, cada vez aumenta mais. Pensem os outros o que quiserem. Eu penso assim. Eu acho que as feiticeiras têm poder de aumentar a força do vento quando bem entendem. Disso eu falo porque já fui testemunha muitas vezes. E, se já vi feiticeiras em minha vida, aquela velha era, certamente, uma delas. Eu o disse, a mim mesmo, naquela hora e, se tivesse uma moedinha no bolso, eu lha teria dado. A bem dizer sempre é bom sermos caridosos com essa espécie de gente, por medo do que possa acontecer. E muita gente já perdeu o que tinha por poupar um dinheirinho à toa.

Jones, se bem que aflitíssimo pela demora que esse engano, sem dúvida, traria à viagem, não pôde deixar de sorrir à superstição do amigo. Não demorou muito e a teoria de Partridge quase se confirma. Sem saber como, levou um enorme tombo do cavalo, o qual não lhe causou outro prejuízo senão as calças imundas de lama.

Claro que não deixou passar a oportunidade para apresentar uma prova do que afirmara. Mal recuperou as pernas, Partridge apelou para a queda como prova de tudo que dissera. Jones, vendo que ele não se machucara, disse sorrindo:

— Essa sua feiticeira é uma ingrata. Ou não distingue os amigos dos inimigos em seu ressentimento. Se a velha senhora estava zangada comigo por não lhe prestar atenção, não vejo por que haveria de lhe derrubar do cavalo, depois de todo o respeito que você expressou por ela.

— Não é bom brincar — exclamou Partridge — com as pessoas que têm poder de fazer essas coisas, pois elas são, às vezes, maldosas. Lembro-me de alguém que provocou uma delas, perguntando-lhe quando acabaria o tempo que ela negociara com o diabo. E, três meses depois desse mesmo dia, morreu-lhe afogada uma das melhores vacas. Não contente com isso, tirou a rolha de uma pipa de sua melhor bebida, fazendo com que se perdesse toda. Em suma, nada mais foi à frente, pois ela molestou de tal maneira o pobre homem, que ele passou a beber. Um ou dois anos depois sequestraram-lhe os bens e ele e a família vivem hoje sustentados pela paróquia.

O guia e talvez o seu cavalo também prestavam tamanha atenção a esse discurso que, por descuido ou pela maldade da feiticeira (ou coincidência), o fato é que ambos, cavalo e cavaleiro, se estatelaram no chão.

Partridge atribuiu inteiramente a queda, como fizera com a sua, à mesma causa. Disse ao sr. Jones ter a certeza de que na próxima vez cairia ele. Aconselhou-o encarecidamente a voltar, procurar a velha e apaziguá-la.

— Não tardaremos em chegar à estalagem — disse ele —, pois, embora nos parecesse que progredimos, tenho a certeza de estarmos no mesmíssimo lugar em que estávamos há uma hora. E eu lhes juro que, se fosse dia agora, veríamos a estalagem de onde partimos.

Em vez de responder, Jones foi atender ao guia que caíra do cavalo e que nada sofrera também. Montou rapidamente e, pelas pragas e pelos golpes que distribuiu ao cavalo, Jones concluiu que nada de mau lhe acontecera.

Nesse momento avistaram uma luz, a certa distância, para grande alegria de Jones e não pequeno terror de Partridge, que se supunha enfeitiçado, julgando que aquilo fosse um fogo-fátuo ou coisa pior.

Maiores ainda se tornaram esses receios quando os dois viajantes se aproximaram da luz (ou luzes, como então se verificou) e ouviram um som confuso de vozes humanas. Eram cantos, risos, gritos, de mistura com um ruído estranho que parecia vir de algum instrumento — mas ao qual dificilmente se poderia dar o nome de música! Para favorecer um pouco a opinião de Partridge, poderíamos muito bem chamar-lhe música enfeitiçada.

Difícil fazer ideia de um horror maior do que o que se apoderou do mestre de meninos e que já contagiara o guia. Pôs-se, portanto, a pedir também a Jones que voltasse, dizendo acreditar firmemente no que Partridge acabava de dizer e que o tempo todo que pareciam estar andando, não haviam dado um passo sequer.

Jones ria do pavor dos dois sujeitos.

— Ou nos aproximamos das luzes — disse ele — ou as luzes se aproximaram de nós, pois estamos agora a pouquíssima distância delas. Mas como vocês dois podem temer um grupo de pessoas que parece estar apenas divertindo-se?

— Divertindo-se, senhor! — gritou Partridge. — Quem poderia divertir-se a esta hora da noite, em tal lugar, com um tempo destes? O certo é que não podem ser senão duendes ou feiticeiras ou espíritos maus de alguma espécie qualquer.

— Sejam lá o que forem — exclamou Jones —, estou decidido a subir até lá e a perguntar-lhes o caminho de Coventry. Nem todas as feiticeiras, Partridge, são bruxas malvadas como a última que tivemos a pouca sorte de encontrar.

— Por Deus, senhor — falou Partridge —, não há como conhecer a disposição em que podem se encontrar. A bem dizer, sempre é melhor sermos corteses com elas. Mas e se toparmos com coisa pior do que feiticeiras, com os próprios maus espíritos? Por favor, senhor, seja cuidadoso. Pelo amor de Deus. Se tivesse lido o que já li a respeito, não seria tão imprudente. Só Deus sabe aonde já chegamos ou para onde vamos. Pois o certo é que nunca se viu tamanha escuridão sobre a terra e não sei se ela poderá ser maior no outro mundo.

Andou rápido Jones, o mais depressa que pôde, e o pobre Partridge foi obrigado a segui-lo. O coitado, se bem mal ousasse avançar, ousava muito menos ficar sozinho atrás de todos.

Por fim chegaram ao lugar de onde saíam as luzes e os ruídos. Jones percebeu logo que o local era um celeiro, onde se reuniam homens e mulheres, que se divertiam com muita alegria.

Assim que Jones apareceu diante das grandes portas do celeiro, que se achavam abertas, uma voz masculina muito áspera perguntou, de dentro, quem estava lá. Ao que Jones delicadamente respondeu:

— Um amigo, que quer saber o caminho certo para Coventry.

— Se é amigo — exclamou outro homem no celeiro —, será melhor descer, até que passe a tempestade. — Pois esta, de fato, rugia agora com maior violência do que nunca. — Pode recolher o cavalo, pois há lugar suficiente no fundo do celeiro.

— O amigo é muito obsequioso — respondeu Jones — e eu aceitarei o oferecimento por alguns minutos, enquanto a chuva continua. E eis aqui mais duas pessoas que se agradarão muitíssimo de seu favor.

Para os dois, o favor foi concedido melhormente do que aceito. Partridge teria preferido seguir na chuva. Mas ambos foram obrigados a seguir o exemplo de Jones: um porque não se atrevia a deixar o cavalo e outro porque nada temia mais do que ser deixado sozinho.

As pessoas reunidas naquele celeiro não passavam de ciganos que celebravam, naquele instante, o casamento de um de seus membros.

Impossível encontrar-se um grupo mais alegre, mais feliz. Claro que no baile não havia ordem nem decoro. Não havia primores de elegância, nem os requeria o violento apetite dos convivas.

Também em parte alguma já se viu maior abundância do que naquela festa. Viam-se boas provisões de toucinho, aves e carneiro e tudo isso regado a um molho melhor do que o que poderia preparar o melhor e mais caro dos cozinheiros franceses.

Aqui foram apresentados ao rei dos ciganos, pessoa venerável mas que na maneira de trajar em nada se diferençava dos súditos. Havia, sim, no seu olhar, nos seus modos, alguma coisa que mostrava autoridade. Também Jones rendeu-lhe as homenagens devidas à sua majestade.

O rei ordenou que se estendesse uma mesa com as melhores provisões e tudo para a melhor comodidade do hóspede. Contou--lhe toda a história do grupo cigano, sua vida, sua organização. Disse da grande honra que era, para ele, dirigir os ciganos, pois era um povo obediente, afetuoso, com muita noção de responsabilidade.

Jones conversava com o rei e estava mesmo admirado com a prática e as teorias usadas no governo do seu povo, quando se ouviu um repentino tumulto. O grupo discutindo, em altas vozes, trazia alguém para que o rei julgasse e determinasse o castigo. Justamente no momento em que sua majestade explicava a Jones a respeito da severidade dos castigos entre os de sua raça.

Para grande confusão de Jones, foi atropeladamente atirado, diante do rei, nosso amigo Partridge. Este, depois que chegara ao celeiro, fora vendo, aos poucos, que não havia motivo para temores. Foi, então, cativado pela cortesia do povo, pelas comidas e bebidas e pela beleza e facilidade das mulheres. O caso é que uma bela cigana se chegou demais a ele e a mocidade de Partridge, assim solicitada, num instante correspondeu aos apelos de beleza, juventude, temperamento e sexo da bela cigana. Acontece que o marido andava por perto, observando vigilante. Foi fácil encontrar a esposa e o galã em situação difícil de descrever.

Partridge oferecera ao marido da cigana as satisfações que podia. Dinheiro, trazia pouquíssimo, naquela ocasião. Ofereceu um guinéu e o homem disse-lhe que não pensasse em dar-lhe menos de cinco. Depois de muitos entendimentos, chegaram a dois. Parecia tudo resolvido, Jones conseguira do rei o perdão para o homem e a mulher e já se dispunha a entregar o dinheiro, quando sua majestade o deteve, perguntando:

— Quando foram esses descobertos juntos? — O cigano respondeu que, desde a primeira palavra que sua mulher dirigira ao estranho, ele não os perdeu mais de vista até a consumação do crime.

Disse o rei, então, com toda a sua dignidade:

— Lamento ver um cigano tão pouco honrado, que seja capaz de vender por dinheiro a honra da esposa. Se a amásseis teríeis impedido que isto acontecesse e não tentaríeis fazer dela uma prostituta para que pudésseis surpreendê-la. Ordeno que não vos seja entregue dinheiro nenhum, pois mereceis vós castigo e não recompensa. Ordeno, portanto, sejais infamado e useis um par de chifres na testa durante um mês, e seja vossa esposa chamada prostituta, pois sois um cigano infame e ela também nada lhe fica a dever.

Retiraram-se os ciganos para executar a sentença. Jones e Partridge ficaram sozinhos com o rei.

Jones aplaudiu-lhe a justiça, diante do que o rei falou:

— Acredito que esteja surpreendido, pois suponho que faça péssimo conceito do meu povo. Creio que todos vocês nos julgam ladrões.

— Devo-lhe confessar, senhor — falou Jones —, que as notícias que ouço sobre o seu povo não são favoráveis, não são as que parecem merecer.

— Eu lhe digo — respondeu o rei — qual a diferença que existe entre nós e vocês. O meu povo rouba o seu povo e o seu povo rouba-se a si mesmo.

Jones teve que elogiar tal povo regido pela justiça e sabedoria desse rei.

Em poucas horas Jones aprendeu grandes lições. Aprendeu ou foi lembrado de que a humanidade nunca foi tão feliz como quando a maior parte do mundo então conhecido se achava sob o domínio de um único senhor. E esse estado de felicidade continuou durante os reinos de cinco príncipes sucessivos. Foi esta a verdadeira Idade de Ouro e a única Idade de Ouro que realmente existiu, a não ser na imaginação dos poetas, desde a expulsão do paraíso até o dia de hoje. Em realidade, conheço apenas uma sólida objeção contra a monarquia absoluta. É a dificuldade de se encontrar um homem adequado ao cargo de monarca absoluto. Pois três qualidades são indispensáveis nesse homem: primeiro, moderação para se contentar com todo o poder que lhe é dado enfeixar; segundo, sabedoria para conhecer a si próprio, o que é afinal a felicidade; e, terceiro, bondade suficiente para sofrer a felicidade alheia.

Para finalizar, como os exemplos de todas as épocas nos mostram que a humanidade em geral deseja o poder apenas para fazer o mal, e outra coisa não faz quando o obtém.

Aqui não se pode invocar o exemplo dos ciganos, posto seja possível que tenham vivido muito tempo felizes sob essa forma de governo; visto que nos devemos lembrar do ponto fundamental em que diferem de todos os outros povos, e ao qual talvez se deva inteiramente esta sua felicidade: não existem entre eles falsas honras e consideram a vergonha o castigo mais mortificante do mundo.

DÉCIMA PRIMEIRA PARTE

Contém: o que sucedeu ao sr. Jones em sua viagem, depois de partir de St. Albans, e alguns outros assuntos. O sr. Jones em Londres.

Capítulo 32

Um diálogo entre Jones e Partridge.
Primeiras aventuras
a caminho de Londres.

Terminada a tempestade, Jones agradeceu o procedimento amável de sua majestade cigana e seu grupo, despediu-se de todos e partiu a caminho de Coventry.

Era muito cedo, pois ainda estava escuro. Um cigano recebeu ordens de conduzi-lo.

Por causa desse desvio, Jones viajara mais de 22 quilômetros em vez de 12, e a maior parte deles por infamérrimas estradas, por onde não se poderia nunca viajar para buscar uma parteira ou um médico para um caso grave. A criança nasceria e o doente morreria antes que chegassem os necessários socorros.

Desse modo, só chegou a Coventry cerca das 12 horas. Não lhe foi possível cavalgar outra vez senão depois das 14. Os cavalos não estavam tão fáceis de se arranjar. O guia e Partridge não mostravam nenhuma pressa em prosseguir. Este último, quando lhe era negado o alimento do sono, procurava substituí-lo por outros gêneros de alimentos e nunca folgava tanto como quando chegavam a uma estalagem, nem tanto se entristecia como quando o obrigavam a deixá-la.

Jones agora viajava de carruagem. Segui-lo-emos, portanto, sem grandes paradas, mesmo porque não as fez. De Coventry foi ele a Daventry, de Daventry a Stratford e de Stratford a Dunstable, onde chegou no dia seguinte, pouco depois do meio-dia. Portanto, poucas horas depois de Sofia ter saído de lá; e, se bem que fosse obrigado a lá ficar mais tempo do que desejava, enquanto um ferreiro ferrava o cavalo que ele havia de montar, não duvidou de alcançar sua Sofia antes que esta saísse de St. Albans, lugar onde supôs que ela pararia para o almoço.

Acontece que o lorde, com quem viajava Sofia, ordenara que se lhe preparasse um almoço em sua própria casa, em Londres, e, a fim de poder chegar em tempo, ordenara que os cavalos de muda o esperassem em St. Albans. Quando Jones, por conseguinte, lá chegou, foi informado de que o carro a seis partira duas horas antes.

Ainda que cavalos descansados estivessem prontos, como não estavam, era aparentemente tão impossível alcançar o coche antes que chegasse a Londres, que Partridge cuidou apresentar-se-lhe adequado momento para lembrar ao amigo um assunto que este parecia haver esquecido. E o leitor adivinhará que assunto era esse quando o informarmos de que Jones não comera mais que um ovo escaldado desde que deixara a cervejaria onde, pela primeira vez, se encontrara com o guia que conduzira Sofia. E com os ciganos nosso herói tivera um verdadeiro banquete mental, alimentara o entendimento.

O dono da estalagem, quando percebeu que Partridge insistia com o amigo para ficar e jantar, assegurou ao sr. Jones que ele não perderia tempo se encomendasse um jantar. Mesmo porque os cavalos ainda demoravam a ficar prontos. (Antes de ouvir a conversa, o dono assegurara que os cavalos seriam aprontados logo.)

Deixou-se Jones convencer, afinal. E uma perna de carneiro foi levada ao fogo. Enquanto esta se preparava, Partridge, entrando nos aposentos de seu amigo e senhor, começou a falar:

— Certamente, senhor, se jamais algum homem fez jus a uma jovem senhora, o senhor o faz à srta. Western. Que enorme quantidade de amor há de ter um homem, para poder viver dele, sem qualquer outro alimento! Tenho a certeza de haver comido trinta vezes mais nestas últimas 24 horas do que Vossa Senhoria e, no entanto, estou quase morto de fome. Creio que não há nada que torne mais faminto um homem do que o viajar, especialmente por este tempo frio. Não sei dizer como isto se dá, mas Vossa Senhoria goza, aparentemente, de perfeita saúde e nunca pareceu melhor nem mais vigoroso em toda a sua vida. É, por certo, de amor que vive.

— Dieta, aliás, riquíssima, Partridge — respondeu Jones. — Mas não me enviou ontem a sorte excelente manjar? Imagina, acaso, que eu não possa viver mais de 24 horas deste querido livrinho de lembranças?

— Sem dúvida alguma — exclamou Partridge —, há nesse livrinho de lembranças o suficiente para comprar muitas boas refeições. Enviou-o a fortuna a Vossa Senhoria muito oportunamente para o uso presente, pois o seu dinheiro há de estar, neste momento, quase esgotado.

— O que quer dizer? — respondeu Jones. — Espero que não julgue que eu seria tão desonesto, ainda que ele pertencesse a outra pessoa e não à srta. Western.

— Desonesto! — replicou o outro. — Não permitam os céus que eu o insulte dessa forma! Mas onde está a desonestidade no tomar emprestado um pouquinho, por enquanto, de vez que poderia tão bem pagar mais tarde à senhora? Depois, ela não é nenhuma pobre coitada. É uma grande senhora e, no momento, estando com um lorde, terá dele tudo o que necessitar. Depois, ouvi dizer que Londres é a pior das cidades para se viver sem dinheiro. Confesso-lhe que eu teria receio de usá-lo, se não soubesse de quem é. Pensaria que era do diabo. Mas assim, não! Dificilmente poderá esperar o senhor que a sorte lhe faça outro favor igual. O senhor fará o que entender, mas, se fosse comigo, eu quisera antes morrer enforcado que dizer uma palavra sobre o assunto.

— Digo-lhe, amigo — falou Jones —, quem encontra uma propriedade de outro e, de caso pensado, não a entrega ao dono conhecido, merece ser enforcado, tanto quanto se a tivesse roubado. E, quanto a esta nota, que é propriedade do meu anjo, e já esteve em suas queridas mãos, não a depositarei em outras mãos senão nas dela a pretexto nenhum. Não, ainda que eu estivesse faminto como estás e não tivesse outro meio de satisfazer o meu ansioso apetite. Espero fazê-lo antes de dormir, mas se as coisas correrem de outra forma, ordeno-te, se não quiseres incorrer no meu desagrado para sempre, que não tornes a desgostar-me com a simples menção de tão detestável baixeza.

— Eu não teria me referido a isso — desculpou-se Partridge — se tal se me afigurasse, pois tenho a certeza de que não detesto menos um crime do que outro. Mas talvez o senhor saiba mais do que eu. E, não obstante, eu seria capaz de imaginar que não vivi tantos anos, e não ensinei tanto tempo. Mas parece que temos todos de viver e aprender. Um velho professor me dizia: "Uma criança pode, às vezes, ensinar a avó..." Terei, realmente, vivido para grandes coisas, se tenho ainda de aprender na minha idade. Talvez, jovem, mude você de opinião quando viver o que vivi. Recordo-me de que eu também me julgava tão sábio aos 21 ou 22 anos como o sou agora.

— Partridge, vejo que és um velho tolo e presunçoso e espero que não sejas também um velho patife. De fato, se eu estivesse tão convencido do segundo como estou do primeiro, não continuarias a viajar em minha companhia.

Nesse ponto, Partridge, como diz a expressão vulgar, meteu o rabo entre as pernas. Disse lamentar ter dito o que quer que o pudesse ofender, pois não fora essa a sua intenção. E, soltando mais uma das milhares de frases latinas com que enfeitava seus discursos, encerrou mais esse.

Jones, bom como era, aceitou a submissão do outro. Apertou-lhe a mão e, com o aspecto mais benigno que se possa imaginar, disse vinte coisas amáveis, condenou-se severamente.

Partridge sentiu-se grandemente confortado. Tanto que chegou a dizer:

— Está visto, senhor, que os seus conhecimentos podem ser superiores aos meus em algumas coisas. Mas no latim desafio qualquer pessoa viva.

Outra coisa veio aumentar a satisfação do pobre homem: uma perna de excelente carneiro que, naquele momento, chegou fumegante à mesa.

Tendo ambos com ela fartamente se deliciado e se refeito, tornaram a montar os cavalos e partiram na direção de Londres.

Eles já haviam passado mais de quatro quilômetros além de Barnet e a noite principiava a cair, quando um homem de aspecto urbano, mas que cavalgava um animal muito franzino, adiantou-se para Jones e perguntou se ele dirigia-se a Londres, ao que Jones respondeu afirmativamente. O cavalheiro replicou:

— Eu ficaria obrigado, senhor, se aceitasse a minha companhia, pois já é muito tarde e não conheço a estrada.

Atendeu prontamente nosso jovem ao pedido do outro, e puseram-se juntos a viajar, sustentando a espécie de conversação habitual nessas ocasiões.

Desta, com efeito, o roubo foi um dos assuntos principais. E a esse respeito manifestou o estranho grandes apreensões. Mas Jones declarou ter muito pouco que perder e, por isso mesmo, muito pouco a temer.

Partridge, todavia, não pôde deixar de dizer:

— O senhor pode dizer — afirmou ele —, pode julgar que cem libras seja pouco, mas tenho a certeza de que, se eu as tivesse no bolso, sentiria muito perdê-las. De minha parte nunca tive menos medo em minha vida, pois somos quatro e, se nos conservamos todos juntos, nem o melhor homem da Inglaterra poderá roubar-nos. Supondo que ele tivesse uma pistola, só poderia matar um de nós e um homem só pode morrer uma vez. Esse é o meu consolo, um homem só pode morrer uma vez.

Além da confiança na superioridade numérica, e um gênero de coragem que elevou certa nação entre as modernas aos mais altos píncaros da glória, havia outra razão para a grande coragem mostrada por Partridge. Ele possuía agora tanto dessa coragem quanto podia conferi-la à bebida.

Chegara o nosso grupo à distância de dois quilômetros de Highgate, quando o estranho se voltou, de repente, para Jones e, puxando de uma pistola, exigiu a pequena nota de banco que Partridge mencionara.

Jones a princípio assustou-se um pouco com a exigência inesperada. Refazendo-se rapidamente, disse ao salteador que o dinheiro se encontrava no bolso, inteiramente à sua disposição. Dizendo isso, arrancou mais de três guinéus e dispôs-se a entregá-los. O outro respondeu que não os queria. Jones friamente disse que sentia muito e tornou a enfiar o dinheiro no bolso. O salteador ameaçou então alvejá-lo se ele não entregasse instantaneamente a nota — segurando a pistola muito próxima do seu peito.

Sem que o esperasse, Jones agarrou a mão do sujeito, que tremia tanto que nem podia suster a arma levantada, e desviou-lhe o cano. Seguiu-se uma luta, em que Jones tomou a pistola do outro e ambos caíram do cavalo, ficando o salteador por baixo e o outro, vitorioso, por cima dele.

O pobre sujeito começou então a implorar misericórdia ao vencedor. Em questão de força e robustez não podia mesmo entrar em competência com o nosso herói.

— Em realidade, senhor — disse ele —, eu não poderia ter a intenção de matá-lo, pois a pistola não está carregada. Foi este o primeiro assalto que já tentei em minha vida e só o fiz arrastado pela desgraça.

No mesmo instante, a alguma distância dali, deitada no chão, estava outra pessoa, clamando por piedade em gritos mais fortes que os do salteador. Era Partridge que, procurando fugir, caíra do cavalo e no chão, de bruços, gritava sem levantar os olhos e esperando ser alvejado a qualquer momento, sem nem perceber que a luta já terminara. Ficou nessa posição até que o guia, preocupado unicamente com os cavalos, saíra do esconderijo e disse-lhe ao ouvido que ao seu amo coubera a vitória. Ouvindo essa notícia, levantou-se Partridge de um salto e voltou a correr para o lugar em que Jones se encontrava, com a espada na mão, vigiando o sujeito. Diante disso Partridge exclamou:

— Mate-o, senhor, não passa de um bandoleiro, mate-o agora mesmo.

Jones examinara a pistola e vendo que se achava mesmo descarregada, começou a crer em tudo o que o homem lhe dissera antes da chegada de Partridge. Jones simulou, a princípio, querer comprovar o que o sujeito dissera e acompanhá-lo à sua casa para constatar a miséria, mas desistiu logo, compadecido, tamanha foi a alegria que o pobre homem manifestou. Devolveu-lhe a pistola, aconselhou-o a pensar em meios honestos para suavizar sua infelicidade. Deu-lhe dois guinéus para começar e acrescentou que gostaria de ter mais para dar-lhe, pois as cem libras não lhe pertenciam.

O salteador desfez-se em expressões de gratidão e jurou emendar-se dali para frente.

Os nossos viajantes tornaram a montar os seus cavalos, chegaram à cidade sem outro acidente. Na estrada a conversação foi bastante distraída, a propósito da última aventura. Jones mostrou profunda compaixão pelos salteadores que, por uma inevitável infelicidade, são levados a essa vida que os conduz a uma morte vergonhosa. Falou o jovem desses que assaltam sem insultar ou tirar a vida da vítima.

— Sem dúvida — concordou Partridge —, é melhor tirar o dinheiro do que a vida de uma pessoa. Acho que é muito penoso para os homens honestos não poderem viajar sem se arriscarem a cair nas mãos desses malfeitores. E, a bem dizer, fora preferível que a lei os enforcasse a todos a sofrer um homem honesto. Que direito tem um homem qualquer de me tomar seis pence a não ser que eu lhos dê? Será honesto um homem assim?

— Claro está que não — exclamou Jones —, como não é também o que tira cavalos da estrebaria alheia, ou o que se utiliza de um dinheiro achado, quando conhece o verdadeiro dono.

Essas alusões fecharam a boca de Partridge, e só tornou ele a abri-la quando, havendo Jones zombado, sarcástico, da sua covardia, buscou desculpar-se alegando a desigualdade das armas de fogo.

— Mil homens nus — declarou Partridge — nada valem diante de uma pistola carregada, pois, se bem que seja verdade que esta só pode matar uma pessoa a cada descarga, quem poderá dizer que essa pessoa não seja eu?

Capítulo 33

*O que sucedeu ao sr. Jones
ao chegar a Londres.
Um projeto da sra. Fitzpatrick
e sua visita a lady Bellaston.*

Pessoas conhecidas nas grandes cidades, figuras de nome, não precisam de endereço para serem encontradas. Basta citar-lhes o nome. Exemplo disso era o lorde, par da Irlanda que trouxera Sofia e a prima à cidade. Esse era "alguém que todos conhecem". Mas as portas dos grandes são comumente tão fáceis de se encontrarem quanto difíceis de se transporem.

Jones e Partridge eram, em Londres, perfeitos estranhos. E como sucedera entrarem por um bairro da cidade cujos habitantes mantêm pouquíssimo comércio com os senhores de Hanover e Grosvenor Square, erraram, durante algum tempo, sem poder sequer encontrar o caminho para essas felizes mansões onde a fortuna guarda dos olhos vulgares seus grandes heróis, descendentes dos antigos britânicos, saxões ou dinamarqueses, cujos antepassados, nascidos em dias melhores, por diversas espécies de mérito, legaram riquezas e honrarias à sua posteridade.

Quando conseguiu descobrir a mansão de Sua Excelência, o par deixara sua antiga casa, ao partir para a Irlanda, e, como acabava de ocupar uma nova, a fama de sua equipagem ainda não se espalhara na vizinhança. Assim, bem tarde, depois de muito procurar e indagar, Jones afinal teve que se recolher a uma hospedaria para repousar um pouco.

De manhã cedo, recomeçou a procura de Sofia. Muitos passos, sem nenhum resultado, depois de horas e horas perdidas. Finalmente a sorte se compadeceu dele: chegou exatamente à rua em que ficava a habitação de Sua Excelência.

Bateu mansamente à porta.

A dificuldade agora estava em ser admitido na casa. Sua aparência, o toque humilde na porta, a pobreza de toda a sua equipagem, tudo isso fez com que o porteiro o recebesse de má vontade, informando não haver senhoras na casa, nem o seu senhor recebia qualquer pessoa aquela manhã.

Jones insistiu, dizendo que não podia ir-se embora sem falar com aquele senhor. O criado disse-lhe:

— Senhor, sois a pessoa mais estranha que já vi. Não há meio de vos contentardes com uma resposta.

Não demorou muito e Jones ouviu do criado a proposta de que, se lhe desse algum dinheiro, levá-lo-ia até à senhora.

Foi assim conduzido aos aposentos da sra. Fitzpatrick, o que não era aquilo que Jones queria mas já era alguma coisa bem próxima. Mesmo porque havia dez minutos apenas que Sofia havia saído. Nem a criada, nem a própria sra. Fitzpatrick, ninguém soube dizer para onde fora Sofia. É que todos imaginavam que o rapaz fosse enviado do sr. Western e ninguém estava a fim de trair Sofia.

Jones fez o que pôde para conseguir uma entrevista com a sra. Fitzpatrick, certo de que Sofia estava com ela e mandara dizer que não estava.

Por fim, a criada, impressionada por suas maneiras educadas, sua beleza física e seu modo suave de falar, deu-lhe uma esperança.

— Talvez possais, senhor. Esperai, por favor.

Com efeito, disse logo à ama tudo o que pudesse influenciá-la a receber a visita do jovem. E conseguiu.

O ar de nobreza do jovem, sua beleza, seu porte, apesar da modéstia das roupas que vestia, tudo isso impressionou vivamente a senhora. Julgou logo que se tratasse do próprio Blifil, de quem Sofia viera fugindo. Achou melhor, então, negar qualquer conhecimento do paradeiro de Sofia. Apenas Jones conseguiu dela permissão para uma visita na tarde seguinte.

Quando Jones partiu, a sra. Fitzpatrick comunicou à camareira suas desconfianças quanto ao sr. Blifil.

A criada respondeu:

— Ele, por certo, senhora, é bonito demais para que alguma mulher no mundo o evite. Imagino antes que seja o sr. Jones.

— Jones?! — exclamou a senhora. — Que Jones?

Sofia não fizera nenhuma referência à prima quanto a essa pessoa. Já a sra. Honour fora mais comunicativa e contara tudo sobre Jones à companheira, que agora repetia à patroa.

Depois da informação, a sra. Fitzpatrick concordou com a criada. Lamentou não haver dito a Jones onde estava Sofia. Raciocinando bem, achou que seria acertado afastar os dois.

E concluiu, dizendo:

— Se ele é tão dissoluto e sem dinheiro como dizem, eu não me perdoaria se lhes facilitasse o encontro e deixasse minha prima passar os infortúnios por que já passei, fazendo um casamento errado.

Neste ponto foi interrompida pela chegada de Sua Excelência e, como não interessa à nossa história o que se passou entre eles, vamos deixá-los.

Mais tarde, quando a sra. Fitzpatrick ficou só e ia se recolher aos seus aposentos, ainda tinha o pensamento voltado para sua prima Sofia e o sr. Jones. Não desculpava Sofia por haver lhe ocultado o caso, pois contara-lhe toda a história da fuga e nada dissera sobre Jones. Começou a se formar uma ideia em seu espírito: se lhe fosse possível encontrar os meios de defender Sofia desse homem e restituí-la ao pai, com toda a certeza, prestaria um grande serviço à família e teria achado a maneira de se reconciliar com o tio e a tia Western ao mesmo tempo. Restava-lhe pensar nos métodos adequados de realizar o plano. Sabia, porque sua criada havia lhe contado, que Sofia dedicava a Jones violenta afeição. Compreendeu que era bobagem tentar convencer Sofia a voltar para casa. Lembrou-se de lady Bellaston, parenta distante das duas, amiga da tia Western, e onde Sofia se encontrava hospedada no momento.

No dia seguinte, antes de surgir o Sol, surgiu Harriet Fitzpatrick na casa de lady Bellaston, junto de quem obteve acesso, sem o menor conhecimento ou suspeita de Sofia, que ainda estava na cama àquela hora.

A sra. Fitzpatrick pediu-lhe desculpas pela visita, tão cedo, mas atreveu-se a fazê-lo por ser o assunto da maior importância. Contou-lhe, então, todo o caso, conforme ouvira de Betty, sua criada, e sem se esquecer da visita que Jones lhe fizera na tarde anterior.

—Você viu, portanto, o terrível indivíduo? — perguntou lady Bellaston, com um sorriso. — Diga-me, por favor: é de fato tão belo quanto o representam? Etoff me distraiu, ontem à noite, falando duas horas a respeito dele. Creio que está apaixonada só de ouvir falar. — A sra. Etoff era a criada de quarto de lady Bellaston e buscara informações sobre Jones junto à sra. Honour, que o descrevia como um sujeito muito bonito, e a sra. Etoff acrescentara, por sua conta, muitos pontos, de modo que lady Bellaston passou a considerá-lo um milagre da natureza.

A curiosidade que a criada lhe despertara fora aumentada pela sra. Fitzpatrick, que falou tanto da beleza do jovem quanto falara em desfavor ao seu nascimento, caráter e fortuna.

Depois de ouvir tudo, respondeu gravemente lady Bellaston:

— É verdade, minha filha, esse é um assunto de grande importância. Nada pode ser mais louvável do que o que você se propôs fazer. E a mim me alegrará muitíssimo concorrer para a felicidade de uma jovem que muito merece e à qual dedico grande afeição.

—Vossa Excelência não acha — perguntou a sra. Fitzpatrick — que fora melhor escrever a meu tio e comunicar-lhe o paradeiro de minha prima?

— Não, acho que não — respondeu lady Bellaston, depois de pensar um pouco. — Di Western descreveu-me o irmão como um bruto tão grande, que não posso restituir ao seu poder mulher nenhuma que lhe tenha fugido. Ouvi dizer que foi monstruoso com a esposa, pois é um desses miseráveis que se julgam com o direito de nos tiranizar, e hei de considerar sempre como benefício à causa do nosso sexo salvar deles qualquer mulher que tenha a infelicidade de estar sob sua autoridade. Trata-se apenas de impedir que a srta. Western veja esse jovem, até que a boa companhia que ela terá oportunidade de conhecer aqui lhe dê uma disposição mais conveniente ao espírito.

— Se ele a descobrir — falou a outra —, esteja certa de que fará tudo para aproximar-se dela.

— Mas, querida filha — disse lady Bellaston —, veja bem que não é possível que ele venha cá, embora possa obter informação sobre o local onde fica a casa e se ponha a rondá-la. Eu quisera, portanto, conhecê-lo. Não haverá maneira por que eu possa conhecê-lo, pois, em caso contrário, poderá ela encontrar-se com ele aqui, sem o meu conhecimento.

A sra. Fitzpatrick respondeu que ele a ameaçara com outra visita aquela tarde e que, se Sua Excelência quisesse dar-lhe a honra de ir à sua casa, não deixaria de vê-lo entre as seis e sete horas, e, ainda que ele chegasse mais cedo, faria, de uma forma ou de outra, por detê-lo até a chegada de Sua Excelência.

Replicou lady Bellaston que iria até as sete o mais tardar, pois era absolutamente necessário que o conhecesse.

— Foi muito bom, sra. Fitzpatrick — acrescentou ainda lady Bellaston —, foi muito bom que tivesse tomado esse cuidado em relação à srta. Western. Uma questão de humanidade e de consideração à nossa família e temos nós duas obrigação de fazer isso, pois seria, de fato, um casamento horrível.

A sra. Fitzpatrick não deixou de retribuir o cumprimento que lady Bellaston fizera à sua prima e, depois de uma pequena conversa sem importância, retirou-se, com cuidado, para não ser vista por Sofia ou por Honour.

Capítulo 34

*Visitas e mais aventuras
do sr. Jones em Londres.*

O sr. Jones caminhara o dia todo sem perder de vista uma certa porta. Estava ansioso que o dia terminasse.

Por fim, quando o relógio havia dado cinco horas, voltou à casa da sra. Fitzpatrick, que o recebeu com grande cortesia, embora faltasse ainda uma hora para o período decente das visitas.

Ao perguntar por sua prima, Jones recebeu de Harriet esta resposta:

— O senhor sabe, então, que somos aparentadas. E visto que o somos mesmo, quero que me conceda o direito de saber dos pormenores dos seus negócios com minha prima.

O jovem manteve-se calado por algum tempo e, por fim, respondeu:

— É que tenho em meu poder uma soma considerável de dinheiro pertencente a ela e desejaria entregar-lhe.

Mostrou, em seguida, o livrinho de apontamentos e contou à senhora sobre o seu conteúdo e a maneira como lhe viera parar às mãos.

Mal terminara a sua história quando um violentíssimo estrondo abalou a casa inteira. Jones quis saber o que se passara, pois nunca ouvira tal ruído. Mas a sra. Fitzpatrick declarou, calmamente, que não lhe poderia dar resposta nenhuma, pois estavam chegando umas pessoas e que, se ele se dignasse a ficar até que os outros saíssem, talvez lhe dissesse alguma coisa.

Sem demora, escancarou-se a porta da sala e, empurrando as anquinhas para um lado, entrou lady Bellaston, que foi conduzida à extremidade superior da sala, depois de profunda cortesia à sra. Fitzpatrick e a Jones. Logo depois chegava outro casal e repetiram-se as cerimônias.

Depois das apresentações, a conversação foi iniciada e tornou-se extremamente brilhante.

O nosso Jones era mais um espectador que um ator nesta cena elegante.

Como todos já estavam havia muito tempo e ninguém parecia querer sair primeiro, a sra. Fitzpatrick achou que devia livrar-se primeiro de Jones, a quem supunha dever menos cerimônia.

Aproveitando-se, pois, da oportunidade de uma pausa, dirigiu-se a ele e falou em tom muito sério:

— Ser-me-á impossível dar-vos uma resposta hoje à noite a respeito daquele assunto, mas se quiserdes ter a bondade de dizer-me onde poderei mandar-vos recado amanhã...

Jones era natural, mas não artificialmente bem-educado. Por conseguinte, em vez de comunicar a um criado o segredo da sua moradia, referiu-o, em particular, à própria senhora e, logo depois, muito cerimoniosamente, retirou-se.

Logo que se foi, as grandes personagens, que não haviam reparado nele em sua presença, começaram a se ocupar muitíssimo dele em sua ausência.

Poucos minutos depois, despediu-se lady Bellaston.

— Pelo que toca à minha prima, estou satisfeita, ela jamais correrá perigo com esse sujeito.

Na manhã seguinte, tão cedo quanto a decência o permitia, apresentou-se Jones à porta da sra. Fitzpatrick, onde lhe foi dito que a senhora não estava em casa. A verdade é que o nobre par insistira para que prometesse não tornar a ver Jones, a quem chamava de pobre-diabo. E a senhora prometera e estava cumprindo com rigor. Tanto que muitas outras vezes lá esteve o sr. Jones e a resposta foi sempre a mesma.

O rapaz, da última visita, voltara bastante triste e desanimado. Na casa onde se hospedara, a família estava se habituando a estimá-lo. Não só pelo fato de ser ele da família Allworthy, que era muito amiga de todos da casa, como pela sua simpatia e maneira de tratar.

A estalagem era de alta recomendação, hospedava todos os senhores de qualidade que iam da província. Jones a conhecia de ouvir o sr. Allworthy falar nela.

Era propriedade de uma senhora viúva, com duas filhas, de 10 e 17 anos. Nessa casa estavam Jones e Partridge, ocupando aposento no segundo andar e o outro no quarto.

O primeiro andar era habitado por um cavalheiro, dos que, naquele tempo, eram chamados homens de espírito e de prazeres.

Nesse dia, em que Jones voltava desanimado para casa, depois de passar horas inteiras indagando a propósito da sra. Fitzpatrick, chegando a casa ouviu um violento tumulto no andar inferior. No mesmo instante, Jones teve que transferir para si uma briga feroz que se travava entre o cavalheiro do primeiro andar e o criado. Ao lado, uma das senhoritas da casa pedia socorro e gritava: "Querem matá-lo!"

A peleja foi dura, mas foi curta. Claro que nosso herói, com sua privilegiada forma física, levou a melhor.

Recebeu por isso os cumprimentos e a amizade do cavalheiro, que tinha o nome de Nightingale, e da senhorita presente, que, na realidade, não era senão a srta. Nancy, a filha mais velha da casa.

A partir desse incidente, a família se uniu toda em torno de Jones. Aquela noite, então, foi passada debaixo da maior alegria e jovialidade. Tomaram vinho e conversaram. Enfim, apesar de Jones não estar para conversas, ainda assim encantara a todos. O jovem cavalheiro mostrou grande desejo de conhecê-lo melhor. Agradou-se dele a srta. Nancy, e a viúva, encantadíssima com o novo pensionista, convidou-o para a primeira refeição, na manhã seguinte.

Contudo, Jones estava satisfeito. A srta. Nancy era bonitinha e a viúva tinha os encantos todos que podem adornar uma mulher à beira dos cinquenta anos. Tinha um ar inocente, alegre, nunca pensava nem falava mal de ninguém e trazia a preocupação constante de agradar.

Logo que amanheceu o dia seguinte, reuniram-se todos com as boas inclinações da véspera. Era o desjejum para o qual Jones fora convidado. Mas este se encontrava bastante desconsolado. Acabara de saber por Partridge que a sra. Fitzpatrick deixara sua residência e ninguém informava para onde fora.

Como era de esperar, a conversa versou sobre o amor. Cada um expôs o que pensava e a sra. Miller (assim se chamava a dona da casa) aprovava-lhes as ideias. Estava a refeição no meio quando apareceu uma criada com um pacote endereçado a Jones. Dentro havia uma fantasia de dominó e um cartão:

"*Ao sr. Jones*.
A RAINHA DAS FADAS MANDA-VOS ISTO, NÃO LHE EMPREGUEIS MAL OS FAVORES."

Todos foram de opinião de que alguém precisava vê-lo. Uma mulher, sem dúvida. De fato, lá estavam, junto à fantasia, a máscara e a entrada para um baile mascarado.

Em Jones nasceu a esperança de que tudo partisse da sra. Fitzpatrick para, no final da noite, encontrar Sofia.

Havendo o sr. Jones decidido ir à festa de mascarados daquela noite, o sr. Nightingale se ofereceu para levá-lo. Não fosse mesmo a esperança de encontrar Sofia, nada faria Jones comparecer a tal festa, mesmo porque não dispunha mais de um cêntimo para pagar coisa alguma. Partridge descobriu, por intuição, e aproveitou para algumas indiretas à nota de banco e, quando estas foram rejeitadas, reuniu de novo coragem para falar no regresso à casa do sr. Allworthy.

— Partridge — disse Jones —, você não pode ver minha fortuna a uma luz mais desesperada do que eu mesmo a vejo. E começo sinceramente a arrepender-me de haver permitido que deixasse um lugar seguro para me seguir. Entretanto, insisto, agora, em que volte para casa. E, em paga do que eu lhe devo, fique com a minha mala de roupa que está em sua casa. Lamento não poder agradecer-lhe de outra maneira.

O acento com que ele pronunciou estas palavras fez com que Partridge chorasse.

— Pelo amor de Deus, senhor — disse ele. — Pense. Que pode fazer? Como é possível viver nessa cidade sem dinheiro? Faça o que quiser ou vá para onde bem entender, estou resolvido a não o desamparar. Mas pense e tenho certeza de que o bom senso lhe pedirá que volte para casa.

— Quantas vezes terei de dizer-te — respondeu Jones — que não tenho casa para onde voltar? Se eu tivesse alguma esperança de que as portas do sr. Allworthy se abririam para receber-me, eu não precisaria de apertos que me convencessem a voltar. As suas últimas palavras para mim, Partridge, foram: "Estou resolvido, deste dia em diante, a não ter mais nada convosco, sob nenhum pretexto."

Calaram-se os dois.

Afinal, estava na hora da festa e Partridge emprestou-lhe um xelim para a condução. A falar a verdade, havia já algum tempo que o mestre não fazia nenhum oferecimento desse gênero. Ou porque desejasse ver trocada a nota de banco ou porque julgasse que os apuros acabariam convencendo o jovem a voltar para casa, ou por qualquer outro motivo que ignoro.

DÉCIMA SEGUNDA PARTE

Contém: assuntos muito diversos dos capítulos anteriores.

Capítulo 35

*Todas as fantasias
de uma festa de mascarados.*

Os nossos cavalheiros penetraram no salão da festa como quem entra no próprio templo do prazer.

Depois de umas voltas com o companheiro, deixou-o o sr. Nightingale, e afastou-se com uma mulher, dizendo:

— Agora que está aqui, senhor, procure sua própria caça.

Jones começou a alimentar esperanças de que a sua Sofia estivesse presente. E essas esperanças deram-lhe mais vida do que as luzes, a música e a companhia.

Iniciou dirigindo-se a todas as mulheres cuja estatura, cujo aspecto e cujo ar tivessem alguma semelhança com os do seu anjo. A todas procurou dizer algo, a fim de obter uma resposta, pela qual pudesse descobrir a voz que supunha impossível viesse a confundir.

Às perguntas, com voz disfarçada:

— Acaso me conhece?

A resposta, quase sempre, a mesma:

— Não, não o conheço, senhor. — Nada mais. Outras lhe davam respostas amáveis, mas não com a voz que ele queria ouvir.

Enquanto ele falava com uma dessas últimas (fantasiada de pastora), aproximou-se dele uma senhora de dominó e, batendo-lhe no ombro, murmurou-lhe ao ouvido:

— Se continuar a falar com essa... contarei à srta. Western.

Quando ouviu esse nome, Jones deixou a outra e dirigiu-se ao dominó, rogando e suplicando que lhe mostrasse a dama a que ela se referia, se é que se achava na sala.

Apressou-se a mascarada em se retirar, seguida de perto por Jones, para um canto, onde sentou e disse que estava cansada. Sentou-se junto dela o jovem e continuou insistindo para que lhe dissesse sobre Sofia.

— Pensei que o sr. Jones fosse um apaixonado tão vivo que não permitisse que um disfarce lhe ocultasse a amada.

— Quer dizer que ela está aqui, senhora? — perguntou Jones, aflito.

— Quieto, senhor, porque está sendo observado. Mas eu lhe asseguro, pela minha honra, que Sofia Western não se encontra aqui.

Tomando a mascarada pela mão, o jovem rogou-lhe, da maneira mais ardente que pôde, que lhe dissesse onde poderia encontrar Sofia. Passou a repreendê-la pelo que vinha fazendo com ele e concluiu dizendo:

— Conheço muito bem sua voz, apesar do disfarce. Com efeito, sra. Fitzpatrick, é cruel divertir-se à custa dos meus sofrimentos.

— Embora já tenha descoberto quem eu sou, devo continuar falando com a mesma voz, para que os outros não me reconheçam. Julga, meu amigo, seja tão pequena a estima que dedico à minha prima que vá auxiliar o prosseguimento de um caso, entre ambos, fatalmente destinado a acarretar-lhe a ruína, assim como a sua própria? Ademais, asseguro-lhe que minha prima não é tão louca que consinta em sua perdição, ainda que o senhor seja seu inimigo a termos de tentá-la a isso.

— Ah, senhora! — disse Jones. — Vejo que conhece muito pouco meu íntimo quando me chama inimigo de Sofia.

— Mas o senhor reconhece que arruinar uma pessoa é um ato de inimizade. E quando, pelo mesmo ato, ocasiona a sua própria ruína, isso é, além de crime, idiotice ou loucura. Ora, senhor, minha prima possui muito pouca coisa além do que o pai resolver dar-lhe, muito pouco para alguém de sua posição, e o senhor conhece a sua própria situação.

— Não, senhora, o meu amor não pertence a essa espécie que busca a própria satisfação a expensas do que é mais caro ao seu objeto. Eu sacrificaria tudo à posse de minha Sofia, exceto a própria Sofia.

Embora o leitor já tenha feito a sua ideia a respeito da dignidade da senhora mascarada e embora seja possível que ela, daqui por diante, pareça não merecer uma das melhores reputações do seu sexo, o certo é que esses conceitos generosos do jovem sobre a felicidade de Sofia lhe causaram profunda impressão. A afeição, que a mascarada já dedicava ao nosso herói, foi aumentada consideravelmente.

A senhora, depois de um silêncio de alguns momentos, disse que as pretensões dele acerca de Sofia lhe pareciam mais imprudentes do que presunçosas. E afirmou:

— Os moços nunca devem ter ideias demasiado pretensiosas. Gosto da ambição num rapaz e eu quisera que o senhor a cultivasse o quanto possível. Talvez o senhor seja bem-sucedido junto dos que são infinitamente superiores em matéria de fortuna. Mas não me julgue uma estranha criatura, sr. Jones, dando conselhos assim a um homem que conheço tão pouco e de cujo procedimento para comigo tenho tão poucas razões para estar satisfeita.

Jones desculpou-se, dizendo esperar não a haver ofendido em nada do que dissera sobre Sofia. A isso a mascarada respondeu:

— O senhor conhece pouco o sexo para imaginar que pode cometer maior afronta a uma senhora do que entretê-la com a sua paixão por outra mulher? Se a rainha das fadas não tivesse em conceito mais favorável a sua galanteria, não o teria convidado para encontrar-se com ela no baile de máscaras.

Jones nunca se sentira menos inclinado a galanteios do que então, mas ser galante com as mulheres era um dos seus princípios de honra, e ele achava que tanto devia aceitar um desafio para o amor quanto um desafio para um duelo. Mais, o seu próprio amor a Sofia lhe tornava necessário continuar às boas com a dama, pois não duvidava de que ela fosse capaz de levá-lo à presença da outra.

Começara, portanto, a responder-lhe com muito entusiasmo à última fala, quando uma pessoa mascarada, fantasiada de velha, se aproximou deles. Era uma dessas senhoras que só vão a uma festa de máscaras para dar vazão à sua maldade, dizendo aos outros rudes verdades e tentando, segundo a expressão comum, desmanchar todos os prazeres possíveis. Tendo descoberto Jones e a sua amiga, que ela conhecia muito bem, em íntimo colóquio num canto da sala, concluiu que uma boa maneira de se divertir seria interrompê-los. Atacou-os, portanto, e não tardou a afugentá-los do seu retiro. Não contente com isso, perseguiu-os em todos os lugares onde se escondiam para evitá-la. Até que, percebendo a aflição do amigo, socorreu-o afinal o sr. Nightingale e atraiu a atenção da velha para outro caso.

Enquanto os dois caminhavam juntos pela sala a fim de livrar-se da importuna, percebeu Jones que a sua dama falava com diversos mascarados com a mesma desenvoltura com que falaria se estes tivessem o rosto descoberto. Não se conteve e comentou:

— Por certo, senhora, é infinitamente perspicaz, para conhecer todas essas pessoas apesar de todos os disfarces.

— Não existe coisa mais sem graça e infantil que um baile de máscaras para as pessoas de alta classe que, em geral, se conhecem tão bem aqui quanto numa assembleia ou numa sala de visitas. Nem mulher nenhuma de posição conversará com uma pessoa que não conheça. Em suma, pode-se dizer que todas as pessoas que vêm aqui se enfastiam mais e saem daqui mais cansadas que do mais comprido dos sermões. A falar a verdade, eu mesma começo a sentir-me na mesma situação e creio que não está mais satisfeito do que eu. Garanto que seria uma caridade de minha parte ir para casa por sua causa.

— E eu conheço apenas uma caridade igual a essa! — exclamou Jones.

— Diga qual, por favor.

— Permitir que a acompanhe até a sua casa.

— Parece que não faz muito bom conceito de mim, julgando que, depois de tão curto conhecimento, eu o deixaria entrar em minha casa a esta hora da noite. Imagino que você atribui a amizade que demonstrei à minha prima a outro motivo. Seja sincero: não lhe pareceu esta trabalhada entrevista nada mais do que um encontro marcado? Está habituado, Jones, a realizar súbitas conquistas como esta?

— Não estou habituado, minha senhora — respondeu Jones —, a sujeitar-me a estas súbitas conquistas; mas, como me tomou de surpresa o coração, o resto do corpo tem o direito de segui-lo. Vai me perdoar, portanto, a decisão de segui-la aonde quer que vá.

— Espero que não faça isso. Não quero que me julguem uma criatura extravagante. Daqui irei cear com uma conhecida. Embora minha amiga não seja dada a censuras.

A dama, logo depois, saiu e Jones, apesar da proibição, atreveu--se a acompanhá-la. Viu-se, então, no mesmo dilema: a falta de um xelim para a condução e sem poder resolvê-lo como antes o fizera, pedindo-o emprestado. Pôs-se a caminhar atrás da cadeirinha em que ia a dama, ouvindo as ruidosas aclamações de todos os moços de cadeirinhas que se achavam presentes e que sabiam desconcertar todos os superiores que andassem a pé. Felizmente o adiantado da hora impediu-o de topar na rua com pessoas conhecidas e Jones prosseguiu sem ser molestado, com um traje que, em outra ocasião, teria atraído verdadeira multidão atrás de si.

A senhora desceu numa rua, não muito distante, onde, sendo--lhe aberta uma porta, entrou, entrando o cavalheiro, sem nenhuma cerimônia, atrás dela.

Jones e a companheira viram-se juntos, então, numa sala muito bem atapetada e aquecida.

A mulher falou, com a voz ainda de mascarada, declarando estar surpreendida, pois a amiga devia ter esquecido o encontro marcado.

Depois de desabafar todo o seu ressentimento, mostrou-se receosa em relação a Jones. Perguntou-lhe o que pensariam os outros quando soubessem que eles haviam estado a sós numa casa àquela hora da noite. Mas, em vez de dar uma resposta positiva a pergunta tão importante, Jones insistia com a dama para retirar a máscara. Tendo-o conseguido, afinal, não se lhe deparou com a sra. Fitzpatrick, mas com a própria lady Bellaston.

Seria cansativo repetir aqui detalhadamente a conversação, que consistiu em ocorrências muito comuns e ordinárias, e que durou das duas às seis horas da manhã. Dela basta-nos citar o que, de certa maneira, interessa à nossa história. E isto foi a promessa feita pela senhora de procurar descobrir Sofia e dela obter brevemente uma entrevista com ele, com a condição de que Jones, então, se despedisse dela.

Depois que isso ficou plenamente decidido e combinado segundo encontro à noite, no mesmo lugar, separaram-se. A dama voltou para a sua casa e Jones para os seus aposentos.

Capítulo 36

*Uma suspeita de Partridge
e um capítulo curto
que pode surpreender o leitor.*

Havendo restaurado as forças com umas poucas horas de sono, Jones mandou chamar Partridge à sua presença. Entregou-lhe uma nota de banco de cinquenta libras para trocar. Recebeu-a Partridge de olhos cintilantes, embora, ao refletir sobre o caso, lhe ocorressem suspeitas não muito vantajosas para a honra de seu amo. Outras coisas contribuíram para as suspeitas: a ideia medonha que fazia de um baile de máscaras, o disfarce com que o amo fora e voltara e o haver passado fora a noite toda. Em linguagem simples, a única maneira que lhe ocorria para explicar a posse da nota era o roubo.

E o leitor mesmo, se não suspeitar que ela provenha da generosidade de lady Bellaston, dificilmente outra lhe passará pela cabeça que não seja o roubo.

Para esclarecer e salvar a honra do sr. Jones e fazer justiça à liberdade da senhora, confessaremos que a nota fora presente dela. Se bem que não doasse muita coisa às obras comuns de caridade, julgou (penso eu) que um belo jovem, sem um xelim, não era um objeto impróprio para a prática da caridade.

O sr. Jones e o sr. Nightingale haviam sido convidados para almoçar, nesse dia, com a sra. Miller. O que sucedeu nesse almoço, contaremos em outra ocasião, nem que para isso tenhamos que voltar um pouco atrás em nossa história, como outras vezes já o fizemos.

Agora, precisamos andar com a história até a hora do chá para que o leitor saiba a razão, deste capítulo curto.

Jones acabara de vestir-se para visitar lady Bellaston quando a sra. Miller bateu à porta. Depois de entrar, solicitou-lhe, com insistência, a companhia para o chá, na sala de visitas.

Quando ele entrou na sala, ela o apresentou imediatamente a uma pessoa, dizendo:

— Este, senhor, é meu primo, que tanto deve à vossa bondade, pela qual pede que aceiteis os seus mais sinceros agradecimentos.

Mal iniciara o homem o seu discurso prefaciado tão bondosamente pela sra. Miller, quando Jones e ele olharam-se bem e deram sinal de grande surpresa. A voz do estranho começou a vacilar e, em vez de terminar o que estava dizendo, deixou-se cair numa cadeira, exclamando:

— É assim, estou convencido de que é assim!

— Pelo amor de Deus! Que quer dizer tudo isso? — gritou a sra. Miller. — Espero que não esteja se sentindo mal, primo! Tragam um pouco de água, aguardente, neste instante!

— Não se assuste, senhora — acudiu Jones —, eu mesmo quase preciso tanto de um gole de aguardente quanto seu primo. Ficamos ambos surpresos diante desse encontro inesperado. Seu primo é um conhecido meu, sra. Miller.

— Um conhecido! — exclamou o homem. — Oh, céus!

— Sim, um conhecido — repetiu Jones —, e um honrado conhecido. Tenha eu, no dia em que não amar e honrar o homem que tudo arrisca para guardar esposa e filhos da ruína iminente, um amigo que na adversidade me renegue.

— Oh, o senhor é um jovem excelente — disse a sra. Miller.
— De fato, pobre criatura! Ele arriscou tudo. E, se não tivesse uma boa constituição física, já teria morrido.
— Prima — disse o homem, a essa altura já inteiramente recobrado do espanto —, este é o anjo do céu a que me referi. A ele foi que, antes de vir vê-la, devi a conservação da minha Peggy. Devo à sua generosidade todo o conforto e todo o sustento que consegui obter para ela. É ele, na verdade, o mais digno, o mais bravo e o mais nobre dos seres humanos. Oh, prima, devo a esse cavalheiro as obrigações mais sérias de minha vida!
— Não fale em obrigações — exclamou Jones —, nem uma palavra, insisto nisso, nem uma palavra — mostrando, a meu ver, que não queria que fosse revelado a ninguém o caso do assalto.
— Se, com a insignificância que recebeu de mim, preservei uma família inteira, nunca se comprou um prazer por tão pouco.
— Oh, senhor — exclamou o homem —, eu quisera que, neste momento, pudesse ver a minha casa. Se alguma pessoa há que tenha direito ao prazer que mencionou, estou convencido de que é o senhor. Minha prima me contou que o senhor se referiu à aflição em que nos encontrou. Esta já foi, em grande parte, afastada, e principalmente pela sua bondade. Meus filhos têm agora uma cama em que se podem deitar... e tudo o que têm... bênçãos eternas recaiam, por isso, sobre o senhor. Têm pão para comer. O meu filho sarou, minha mulher está fora de perigo, e eu me sinto feliz. Tudo por sua causa e pela de minha prima, boníssima criatura. Em realidade, senhor, preciso vê-lo em minha casa. Minha mulher e meus filhos precisam agradecer-lhe.
E os dois, o homem e a prima, perderam-se em elogios e agradecimentos.
Chegada a hora do encontro, Jones foi obrigado a despedir-se às pressas. Prometeu visitá-lo em sua própria casa. Entrou, a seguir, em sua cadeirinha e partiu a caminho da casa de lady Bellaston. Seu coração estava feliz. Dava graças a Deus ter ouvido, na hora do assalto, a voz da misericórdia e não da justiça. Teria errado se assim não tivesse agido.

Quanto ao assalto, nem a sra. Miller ficou sabendo. Foi melhor porque, embora fosse grande a sua gratidão, maior eram os seus escrúpulos e mais severos os seus princípios. E com isso poderia deslustrar a reputação do primo e criar situação diferente em que ficassem diminuídos os méritos do benfeitor.

Capítulo 37

Um encontro.
O encontro.

À noite, encontrou-se Jones outra vez com sua dama, seguindo-se, outra vez, entre eles, longa conversação. Mas, como tão somente consiste nas mesmas ocorrências ordinárias anteriores, não citaremos pormenores, que não devem ser agradáveis ao leitor.

Jones se tornava cada vez mais impaciente por ver Sofia. Após repetidos encontros com lady Bellaston, verificou que não tinha probabilidade alguma de consegui-lo por intermédio dela (pois, muito pelo contrário, a dama acolhia com ressentimento a simples menção do nome Sofia). Resolveu tentar outro método.

Não duvidava de que lady Bellaston soubesse onde estava o seu anjo e assim achava provável que algum dos seus criados estivesse a par do segredo. Partridge foi encarregado de travar relações com esses criados para arrancar-lhes o segredo.

Poucas situações podem-se imaginar mais embaraçosas do que aquela em que se encontrava o seu pobre amo. Além das dificuldades para achar Sofia, além do receio de a haver desgostado, e das afirmações que recebera de lady Bellaston sobre a resolução tomada por Sofia contra ele, e de se haver ela escondido dele, restava-lhe ainda um estorvo que a sua amada não tinha poder de afastar, por amáveis que fossem as suas inclinações. Era a ameaça de ser deserdada de todas as propriedades do pai, consequência quase inevitável de se unirem sem um consentimento que ele não tinha esperanças de obter jamais.

Além de tudo isso, havia ainda todas as obrigações que lady Bellaston, cuja violenta afeição já não podemos ocultar por mais tempo, acumulara sobre ele: por intermédio dela, Jones tornara-se um dos homens mais bem-vestidos da cidade. Agora já não sofria os ridículos apertos de dinheiro. Pelo contrário, via-se numa situação de prosperidade que jamais conhecera.

Acredito que nada seja mais desagradável para um espírito cujo proprietário não mereça a forca do que retribuir o amor apenas com a gratidão, em especial quando o afeto empurra o coração em sentido contrário. Tal era o caso do infeliz Jones. Pois, ainda que o amor puro por ele guardado para Sofia, e que deixava muito pequena afeição para qualquer outra mulher, estivesse inteiramente fora de cogitações, nunca teria podido retribuir adequadamente a generosa paixão dessa dama. E mais: ela, na verdade, fora outrora objeto de muita admiração e desejo, mas já entrara, pelo menos, no outono da vida, se bem que ostentasse a alegria da juventude nos trajes como nos modos.

A verdade: recebera ajuda mas não queria que ela o julgasse, ou ele próprio se sentisse, um ingrato.

Determinou-se, portanto, a fazê-lo, por maiores aflições que isso lhe custasse, e a devotar-se a ela, baseado no princípio de justiça em virtude do qual obrigam as leis de certos países que o devedor, incapaz de saldar, de outra maneira, as suas dívidas, se torne escravo do credor.

Enquanto meditava nesses assuntos, recebeu da senhora a seguinte nota:

Um acidente muito ridículo, mas muito perverso, ocorreu depois de nosso último encontro, e não permite que eu torne a encontrar-me com você no lugar de costume. Se possível, arranjarei outro até amanhã. Por enquanto, adeus.

Talvez possa o leitor concluir que o desapontamento não foi muito grande. Mas se foi, não durou muito, pois menos de uma hora depois recebia o jovem outra nota, escrita pela mesma mão, que dizia:

Mudei de ideia depois que escrevi.
Mudança que só o surpreenderá se for alheio à mais terna das paixões.
Decidi vê-lo esta noite em minha própria casa, sejam quais forem as consequências. Venha ver-me exatamente às sete. Janto fora, mas estarei em casa a essa hora. Um dia, para os que amam sinceramente, parece mais longo do que imaginava. Se, por acaso, chegar alguns momentos antes de mim, peça que o conduzam à sala de visitas.

A falar a verdade, Jones agradou-se menos desta última nota que da primeira, pois ela o impedia de sair com o seu novo amigo, sr. Nightingale. Já haviam tratado assistirem juntos a uma peça nova cujo autor era amigo de um conhecido do sr. Nightingale. Nosso herói teria preferido esse gênero de passatempo, mas a honra levou-o ao amável encontro a que já nos referimos.

Antes de acompanharmos Jones em sua visita a lady Bellaston, vamos saber como se sente o leitor diante da resolução imprudente daquela dama de trazer o jovem para a própria casa onde estava hospedada a sua rival.

Aconteceu que a dona da casa onde se davam os encontros e que vivia às custas de lady Bellaston tornara-se metodista. E aquela manhã visitara Sua Excelência e, depois de censurá-la com muita severidade pela sua vida passada, declarara que, nunca mais, de maneira alguma, lhe auxiliaria os casos de amor.

Esse incidente provocou grande confusão no espírito da senhora, levando-a ao desespero de querer encontrar-se com Jones naquela mesma noite. Depois raciocinou: a casa ficaria vazia, se soubesse arrumar as coisas. Assim foi. Afastaria Sofia para o teatro em companhia de uma senhora amiga. A sra. Honour faria o mesmo acompanhada de sua criada, sra. Etoff. Teria a casa livre para a segura recepção do sr. Jones, com o qual passaria ela uma ou duas horas de conversação ininterrupta depois que voltasse ela própria do jantar, em casa de uma amiga, num lugar afastado da cidade, próximo ao local dos antigos encontros. O jantar ela já o havia marcado antes de saber da revolução moral no espírito de sua antiga confidente.

O sr. Jones chegou antes da hora marcada e antes da dama, cuja vinda fora atrapalhada não só pela distância do lugar onde jantara, senão por outros acidentes infelizes, bastante constrangedores para quem estivesse em seu estado de espírito. Chegado, conduziram-no, consequentemente, à sala de visitas. Não muito tempo depois, a porta se abriu e entrou...: Sofia em pessoa. Deixara o teatro antes do fim do primeiro ato, pois, sendo nova a peça, em que dois grupos se defrontavam, um para vaiar e outro para aplaudir, formou-se um tumulto violento e uma luta entre os dois grupos começou, apavorando de tal maneira a nossa heroína que ela se deu por feliz quando arranjou a proteção de um jovem cavalheiro e chegou a salvo à sua cadeirinha.

Como lady Bellaston a tivesse informado de que só voltaria tarde para casa, Sofia, que não esperava encontrar ninguém na sala, entrou precipitadamente, dirigindo-se a um espelho que lhe ficava quase defronte, sem olhar sequer para o lado superior da sala onde se erguia, imóvel, a estátua de Jones. Foi nesse espelho que ela descobriu a estátua. Voltando-se, instantaneamente, percebeu a realidade da visão. Soltou um violento grito e mal pôde dominar-se para não desmaiar, até que Jones conseguiu aproximar-se dela e sustentá-la nos braços.

Descrever o aspecto ou os pensamentos de qualquer um desses namorados é coisa muito difícil. E, como se lhes podem julgar as sensações, diante do seu mútuo silêncio, demasiado fortes para que eles as exprimissem, não se há de supor que eu fosse capaz de esboçá-las. Só os que já estiveram tão apaixonados podem sentir com seus corações o que se passou no deles nessa ocasião.

Depois de breve pausa, Jones exclamou:

—Vejo que está surpreendida.

— Surpreendida! Na verdade estou. Quase duvido de que seja a pessoa que parece ser.

— Sim — falou ele —, minha Sofia, perdão, minha senhora, sou aquele desgraçadíssimo Jones que a sorte, depois de tantas decepções, conduziu, afinal generosamente, à sua presença. Oh, minha Sofia, se soubesse os milhares de tormentos que padeci nesta longa busca!

— Busca de quem? — perguntou Sofia recobrando algum tanto o domínio de si mesma e assumindo um ar reservado.

— Tem coragem de ser tão cruel e me fazer essa pergunta? — falou Jones. — Será preciso dizer que a busca era de você mesma?

— De mim?! — exclamou Sofia. — Quer dizer, então, que o sr. Jones tem comigo um negócio tão importante?

— Para algumas pessoas, senhora — respondeu o jovem —, isto pode parecer um negócio importante (entregou-lhe o livrinho de apontamentos). Espero que nele encontre a mesma importância que aí estava quando o perdeu.

Sofia recebeu o livrinho e ia falar, quando ele a interrompeu:

— Não percamos, eu suplico, nenhum destes preciosos momentos que a sorte nos concedeu. Minha Sofia, eu tenho negócios de um gênero muito superior. Permita, portanto, que, de joelhos, eu lhe peça perdão.

— Pedir-me perdão?! — exclamou ela. — Está visto, senhor, depois do que se passou, depois do que ouvi, não pode esperar que o perdoe.

— Nem sei o que dizer — falou Jones em desespero. — Por Deus! Mal desejo que me perdoe. Não, minha Sofia, daqui por diante, não desperdice um pensamento sequer com um desgraçado como eu. Se minha lembrança lhe ocorrer, alguma vez, para lhe trazer um momento de inquietude, pense na minha indignidade. E deixe que a recordação do que se passou em Upton apague para sempre, do seu espírito, a minha imagem.

Em silêncio, trêmula, Sofia ouviu tudo o que o jovem dissera. O rosto estava branco e o coração batia forte. Ao ouvir a palavra Upton, um rubor coloriu suas faces e ela levantou, um pouco, os olhos cheios de desprezo para Jones. Ele compreendeu a muda repreensão e respondeu-lhe:

— Minha Sofia, meu único amor! Não pode me odiar ou desprezar mais pelo que aconteceu do que eu mesmo me odeio e desprezo. Mas é preciso que me faça a justiça de que meu coração nunca lhe foi infiel. Ele não participou do desatino de que fui culpado, mesmo nesse momento continuou a ser inalteravelmente seu. Embora eu desesperasse de possuí-la, digo mais, quase de tornar a vê-la, venerava a sua imagem encantadora, e não podia amar seriamente outra mulher. Mas, ainda que meu coração não estivesse comprometido, a mulher em cuja companhia, por acaso, me vi naquele maldito lugar não era objeto de um amor sério. Creia, meu anjo, nunca mais a vi depois daquele dia, nem pretendo ou desejo vê-la outra vez.

Sofia, em seu íntimo, estava feliz em ouvir tudo isso. Mas, afetando um ar de frieza ainda maior do que o anteriormente assumido, perguntou:

— Por que, sr. Jones, se dá ao trabalho de defender-se quando não é acusado? Se eu entendesse que valia a pena acusá-lo, tenho uma acusação de natureza realmente imperdoável.

— Que é, pelo amor de Deus? — perguntou Jones pálido, esperando ouvi-la referir-se aos seus amores com lady Bellaston.

— Oh! — disse ela —, como é possível uma coisa dessas? Poderá tudo o que é nobre e tudo o que é baixo habitar, ao mesmo tempo, o mesmo íntimo?

Outra vez, no espírito de Jones, lady Bellaston e a circunstância de haver recebido dinheiro dela. Isto não lhe deixou responder nada.

— Poderia eu ter esperado — prosseguiu Sofia — semelhante tratamento de sua parte? E mais, de um cavalheiro, de um homem de honra? Desacreditou o meu nome, nas estalagens, entre a gente mais desprezível! Gabar-se diante de todos dos pequenos favores que o meu coração desprevenido possa ter tido a leviandade de conceder. Mais ainda: chegar eu a ouvir que havia sido obrigado a fugir do meu amor!

Nada poderia igualar a surpresa de Jones ao ouvir essas palavras de Sofia. Contudo, não sendo culpado, sentiu-se mais à vontade para se defender. Não tardou a verificar que aquilo tudo se devia aos falatórios de Partridge nas estalagens, diante de hospedeiros e criados, pois Sofia lhe confessou que deles recebera a informação.

Não foi para o jovem muito difícil fazê-la acreditar que ele era inocente de falta tão estranha do seu caráter. Para ela, porém, foi dificílimo impedir que ele voltasse imediatamente para casa e assassinasse Partridge, o que mais de uma vez jurou fazer.

Esclarecido esse ponto, ficaram os dois tão agradados um do outro que Jones se esqueceu completamente do que principiara a conversa. Nada mais os atrapalhava. Entendiam-se tão bem que já estavam no assunto casamento. Ele fez-lhe a proposta. Ao que ela respondeu que, se a obediência que devia ao pai não a impedisse de seguir as próprias inclinações, a ruína ao lado dele ser-lhe-ia preferível à mais opulenta fortuna ao lado de outro homem.

— Sofia, eu não poderia aceitar uma coisa dessas — disse Jones ao ouvir a palavra ruína. — Não, por Deus. Minha querida Sofia, custe-me o que custar, renunciarei. Arrancarei do meu íntimo todas as esperanças contrárias ao seu verdadeiro bem. Guardarei para sempre o meu amor em silêncio, a distância, em algum país estrangeiro, de onde nenhum acento, nenhum suspiro, possam jamais alcançar ou perturbar seus ouvidos. E quando eu estiver morto... — Ele teria continuado se não lho tivessem impedido as lágrimas de Sofia, que a ele se aconchegara, incapaz de pronunciar

uma única palavra. Jones beijou-lhe os olhos e ela o permitiu, durante algum tempo, sem qualquer resistência. Mas logo se refez, desprendeu-se-lhe gentilmente dos braços. E para desviar o assunto de um objeto demasiado romântico e terno, que ela verificou não ter forças para suportar, decidiu-se a fazer-lhe uma pergunta:
— Como veio você a entrar nesta sala?
Jones pôs-se a gaguejar e lhe teria provocado suspeitas com a resposta, se, nesse momento, a porta não se abrisse e não entrasse lady Bellaston.
Tendo dado alguns passos, ao ver juntos Jones e Sofia, parou repentinamente. Logo depois de uma pausa de alguns minutos, refreando-se com admirável presença de espírito, exclamou:
— Eu supunha, srta. Western, que estivesse no teatro.
Embora Sofia não tivesse tido oportunidade para saber de Jones a maneira por que ele a encontrara, como não desconfiasse da verdade ou de que Jones ou lady Bellaston se conhecessem, sentiu-se muito pouco constrangida.
Sofia explicou o que se passara no teatro e as razões do seu precipitado regresso.
Enquanto isso, lady Bellaston recobrou o sangue-frio e pensou na maneira como haveria de se portar. E, como o procedimento de Sofia lhe desse esperanças de que Jones não a tivesse traído, afetou um ar de bom humor e disse:
— Eu não teria entrado tão bruscamente, srta. Western, se soubesse que estava acompanhada.
Lady Bellaston cravou os olhos em Sofia enquanto pronunciava essas palavras. Confusa e desapontada, ela gaguejou:
— Tenho a certeza, senhora, de que sempre considerarei a honra da companhia de Vossa Excelência.
— Espero, pelo menos — falou lady Bellaston —, que eu não tenha interrompido negócio nenhum.
— Não, senhora — respondeu Sofia —, o nosso negócio já estava no fim. Vossa Excelência deve estar lembrada de que, muitas vezes, falei na perda do meu livrinho de lembranças, que, tendo-

-o felizmente achado, este senhor teve a bondade de devolver-me com a nota que ali guardara.

Jones, desde a chegada de lady Bellaston, estivera a ponto de morrer de medo. Batia os calcanhares um contra o outro, brincava com os dedos e parecia mais tolo, se possível, do que um jovem fidalgo palerma ao ser apresentado, pela primeira vez, a uma assembleia elegante. Pouco a pouco, começou a se refazer. Notando o procedimento de lady Bellaston, que não pretendia dizer que o conhecia, decidiu representar o papel de estranho. Afirmou que, desde que se vira de posse do livrinho, fizera grande diligência por descobrir a senhora cujo nome estava escrito nele, mas só naquele dia tivera a felicidade de encontrá-la.

De fato, Sofia contara a lady Bellaston a perda do seu memorando. Mas, como Jones nunca lhe dissera nada a respeito do tal livro, não acreditou na história de Sofia. Ficou admirada com a extrema presteza da jovem em arranjar aquela desculpa. Estava mesmo certa de que o encontro não fora acidental.

— Muita sorte, querida srta. Western — falou ela com um sorriso afetado. — Foi muito feliz em recuperar o seu dinheiro. Não só por ter caído nas mãos de um homem de honra, senão por haver encontrado a verdadeira dona. E foi uma grande felicidade, senhor, haver descoberto a quem pertencia a nota.

— Oh, senhora — exclamou Jones —, ela se achava dentro de um livro de lembranças, no qual estava escrito o nome da senhorita.

— Isso, em realidade, foi uma sorte. E não foi menor a sua descoberta de onde se hospedava ela, pois é muito pouco conhecida.

— Ora, minha senhora, foi pelo mais feliz dos acasos que fiz esse descobrimento. Outra noite, no baile de máscaras, eu me referia ao achado e ao nome da possuidora a uma senhora, quando esta me disse que acreditava saber onde morava a srta. Western. Bastava que eu fosse à sua casa no dia seguinte. Fui e não a encontrei e só hoje cedo me foi possível revê-la, quando, então, me indicou a casa de Vossa Excelência.

Ao se despedir, o que fez sem demora para evitar maiores apertos, disse Jones:

— Creio, senhora, que se dá, de hábito, alguma recompensa nessas ocasiões, pois eu devo insistir numa elevadíssima para a minha honestidade, e é, minha senhora, nada menos do que a honra de me ser permitida outra visita a esta casa.

— Senhor — respondeu a dama —, não duvido que seja um cavalheiro e minhas portas estão sempre abertas para as pessoas de qualidade.

A seguir, saiu Jones, tão satisfeito quanto a própria Sofia o estava.

Na escada encontrou Honour, que o cumprimentou com educação e deu-lhe a oportunidade de indicar a ela o local onde estava hospedado, o que Sofia ainda ignorava.

DÉCIMA TERCEIRA PARTE

Contém: vários e estranhos assuntos.

Capítulo 38

A história prossegue.
As mentiras.
Os amores.
As intrigas.
As paixões.
Os seres humanos.

Alguém até já disse que a mentira, em certos casos, é não só desculpável senão também elogiável.

E ninguém para usar com maior propriedade o direito a esse louvável desvio da verdade do que as jovens em matéria amorosa. Nesse meio vamos encontrar Sofia. Vejamos. Estava ela convencida de que lady Bellaston não conhecia a pessoa de Jones. Decidiu mantê-la nessa ignorância, ainda que à custa de algumas mentiras.

Mal Jones se afastara, na noite dos encontros, e já lady Bellaston exclamava:

— É um elegante rapaz. Gostaria de saber quem é. Não me lembro de lhe ter visto o rosto ainda.

— Nem eu, senhora — respondeu Sofia. — Mas devo dizer que agiu belamente em relação à minha nota.

— De fato. E é um belíssimo rapaz, também — insistiu a senhora. — Não lhe parece mesmo?

— Não lhe prestei muita atenção — falou Sofia —, mas pareceu-me mais grosseiro e sem educação do que outra coisa qualquer.

— Tem toda razão — continuou lady Bellaston. — Vê-se que não frequentou boa sociedade. Duvido que seja um cavalheiro. Creio que darei ordens para que digam que saí quando ele voltar.

— Bem, mas está visto, senhora — tentou corrigir Sofia —, que não podemos saber nada apenas pelo que ele fez. De mais a mais, se Vossa Excelência o observou, há de ter notado uma elegância no que diz, uma delicadeza, uma graça de expressão, que...

— Confesso — concordou a outra — que o sujeito sabe falar. E, a bem dizer, Sofia, você precisa me perdoar. É preciso que me perdoe.

— Eu, perdoar a Vossa Excelência? — estranhou Sofia.

— Sim, é preciso que me perdoe — repetiu, rindo-se a outra.

— Tive uma suspeita horrível ao entrar na sala. Juro que você deve perdoar-me, mas desconfiei de que fosse o próprio sr. Jones.

— Desconfiou realmente, Excelência?! — exclamou Sofia corando e simulando rir.

— Sim, juro que sim. Não posso imaginar o que me enfiou a ideia na cabeça, pois, para dizer a verdade, ele estava primorosamente vestido, o que, suponho, não é o caso do seu amigo.

— Essa chacota — falou Sofia — é um tanto cruel, lady Bellaston, depois de minha promessa a Vossa Excelência.

— Absolutamente, minha filha — replicou a senhora —, por isso mesmo não é cruel, teria sido antes, mas, depois que me prometeu não casar sem o consentimento de seu pai, está visto que pode tolerar uma pequena zombaria a propósito de uma paixão perdoável numa menina de província, mas que você já afirmou haver subjugado. Que hei de pensar, minha querida Sofia, se nem pode sofrer que lhe ridicularizem um pouco as roupas? Começarei a temer que tenha chegado efetivamente muito longe. E chego a duvidar de que tenha procedido lealmente para comigo.

— Na verdade, senhora — afirmou Sofia —, Vossa Excelência se engana a meu respeito se imagina que tive por ele algum interesse.

— Interesse por ele! — repetiu a dama. — Não me compreendeu bem. Não fui além das suas roupas, pois eu não lhe ofenderia o bom gosto com outras comparações. Não imagino, minha querida Sofia, que, se o seu sr. Jones fosse um sujeito como este.

— Julguei — falou Sofia — que Vossa Excelência admitira ser ele um rapaz bonito...

— Quem, por favor? — perguntou a senhora, rapidamente.

— O sr. Jones — respondeu Sofia, e caindo imediatamente em si: — O sr. Jones! Não, não; perdoe-me. Refiro-me ao cavalheiro que acaba de sair.

— Sofia, Sofia! — repreendeu delicadamente a senhora. — Temo que esse sr. Jones ainda não lhe tenha saído da cabeça.

— Pois eu protesto, pela minha honra, senhora — afirmou Sofia —, que o sr. Jones me é tão indiferente quanto o cavalheiro que nos acaba de deixar.

— E eu, pela minha honra — falou lady Bellaston —, acredito. Perdoe, portanto, uma pequena brincadeira inocente, mas prometo-lhe que nunca mais lhe mencionarei o nome.

A essa altura, separaram-se as duas senhoras, muito mais para satisfação de Sofia que de lady Bellaston, que teria atormentado a rival por mais algum tempo.

Sem tomar muita consciência, nossa heroína estava se saturando dos costumes e hábitos da alta sociedade. Convivendo agora no meio desses monstros estranhos cheios de rendas e bordados, sedas e brocados, com enormes perucas e anquinhas que, sob os nomes de lordes e ladies, se movimentam como num palco, limitando-se aos jogos do prazer e da vaidade, Sofia acompanhava a legião de vidas por assim dizer inúteis. Sim, vidas onde a ocupação maior se constituía no vestir-se e jogar, no comer e beber, no inclinar-se e cortejar. Aqui encontramos lady Bellaston. Não deduzam daí, os meus leitores, que seja este o procedimento habitual das senhoras da alta sociedade. Seria o mesmo que representar todos os clérigos por Thwackum ou todos os soldados por Northerton. O certo é que o verdadeiro caráter da alta-roda desses dias é antes a tolice que o vício e o qualificativo que melhor a significa e que mais ela merece é frívola.

É nessa atmosfera enfadonha da alta sociedade, com muito pouco humor ou entretenimento, mas com muita vaidade, ambição, futilidade, baixezas e intrigas amorosas, que vemos Sofia se debatendo por escapar.

Depois da série de mentiras com que enfrentara o diálogo com lady Bellaston, foi muito difícil a Sofia conciliar seu espírito com o procedimento. O espírito era bastante bem formado e demasiadamente delicado para suportar a ideia de haver cometido uma falsidade, ainda que explicada pelas circunstâncias. Esses pensamentos não lhe permitiram cerrar os olhos uma vez sequer durante aquela noite e nas que se seguiram.

Quanto a Jones, não fazia muito tempo que chegara a casa quando recebeu carta de lady Bellaston em que comentava o acontecido na noite do encontro com Sofia. Censurava-lhe o procedimento, desprezava-o, falava bem mal de Sofia. E ainda mais: referia-se à conversa que tiveram em que a moça pensara enganá-la, dizendo que não o conhecia e que aquele não era Jones. Dizia que o desprezava, desprezava Sofia, o mundo, mas principalmente a ela, por amá-lo. Fazia ameaças, sabia detestar tanto quanto sabia amar.

Nem bem Jones tivera tempo de refletir sobre a carta, eis que chega outra. Nesta a dama se retrata, desculpa-se e marca encontro para aquela mesma noite.

Aqui não vamos comentar se foi a primeira ou a segunda carta que agradou mais a Jones.

O certo é que ele estava violentamente inclinado a fazer uma única visita naquela noite. Mas havia a outra e as cartas! Isso lhe causava enorme aborrecimento, pois sua honra estava em jogo. Assim, desgostoso, dava algumas voltas pelo quarto, preparando-se para sair, quando a senhora lho impediu, não por meio de outra carta, mas com a sua própria presença. Entrou, exclamando:

— Senhor, as mulheres, quando amam, não se detêm diante de coisa alguma. Se alguém me tivesse assegurado isso, há uma semana, eu mesma não teria acreditado: eu, com as roupas em desalinho e o rosto descomposto, no quarto de um homem.

— Espero, senhora — falou Jones —, que a minha encantadora lady Bellaston nunca acreditará em alguma coisa contra alguém que tão bem reconhece as muitas obrigações que lhe deve.

— Com efeito! — disse ela. — Reconhece as obrigações! Quando esperaria eu ouvir uma linguagem tão fria do sr. Jones?

— Perdoe-me, querida, se, depois das cartas que recebi, os terrores que me inspiram a sua cólera, embora eu não saiba o que fiz por merecê-la.

— Quer dizer — exclamou ela, com um sorriso — que trago tão colérico o rosto?!

— Se têm honra os homens — disse ele —, nada fiz que merecesse sua cólera. Lembra-se do encontro que marcou. Por ele fui à sua casa.

— Suplico que não volte a falar nessa odiosa noite. Só desejo saber: você não traiu a minha honra diante dela?

Jones se pusera de joelhos e proferia as mais violentas protestações, quando Partridge entrou dançando e pulando pelo quarto, como se estivesse bêbado de alegria. E gritava:

— Achei, senhor! Ela foi encontrada. Aqui, senhor, ela está aqui! A sra. Honour está aqui em cima.

— Detenha-a por um instante! — gritou Jones. — Esconda-se, senhora, atrás da cama, que não tenho outro quarto, nem gabinete, nem lugar nenhum sobre a terra em que possa ocultá-la. Nunca se deu, por certo, acidente mais desgraçado.

— Desgraçado, de fato — disse a dama enquanto se dirigia para o esconderijo.

Imediatamente depois entrou a sra. Honour.

— Ora, viva, sr. Jones! — gritou ela. — Que aconteceu? O atrevido patife do seu criado nem quis me deixar subir. Espero que ele não tenha os mesmos motivos, para impedir-me de vê-lo, que tinha em Upton. Suponho que o senhor não me esperava. Mas minha senhora está realmente enfeitiçada. Pobre e querida senhora! Deus se compadeça do senhor se não for para ela um bom marido.

Jones rogou-lhe que falasse baixo, pois havia uma senhora agonizando no quarto ao lado.

— Uma senhora! — exclamou ela. — Imagino que seja uma das suas senhoras, sr. Jones, o mundo está cheio delas. E eu creio que estamos na casa de uma, pois digo-lhe que — Jones fazia sinais para que se calasse — lady Bellaston não é melhor do que deveria ser.

— Cale-se! — pediu Jones. — Ouve-se tudo no outro quarto.

— Pouco se me dá — falou Honour. — Não estou caluniando ninguém, mas, na verdade, os criados falam abertamente que ela se encontra com homens em outro lugar, numa casa que está em nome de uma pobre mulher e ela paga o aluguel. — Nesse ponto Jones tapava-lhe a boca, aflito.

— Ora essa, sr. Jones, deixe-me falar. Digo o que ouvi dos criados...

— Os criados são infames — falou Jones — e injuriam injustamente a sua senhora.

— Os criados é que são infames! Está visto, é o que também diz minha senhora, que não quis ouvir nem uma palavra a respeito.

— Não — falou Jones —, estou certo de que a minha Sofia não seria capaz de dar ouvidos a infâmia tão baixa.

— Não acredito que seja infâmia — insistiu Honour. — Não será para boa coisa que se encontra com homens em outra casa...

— Protesto. Não posso ouvir tudo isso a propósito de uma dama tão distinta, parenta de Sofia. De mais a mais, está perturbando a doente no quarto ao lado. Desçamos juntos.

— Não, senhor, se não posso falar, nada tenho a fazer aqui. Aqui está uma carta da minha jovem senhora.

Ao entregar a carta, fez referência à generosidade de Jones para com os criados. Jones apoderou-se precipitadamente da carta e logo depois deixou cair cinco moedas na mão de Honour, que saiu agradecendo.

Ficando sozinho, pensava ler a carta, mas surgiu, então, detrás das cortinas, lady Bellaston. E Jones teve que enfrentar sua cólera. Descrever o que se passou é impossível. No final de tudo, ela disse:

— Se quiser me tranquilizar, terá que renunciar a ela. E, para começar, como prova de sua intenção, entregue-me a carta.

— Que carta, senhora? — indagou Jones.

— Não terá, por certo, a coragem de negar que recebeu carta dessa ordinária.

Jones explicou-lhe que, se viesse a trair Sofia, que garantias poderia dar de que não faria o mesmo com Sua Excelência? E assim conversou até que conseguiu fazê-la calar-se.

Afinal combinou receber Jones em casa, como se estivesse indo por Sofia. Todos os criados saberiam. E Sofia seria a pessoa iludida.

Para Jones, o plano servia, porque desejava ver Sofia a qualquer preço.

Combinado novo encontro para o dia seguinte, lady Bellaston, depois das cerimônias adequadas, voltou para casa.

Capítulo 39

A carta de Sofia.
A carta de Jones.
Outros assuntos.

Logo que se viu sozinho, abriu Jones ansiosamente a carta e leu o seguinte:

> *Senhor: É impossível descrever o que sofri desde que o senhor saiu desta casa. Como tenho razões para supor que sua intenção é vir aqui outra vez, mandei Honour, apesar da hora, preveni-lo, visto que ela me afirma saber onde o senhor mora. Peço-lhe, pela estima que me tenha, que não pense em visitar esta casa, pois tudo será descoberto. Duvido até que ela já não tenha algumas suspeitas. Esperemos com paciência por algo favorável. Torno a pedir: Se tem algum interesse pela minha tranquilidade, não pense em voltar aqui.*

Essa carta trouxe ao pobre Jones a mesma consolação que Jó recebeu outrora dos amigos. Além de lançar por terra as esperanças de ver Sofia, deixava-o num infeliz dilema com respeito a lady Bellaston, pois há certos compromissos cujo fracasso dificilmente admite uma desculpa. E nenhuma força humana seria capaz de obrigá-lo a ir depois da severa proibição de Sofia. No fim das contas, depois de muito pensar, decidiu fingir-se doente. Foi o que melhor lhe ocorreu como a única maneira de faltar à visita combinada sem provocar a cólera de lady Bellaston, que ele tinha fartas razões para evitar.

A primeira coisa, entretanto, que fez na manhã seguinte, foi escrever uma resposta a Sofia. Em seguida, escreveu outra para lady Bellaston, contando que se achava doente. Sem demora, chegou--lhe a resposta:

> Atormenta-me o fato de não poder vê-lo esta tarde, mas atormenta-me muito mais o motivo. Tenha muito cuidado, consulte o melhor médico, espero não haver perigo. Adeus.
> PS. Irei visitá-lo esta noite às nove horas. Esteja só.

A seguir recebeu Jones a visita da sra. Miller, a dona da casa. Falou, durante muito tempo, com ele, em tom cerimonioso mas severo. Disse-lhe do respeito que tinha por ele em atenção ao sr. Allworthy, primeiro, e, depois, em consideração às suas grandes qualidades. Pediu-lhe perdão para o que ia exigir dele: não levasse mais à sua casa as tais senhoras, altas horas da noite, em atenção à reputação das filhas. Falou das obrigações que lhe devia: a ajuda que dera ao primo, as cinquenta libras que deu para salvar a situação de sua prima, no dia em que convidara os dois hóspedes para o almoço e a ele chegara atrasada, e muitos outros casos em que Jones mostrara sua generosidade, conforme lhe contara o sr. Allworthy e outras o sr. Partridge. Jones desculpou-se o mais que pôde e pediu-lhe que lhe mandasse Partridge.

Logo que Partridge apareceu, Jones repreendeu-o pelos disparates que vinha fazendo.

— Quantas vezes terei de sofrer por causa de sua língua, que parece decidida a perder-me? Quem lhe deu licença de contar

a história do assalto ou para dizer que o homem, primo da sra. Miller, que você viu aqui e o assaltante da estrada eram a mesma pessoa?
— Eu, senhor? — exclamou Partridge.
— Não falte à verdade, negando-o — advertiu Jones.
— Se toquei no assunto, não o fiz por mal, creia, senhor.
— Mas tenho uma acusação muito mais grave: como ousou, depois de todos os avisos que lhe dei, mencionar o nome do sr. Allworthy nesta casa?
— Não, não fiz isso, juro!
— Como, então, a sra. Miller pôde afirmar que me respeita por causa dele? Como soube que estou relacionado a ele?
Partridge contou que "à noite, a sra. Honour, descendo as escadas, perguntou se tínhamos notícias do sr. Allworthy. A sra. Miller ouviu tudo. Depois chamou-me e fez perguntas. Se o sr. Allworthy era o mesmo fidalgo de Somersetshire. Ela o conhecia muito porque é em casa dela que se hospeda quando vai a Londres. Depois virou-se para a filha Nancy e disse-lhe:'Não há dúvidas, esse é mesmo o rapaz. Agora vejo que confere direito com a descrição do sr. Allworthy'". No final da história, Jones viu que havia mais simplicidade em Partridge do que maldade. Acabou achando graça nas histórias que contara, na sua fantasia de homem simples. O mais que fez foi sorrir-lhe com bondade e avisá-lo de que deixariam a casa da sra. Miller, sem perda de tempo, e que ele saísse à procura de outros aposentos.

Capítulo 40

*Ainda a generosidade de Jones.
Sombrio projeto contra Sofia.
O sr. Western descobre a filha.*

Antes de nos ocuparmos com Sofia, vamos acompanhar as últimas horas de Jones na casa da sra. Miller.

Assim que Partridge se retirou para procurar novas acomodações para os dois, entrou o sr. Nightingale. Entre eles havia boa relação de amizade e grande intimidade. Viera cumprimentar Tom pelo que considerava um sucesso. Em menos de um mês, conseguira tudo. Posição, conhecimento, dinheiro, mulheres de qualidade com cadeirinhas à porta até as duas da madrugada. Jones viu logo que a sra. Miller o havia informado de tudo. Contou-lhe, então, que fora despedido da casa para o bem da reputação da família. E que já estava à procura de novo alojamento. O outro ofereceu-lhe então as suas próprias acomodações, uma vez que se mudaria dali naquele mesmo dia. Não, não fora mandado embora. Ele queria sair.

O leitor já deve ter notado a paixão que o sr. Nightingale despertara em Nancy, a mais velha da casa. Despertou, alimentou e agora, quando via que a coisa tomava um vulto grande demais, daria o fora. Jones advertiu-o por isso. Contou-lhe, então, o outro que o pai ajustara casamento para ele, com alguém que ele nunca vira. Teria que fazer a corte a essa moça. Lamentava não dispor de uma fortuna e o caso de Nancy estaria resolvido. Esse Nightingale era honrado e honesto nas transas ordinárias da vida, mas em questão de amor poderia ser considerado o maior patife da terra.

Nesse mesmo dia, à tarde, a sra. Miller convidou Jones para o chá. Não queria que ele se fosse zangado com a família. Assim, depois do chá, os dois sozinhos, contou-lhe a sra. Miller toda a sua história, em que aparecia muito o sr. Allworthy como benfeitor. Conversaram muito sobre todos os assuntos que lhes interessavam, inclusive o nascimento de Jones. Tudo se encaminhara tão bem, Jones contou-lhe toda a sua história até chegar a lady Bellaston, que a sra. Miller, comovida, permitiu o encontro que se daria naquela noite, conforme nota daquela senhora.

Fosse pelo que fosse, esse encontro não aconteceu, porque a dama não apareceu.

Mas, de qualquer maneira, Jones não conseguira dormir. Impressionara-o muito a história de Nightingale e Nancy. Com isso, acordara às onze horas do dia seguinte. Ou melhor, fora despertado por violento alvoroço. Partridge apareceu e contou-lhe o furacão que ia no andar térreo. Nancy perdera os sentidos, a mãe e a irmã choravam. É fácil adivinhar a causa de tudo. Saíra o sr. Nightingale e deixara, para Nancy, uma carta que deixamos de transcrever para não cansar o leitor.

Jones ficara comovido com a situação toda, após ler a carta. O desespero de Nancy levara-a a atentar contra a vida, arrastando para o mesmo gesto a irmã menor.

Jones decidiu-se a ajudar positivamente a família. Anunciou, então, que sairia em busca do sr. Nightingale.

Encontrou-o em seus novos aposentos. Estava triste e abatido. Sinceramente, lamentava o ocorrido. Também ele sofria.

Jones contou-lhe o estado da menina. E o desespero da família com a desonra, a perdição a manchar-lhe a vida. E a sua disposição de salvá-las. Pediu-lhe apenas que concordasse com as sugestões que passou a fazer. Ele, Jones, iria à procura do pai do sr. Nightingale e este visitaria Nancy naquela mesma tarde.

Assim foi. Jones usou de todo o seu poder de simpatia pessoal, toda a elegância e facilidade de expressão para conquistar o velho. E conseguiu. Para arrematar, anunciou ao velho cavalheiro que o filho já estava casado. Fez grandes elogios à esposa, Nancy Miller, e disse que os dois eram felizes e viviam em grande amor. O pai irritara-se com isso, mas lá apareceu um irmão, tio e padrinho do sr. Nightingale, que era contra o casamento contratado. Esse tio concordou em ir, com Jones, até a casa da sra. Miller e resolver tudo lá. De fato, assim sucedeu. Mas esse assunto será tratado mais adiante.

Jones se dispunha a subir para o quarto quando lhe anunciaram que uma senhora desejava falar-lhe. Ele tomou a vela da mão da criada da casa e levou para cima a sua visita, a qual, na pessoa da sra. Honour, lhe deu conta de terríveis notícias a respeito de Sofia.

Há um ditado que diz: "Quando as crianças não estão fazendo nada, estão fazendo travessuras." Assim, quando os efeitos de ciúme feminino não se mostram abertamente com as cores, que lhe são próprias, da cólera e da fúria, podemos suspeitar que essa maligna paixão esteja trabalhando em segredo.

Exemplo disso era o procedimento de lady Bellaston, que, debaixo de todos os sorrisos, ocultava muita indignação contra Sofia. Estava certa de que a jovem era um entrave à completa realização de seus desejos. Resolveu livrar-se dela de qualquer forma.

Estão os leitores lembrados de que, na noite do teatro, Sofia aceitara a proteção de um jovem nobre que a conduzira à sua cadeirinha.

Esse nobre era amigo e visitava lady Bellaston. Apaixonara-se por nossa heroína e, logo na manhã seguinte ao acidente, visitou Sofia com a conversa usual.

Lady Bellaston soubera disso e um dia, depois de uma visita muito demorada, mandou que o jovem lorde fosse levado à sua presença.

Conversou com ele, tomou-lhe as impressões sobre Sofia, contou-lhe da fortuna da jovem, influenciou-o de tal maneira que o apaixonado lorde acabou por autorizá-la a pedir Sofia em casamento e lady Bellaston se prontificou a falar com o sr. Western. Em seguida, falou-lhe de Jones. O rival que deveria ser eliminado, ou melhor, posto de lado, para que o campo ficasse livre. Disse-lhe a nobre dama que a luta não seria com Jones, mas com a própria Sofia. Encheu-se ela de escrúpulos para revelar um plano de violência para vencer a jovem.

Convidou-o para um almoço, naquela mesma tarde, onde estariam presentes outras pessoas. Quando todos se fossem, ele ficaria. Ela não estaria em casa para ninguém. Afastaria os criados e a jovem, sozinha, ficaria à disposição dele, lorde Fellamar. Tudo foi combinado para as sete horas da noite. A esta hora a sra. Honour estaria tão distante que nunca poderia ouvir a voz de Sofia.

Assim como foi planejado aconteceu.

O relógio batera sete horas. Sofia, triste e só, lia uma tragédia. Nesse ponto, o livro caiu-lhe das mãos e ela chorava. Nesta posição se demorou alguns minutos, quando a porta se abriu e por ela entrou lorde Fellamar. Sofia assustou-se e Sua Excelência, fazendo uma profunda cortesia, disse:

— Receio, srta. Western, haver-me apresentado bruscamente.

— Sim, meu senhor — disse ela —, devo confessar-me surpreendida com esta visita inesperada.

— Se a visita for inesperada, senhora — respondeu lorde Fellamar —, meus olhos não lhe devem ter dito o que vai no meu coração. Por certo, não pode esperar conservar-se de posse do meu coração, sem receber uma visita do seu dono.

Sofia olhou-o com todo o desprezo.

— Deverei concluir, por acaso, que Vossa Excelência enlouqueceu? Seria, meu senhor, a única desculpa para semelhante procedimento.

— Sim, estou nessa situação que acaba de citar. Mas é uma loucura ocasionada por você mesma, pois o amor tomou tão completamente minha razão que mal sou responsável por qualquer um dos meus atos.

— Asseguro-lhe, senhor, que não continuarei a ouvir essas coisas.

A seguir, aproximando-se e tomando-lhe a mão, continuou a falar, durante alguns minutos. Sofia retirou a mão, à força.

— Deixe minha mão, senhor, pois estou decidida a sair dessa casa e não mais vê-lo.

— Então, minha jovem, tirarei o maior proveito deste momento, pois não posso, nem hei de viver sem você.

— Que quer dizer com isso? Gritarei por socorro.

— Não tenho medo senão de perdê-la.

Tomou-a, então, nos braços. Ela gritou tão alto que teria feito correr alguém em seu auxílio, se lady Bellaston não tivesse tido o cuidado de afastar todos os ouvidos.

Mas uma circunstância feliz ocorreu à pobre Sofia; outro ruído se fez ouvir que quase lhe abafou os gritos. E os berros agora ressoavam por toda a casa:

— Onde está ela? Mostrem-me o quarto dela! Maldito seja se não a encontrar agora. Onde está minha filha?

Após estas palavras, a porta se abriu e entrou o sr. Western, acompanhado do seu pároco e de outras pessoas.

Naquele momento a voz de seu pai foi bem-vinda aos ouvidos de Sofia e ela gritou também pelo pai, no meio de sua luta. O lorde julgou conveniente soltá-la, havendo-lhe amarrotado o lenço e violentado o pescoço com os lábios grosseiros.

Não é preciso dizer nada sobre a aparência do lorde. Tanto que não podia estar mais assombrado, assustado, aflito, envergonhado. Mas a fúria do sr. Western visava sobretudo a Sofia. Ainda não se dera conta de tudo quanto se estava passando no quarto da filha.

E dizia o fidalgo aos berros:

— Por que não falas? Hás de casar com ele. Por que não respondes?

— Senhor, paciência — interferiu o pároco, padre Supple, que o acompanhava. — O amigo não vê que a jovem senhora está assustada e que os seus gritos a privaram de todo poder de expressão?

— Então está do lado dela? Belo pároco para ficar do lado de uma filha desobediente. Hei de mandá-lo para o inferno.

— Peço-vos humildemente perdão — disse o pároco. — Garanto que eu não quis dizer isso.

Entrou na sala, neste instante, lady Bellaston. O sr. Western fez-lhe cumprimentos dos melhores, conforme lhe recomendara a irmã. A seguir, entrou a repetir suas queixas e disse:

— Aí está, minha senhora prima, a filha mais desobediente do mundo. Morre por um sacripanta sem dinheiro e não quer casar com um dos melhores partidos de toda a Inglaterra que nós lhe arranjamos.

— Na realidade, primo Western — respondeu a dama —, creio que é injusto com minha prima. Tenho a certeza de que ela há de pensar melhor e não recusará o que sabe ser mais vantajoso.

— Ouves — tornou a falar o fidalgo — o que diz aí Sua Excelência? Toda a família é pelo casamento. Vamos, Sofia, sê boazinha e obediente e faz feliz a teu pai.

— Se a minha morte o fará feliz, senhor — respondeu Sofia —, se-lo-á breve.

— Vamos, peço-te, Sofia — repetiu o pai —, que sejas boazinha e que me dês o teu consentimento diante de tua prima.

— Consinta que eu lhe dê a sua mão, prima — disse a senhora. — Hoje em dia é moda dispensarem-se o tempo e os galanteios demorados.

— Ora! Que significa o tempo? Poderão muito bem namorarem depois de haverem dormido juntos.

(Lady Bellaston falava referindo-se a lorde Fellamar e o sr. Western referia-se a Blifil.)

Estando certo de que a ele se referia lady Bellaston e nunca tendo ouvido falar coisa alguma sobre Blifil, não duvidou lorde Fellamar de que o pai falasse de sua pessoa. Aproximando-se do fidalgo, exclamou:

— Embora eu não tenha a honra, senhor, de conhecê-lo pessoalmente, como vejo que me foi dada a ventura de serem bem acolhidas as minhas propostas, permita que eu interceda em benefício da senhorita, a fim de que ela não torne a ser solicitada neste momento.

— Interceder, senhor! — disse o fidalgo. — Mas quem, diabo, sois vós?

— Senhor, sou lorde Fellamar — respondeu ele —, o homem feliz a quem espero o senhor tenha feito a honra de aceitar por genro.

— És um filho da... — replicou o fidalgo —, apesar do teu casaco de rendas. Meu genro, tu! Pois sim!

E por aí foi dizendo o que a raiva, o gênio selvagem, a falta de educação lhe foram ditando.

Enquanto isso, o lorde disse:

— Muito bem, senhor, não farei desordem diante das senhoras. Estou muito satisfeito. Vosso humilde criado, senhor, lady Bellaston, vosso obedientíssimo criado.

Mal saíra o lorde, lady Bellaston, dirigindo-se ao sr. Western, exclamou:

— Senhor, o que fez? Não sabe a quem ofendeu. Um nobre de primeiro plano e grande fortuna que fez ontem uma proposta de casamento à sua filha, e uma tal proposta que, a meu ver, deveria aceitar com a maior satisfação.

— Responda por você mesma, senhora prima — falou Western —, não quero saber de nenhum de seus lordes. Minha filha terá por marido um honesto cavalheiro da província. Já escolhi um para ela e há de ser esse. Lamento muito o trabalho que deu a Vossa Excelência.

Lady Bellaston delicadamente respondeu que não se devia pensar em trabalho. Que, numa hora dessas, a família deve permanecer unida.

Em seguida, ordenou o sr. Western que se fossem todos. E a Sofia:

— Vamos, senhora, terás que vir comigo por bem, se não quiseres ir carregada até o coche.

Sofia declarou que o acompanharia sem resistência, mas pediu para ir numa cadeirinha, pois sentia-se incapaz de viajar de outra maneira.

— Peço-te — gritou o fidalgo —, não queiras convencer-me de que não podes andar de carro! Seria, de fato, muito bonito! Não, não, nunca mais te perderei de vista enquanto não te casares, isto eu garanto.

A seguir, pegou-a pela mão, com violência. O pároco voltou a interferir, pedindo-lhe que empregasse meios brandos. Ouvindo-o, Western soltou uma praga e ordenou-lhe que calasse a boca:

— Estarás, por acaso, no púlpito? Quando estás lá, pouco me importa o que dizes. Mas não hei de ser governado por um padre, nem aprenderei de ti como devo portar-me. Desejo boa-noite a Vossa Excelência. Vem, Sofia. Sê boa menina e tudo sairá bem. Tu te casarás com ele, mil raios me partam, casarás com ele!

No térreo surgiu a sra. Honour e se ofereceu para acompanhar a ama.

Ele a empurrou para um lado, dizendo:

— Espere, senhora, espere. Não tornará a aproximar-se de minha casa.

— E o senhor afastará de mim minha criada? — perguntou Sofia.

— Sim, senhora. Arranjarei outra, e melhor do que esta.

Colocou o pároco e a filha no coche de aluguel, subiu depois e deu o endereço do seu alojamento.

Durante o trajeto tolerou que Sofia permanecesse em silêncio e aproveitou o tempo para pregar um sermão ao pároco sobre boas maneiras e o procedimento conveniente diante dos superiores.

É possível que ele não tivesse levado a filha com tamanha facilidade da casa de lady Bellaston, se esta tivesse querido retê--la. Agradava-lhe muito o tratamento que a moça iria receber, e, como tivesse falhado o seu projeto em relação a lorde Fellamar, gozava a ideia de que seriam empregados outros métodos violentos em favor de outro homem.

DÉCIMA QUARTA PARTE

Contém: em parte, fatos e, em parte, observações sobre eles.

Capítulo 41

*Como o sr. Western descobre a filha.
Infortúnios de Jones.*

Nada há de inexplicável no súbito aparecimento do sr. Western justamente no lugar onde se ocultava Sofia.

Os leitores devem se lembrar que insinuamos, portanto (pois não é hábito nosso revelarmos mais do que o necessário para a ocasião), que a sra. Fitzpatrick, muito desejosa de reconciliar-se com o tio e a tia Western, achava que a oportunidade para tanto era essa: impedir que Sofia caísse no mesmo erro que ela própria havia cometido e com ele desencadeara a cólera da família.

Entregar Sofia, fazê-la voltar para casa, eis o passo para reconquistar as boas graças dos parentes.

Depois de muito deliberar, decidira comunicar à tia Western onde se achava a prima. Escreveu uma carta, contando, com detalhes, a maneira como encontrara Sofia. Falou da viagem e das confidências que a levaram a conhecer todo o problema da outra.

Disse que assim procedia em razão da experiência negativa que ela própria tivera, desobedecendo e contrariando os conselhos sábios e prudentes da tia.

Por amizade à prima, não queria que o mesmo lhe acontecesse. Disse mais: conhecera e fizera amizade com o tal Jones, inegavelmente um rapaz encantador, mas perigoso. Por isso mesmo, afastara-se dele, e antes que o mesmo descobrisse o esconderijo de Sofia. Referia-se, então, ao endereço de lady Bellaston, em Londres, também sua conhecida e aparentada e mencionava a disposição dessa senhora de ocultar a prima. Terminando, apelava para que a tia considerasse o seu gesto, restituísse-lhe a amizade que tanta felicidade lhe trouxe no passado. Com muita delicadeza e elegância de linguagem, despedia-se e assinava-se corajosamente: Harriet Fitzpatrick.

Ora, a sra. Western havia ficado na casa do irmão, desde a fuga de Sofia, a fim de confortá-lo em sua aflição.

Os dois conversavam justamente sobre o assunto quando chegou a carta, referida acima, que ela, tendo lido, entregou ao irmão, dizendo:

— Aí estão, senhor, notícias de sua ovelha perdida. A sorte tornou a restituí-la e, se o senhor meu irmão quiser governar-se pelos meus conselhos, é possível que ainda possa preservá-la.

Logo que leu a carta, o sr. Western saltou da cadeira, atirou o cachimbo no fogo e soltou um berro de alegria. Chamou os criados, pediu as botas, mandou preparar os cavalos e que lhe trouxessem o pároco Supple.

Feito isso, voltou-se para a irmã, tomou-a nos braços e abraçou-a com força, dizendo:

— Por Deus! Você não parece satisfeita. Parece que ficou triste porque achei a menina.

— Mano — respondeu ela —, os políticos mais profundos, que enxergam o âmago das coisas, descobrem-lhes um aspecto muito diferente do que se vê na superfície. É preciso lembrar-se de que se trata de uma mulher de qualidade, como lady Bellaston, e o assunto requer tato, delicadeza e conhecimento de um mundo superior ao da província.

— Mana — exclamou o fidalgo —, sei que não tem nenhuma confiança na minha capacidade. Mas eu mostrarei nesta ocasião quem é o tolo. Conhecimento, bolas! Já tenho conhecimento da minha autoridade e das leis do país. Sei que posso tomar o que é meu onde quer que o encontre. Mostre-me onde está minha filha e, se eu não souber como chegar-me a ela, permitirei que me chame tolo enquanto eu for vivo. Há juízes de paz em Londres como em outros lugares.

Essa conversa se prolongou até chegarem os dois àquele ponto de desentendimento em que sempre chegavam. Discutiam, discordavam, ofendiam.

Afinal concordaram que, apesar de tudo, se faria a paz com Harriet Fitzpatrick, apesar do Fitzpatrick, sobretudo. Celebrou-se uma aliança e, tendo chegado o pároco e estando prontos os cavalos, partiu o fidalgo, prometendo seguir os conselhos da irmã, e ela preparou-se para acompanhá-lo no dia seguinte.

Estavam as coisas nesse pé quando a sra. Honour chegou à casa da sra. Miller e mandou chamar Jones e contou-lhe:

— Meu caro senhor, como terei coragem para contar-lhe? Estamos perdidos os três: minha pobre senhora, o senhor e eu.

—Aconteceu alguma coisa a Sofia? — perguntou Jones, encarando-a com uma expressão de loucura.

—Tudo o que poderia acontecer de mal — exclamou Honour.

Ao ouvir essas palavras, Jones tornou-se pálido, tremeu e gaguejou. Mas Honour prosseguiu:

— Oh, sr. Jones, perdi para sempre minha senhora!

— Como? Quê?! Pelo amor de Deus, minha Sofia?

— Bem pode falar assim. Para mim era a mais querida das senhoras.

— Se tem alguma piedade, diga logo o que aconteceu a Sofia — suplicou Jones.

— Está claro, tenho mais pena do senhor do que o senhor de mim — respondeu Honour. — Não o mando para o diabo porque perdeu a senhora mais encantadora do mundo.

— Que aconteceu?! Diga: que aconteceu?

— Que aconteceu, que aconteceu... — repetia Honour. — Ora, o pior que nos poderia ter acontecido. O pai dela acaba de chegar e levou-a para longe de nós.

A essa altura Jones caiu de joelhos e deu graças a Deus de não ter havido coisa pior.

— Coisa pior! O que poderia ter havido pior do que isso? Ele levou-a, jurando que ela se casaria com Blifil. Isso para o consolo do senhor. Quanto a mim, fui despedida.

— Com efeito, sra. Honour, deixou-me quase louco de susto. Pensei que havia acontecido um acidente seriíssimo, alguma coisa perto da qual até o vê-la casada com Blifil não teria importância. Mas onde há vida há esperanças, minha querida sra. Honour. As mulheres, nesta terra de liberdade, não podem ser obrigadas a casar pela força bruta.

— É verdade — falou Honour —, para o senhor há esperanças. E que esperanças há para a coitadinha e para mim? E há de reconhecer que sofro tudo isso por sua causa. Toda a raiva que o fidalgo tem de mim vem de eu haver tomado o seu lado, como fiz, contra o sr. Blifil.

— De fato, sra. Honour — respondeu ele —, reconheço as obrigações que lhe devo e farei quanto puder para indenizá-la.

— Ai de mim, senhor — disse ela —, que é que pode indenizar um criado da perda de um emprego senão ganhar outro tão bom quanto o primeiro?

— Não se desespere, sra. Honour. Espero poder reintegrá-la no mesmo.

Nesse ponto, Honour começou um discurso que não tinha mais fim e Jones, pensativo, nada fez para interrompê-la. E teria falado muito mais se Partridge não tivesse entrado, correndo, gritando:

— A grande dama vem aí, subindo as escadas, meu senhor!

Jones, dessa vez, fez o contrário. Decidiu esconder a criada atrás da cama e cerrar as cortinas. Na sua cabeça os pensamentos haviam sido varridos pelas emoções do dia: os problemas da sra.

Miller e família, o suplício imposto pela sra. Honour, Sofia e o pai, a chegada de lady Bellaston. Tudo isso fora demais para Jones. Tanto que até se esqueceu de representar o papel de doente. Recebeu Sua Excelência do modo mais agradável. Logo que entrou no quarto, lady Bellaston atirou-se sobre a cama. Falou, durante muito tempo, sobre o seu amor por ele, sobre a dificuldade de ficar sem vê-lo. No final comentou que o jovem estava com tão boa aparência que poderia posar para um retrato de Adônis. Depois passou a provocá-lo de todo jeito, e ele sem poder dar-lhe nem um beijo. A presença da terceira pessoa o deixava louco. Já não sabia mais o que fazer, e lady Bellaston, o que pensar.

Sentindo-se ridículo, Jones desejava que a terra se lhe abrisse debaixo dos pés ou que a casa lhe caísse sobre a cabeça, quando o jovem Nightingale, completamente bêbado, entrou-lhe no quarto. Jones pulara da cadeira para detê-lo e o fez tão bem que o jovem não chegou a ver quem estava sentado na cama.

Ele tomara o quarto de Jones por aquele em que se hospedara. E fazia força para entrar, quando Partridge apareceu e segurou-o, com grande sacrifício.

E já voltava Jones para o seu quarto quando, nesse mesmo instante, ouviu lady Bellaston soltar uma exclamação, embora não muito alta. A dama estava próxima a ter um ataque histérico.

Acontecera que, assustada com o ruído da luta entre os dois homens, cujo resultado não lhe era dado prever, ouvindo Nightingale jurar que se deitaria em sua própria cama, tentou refugiar-se no seu já conhecido esconderijo. Para sua grande confusão, encontrou-o ocupado por outra.

— Pode-se sofrer um tratamento destes, sr. Jones? — gritou.
— O mais vil dos homens? Quem é a desgraçada diante da qual o senhor comprometeu-me?
— Desgraçada? — berrou Honour, saindo, violentamente, irada, do seu esconderijo. — Pois sim! Desgraçada, não é verdade? Mas, desgraçada e pobre como sou, sou honesta. Já não podem dizer o mesmo certas pessoas mais ricas do que eu.

Jones, em vez de suavizar o ressentimento da sra. Honour, como o faria um galã experimentado, começou a se maldizer e a dizer-se o homem mais infeliz do mundo. A lady Bellaston fazia absurdos protestos de inocência. E a dama, se refazendo, falou com calma:

— Não precisa se desculpar, senhor. Eu não havia reconhecido a sra. Honour. Mas reconheço-a e sei que nada existe entre ambos. Tenho a certeza de que é pessoa tão sensata que não interpretará mal a visita que lhe faço. Sempre fui sua amiga e talvez tenha poder de o ser, daqui por diante, muito mais ainda.

A sra. Honour, ouvindo o tom brando da outra, abrandou igualmente o seu. E tratou de pedir mil desculpas e retirar tudo o que dissera. Em seguida, fez a mesma choradeira que, antes, fizera para Jones. Lady Bellaston consolou-a:

— Não chore, minha filha. Quanto ao seu emprego, há jeito de se resolver. Vá procurar-me amanhã cedo.

Dito isto, apanhou o leque que estava no chão e, sem dirigir sequer um olhar para Jones, saiu majestosamente do quarto.

Jones acompanhou-a até a cadeirinha, oferecendo-lhe a mão que ela recusou aceitar.

Quando voltou ao quarto, um novo diálogo se travou entre ele e a sra. Honour. O assunto era a sua fidelidade ou infidelidade a Sofia.

Mas Jones encontrou meios não só de apaziguá-la senão também de arrancar-lhe uma promessa de que guardaria segredo e buscaria, na manhã seguinte, descobrir o paradeiro de Sofia e trazer-lhe novas notícias.

Assim terminou aquela triste aventura para satisfação apenas da sra. Honour, pois um segredo é muitas vezes uma valiosa aquisição. Não somente para aqueles que o guardam, mas para aqueles que o espalham até que chegue aos ouvidos de todos, exceto da pessoa que paga para que se oculte, ou é publicamente sabido.

No meio dos seus muitos infortúnios, teve Jones uma grande alegria na manhã seguinte. Foi procurado pela sra. Miller, que lhe fez delicadas admoestações sobre o furacão que, na véspera, rugira em seu quarto, e, em seguida, convidou-o para que fizesse as vezes de pai da srta. Nancy no casamento desta com o sr. Nightingale. Vemos outra vez os bons ofícios do jovem cavalheiro levando uma família à felicidade. Nancy convertida, pelo casamento, em mulher honesta e a mãe numa das mais felizes dentre todas as criaturas humanas.

Ao voltar para casa, após o casamento, encontrou o. sr. Jones cartas sobre a mesa que ele, felizmente, abriu na ordem em que haviam sido mandadas.

Primeira carta:
    Confessa a paixão. Convida Jones para discutir o assunto que ele sabe qual.

Segunda carta:
    Intima Jones a vê-la, se quer ser perdoado e continuar sendo recebido na casa.

Terceira carta:
    Reforça o pedido de que vá vê-la.

Terminara de ler as cartas quando chegou o sr. Nightingale. Falou--lhe o amigo sobre lady Bellaston, mostrou-lhe que a conhecia e sabia que ele não era o primeiro a ser seduzido por ela. Disse coisas terríveis a respeito dela. Jones ouviu tudo. Contou-lhe, então, as obrigações que devia à dama. E o outro provou-lhe que ela era assim, sempre, generosa quando queria. Em suma, Nightingale discorreu tão largamente sobre esse ponto, e referiu sobre a dama tantas histórias ao amigo, que conseguiu arrancar do espírito de Jones toda a estima que este devotava a ela, diminuindo-lhe, a par e passo, a gratidão. Combinaram então a maneira de Jones conseguir um afastamento honroso e definitivo. Nightingale aconselhou-o a pedi-la em casamento. Dera certo outras vezes.

Em seguida, ele próprio ditou a Jones uma carta em que o jovem confessa não ter podido atender aos convites dela, em virtude de compromissos fora de casa. Desculpa-se pelos perversos incidentes, mostra-se preocupado com o comprometimento de sua reputação. Diz que há um meio apenas de impedir que seja manchada a reputação da grande dama: é colocar a própria liberdade aos pés de Sua Excelência. Diz que será inteiramente feliz quando ela, generosa, lhe outorgar o direito legal de chamá-la "minha para sempre".

A esta carta Jones recebeu logo resposta.

Dizia que de algum modo o direito legal a que se referia já pertencia a ele. Pensava ela que, há muitos anos, já formavam o monstruoso animal que são marido e mulher. Perguntava se ele a julgava tão tola que ia entregar nas mãos dele toda a sua fortuna, para que ele sustentasse os seus prazeres à custa dela?

No final, pedia que ele a fosse ver às oito da noite.

Jones, seguindo conselho de Nightingale, respondeu que estava magoado com a suspeita levantada contra ele. Manifestava o desejo de retribuir às obrigações pecuniárias que teve a desventura de receber das mãos dela. Encerrava com as mesmas palavras com que remetera a anterior.

Para encerrar essa série de correspondência, a dama respondeu:

Vejo que sois um vilão! E eu vos desprezo do fundo da alma. Se me procurardes, não estarei em casa.

Jones estava satisfeito por se ver livre de um cativeiro que parecia não terminar nunca, mas não estava tranquilo.

Não confiava em que as coisas ficassem resolvidas tão facilmente.

Nightingale exultou com o bom êxito do seu plano e recebeu elogios e agradecimentos do amigo. Disse ele:

— Querido Tom, prestamos favores muito diferentes um ao outro. A mim você deve a recuperação da sua liberdade, a você devo a perda da minha. Mas, se você estiver feliz no seu caso, como estou no meu, somos os sujeitos mais felizes da Inglaterra.

Os dois cavalheiros foram chamados para o almoço em comemoração ao casamento. Nesse almoço Jones foi figura destacada pelo muito que fez para que o casamento se realizasse.

Terminava o almoço, em abençoado ambiente de grande alegria, quando a sra. Miller recebeu uma carta cujo conteúdo contaremos.

A carta era do sr. Allworthy e comunicava à sra. Miller sua intenção de vir imediatamente à cidade, com o seu sobrinho Blifil. Pedia que lhe fossem reservadas as acomodações habituais: o primeiro pavimento para ele e o segundo para Blifil.

A alegria que se espalhara no rosto da mulher diminuiu um pouco. A notícia, na verdade, desconcertara-a. Como expulsar o genro de casa, depois de um casamento tão recente, em que as bases foram tão desinteressadas? Como pedir desculpas ao sr. Allworthy, depois de todos os favores que dele recebera, e como privá-lo dos aposentos que, de fato, lhe pertenciam? Ao estabelecer a anuidade de cinquenta libras para a sra. Miller, dissera-lhe que o fazia para ter sempre o primeiro pavimento quando estivesse na cidade (onde pretendia estar quase nunca), podendo ela alugá-lo em todas as outras ocasiões, pois lhe mandaria sempre um aviso com um mês de antecedência.

Nessa ocasião, apenas, vinha com tanta pressa e tão repentinamente à cidade que não lhe fora possível avisar com tempo.

Contou os seus apuros a Jones, o seu anjo bom. Jones colocou os seus aposentos à disposição dela e garantiu que Nightingale e a esposa desocupariam o primeiro pavimento até poderem preparar uma casa digna de recebê-los.

Isto foi providenciado e a paz voltou ao seio da família, permanecendo na casa Jones, Partridge e as preocupações pela falta das notícias de Sofia.

Não demorou, porém, que aparecesse a sra. Honour e lhe trouxesse a desejada carta, segundo pensava Jones. Mas acontece que a carta era da própria Honour e esta lhe dava notícias do seu novo emprego como camareira de lady Bellaston. Elogiava a dama como sendo uma das melhores senhoras do mundo. Pedia-lhe que nunca repetisse à senhora as coisas que, um dia, dissera dela. Pedia-lhe também que não contasse com ela para mais nada que dissesse respeito a Sofia. Despedia-se delicada e humildemente.

Claro que esse fora um golpe da própria lady Bellaston e Jones viu que algo estava sendo tramado para liquidá-lo, de vez, junto a Sofia.

Enquanto isso, Partridge, que fora incumbido de procurar Sofia, voltou, dizendo tê-la encontrado. Ou melhor, encontrara Black George, fora um dos criados que o sr. Western trouxera em sua companhia. Dizia ele que o couteiro estava muito mudado, desde o físico. Mostrara-se muito amigo e muito grato a Jones.

Estavam hospedados muito perto dali e Black George se dispunha a ajudar nosso herói naquilo que precisasse, pois não esquecera o benefício que recebera um dia.

Quanto a Sofia, ele que escrevesse uma carta para ser entregue por Black George.

Capítulo 42

Infortúnios de Sofia.
A sorte continua ruim para Jones.
Aparece Blifil.

Vamos levar o leitor agora a Piccadilly, onde estão os aposentos do sr. Western.

Assim que chegaram da casa de lady Bellaston, Sofia pediu para recolher-se ao quarto que lhe era destinado. O pai acompanhou-a e lá tiveram um breve diálogo. O assunto era o mesmo, e a recusa de Sofia cada vez mais veemente. Isto enfureceu mais o pai, que saiu proferindo insultos e pragas, fechou a porta e meteu a chave no bolso. Uma noite e um dia se passaram. O sr. Western conversando com o dono da estalagem e o pároco. Sofia passou sem ver ninguém, pois o pai jurara que só sairia viva do quarto se concordasse no casamento com Blifil.

Na manhã do terceiro dia o fidalgo foi procurado por um capitão. Vinha da parte de lorde Fellamar e este pretendia a mão de Sofia ou uma satisfação pela afronta sofrida.

O fidalgo ignorou tudo, ofendeu o capitão e lorde Fellamar e ainda entrou em luta com o representante do nobre.

No tumulto da luta, Sofia pôs-se a gritar e isto desviou a atenção do pai para ela. O capitão foi embora e o sr. Western foi ao quarto da filha. A cena que se passou foi de muita brandura. Sofia mostrava-se preocupada com o pai e este com o bem-estar dela. Preparado o ambiente, Sofia pediu-lhe que a ouvisse. Mais que tudo, falou Sofia do seu afeto ao pai. Chegou a dizer que, se fosse para salvá-lo, casaria com Blifil. Pediu-lhe, então, se não havia outro jeito, que a deixasse se dedicar a seu serviço, sem casar nunca.

Nada adiantou. Ele repetia que ela havia de casar-se com Blifil, nem que se enforcasse no dia seguinte. Saiu do quarto deixando a filha prostrada, afogada em lágrimas.

A dona da estalagem onde estavam hospedados fazia dos hóspedes um estranho conceito. Mas não queria ofender o fidalgo nem provocá-lo, pois já vira que era de gênio arrebatado.

A verdade é que nem ela, nem os criados concordavam com a situação de Sofia.

Western comparecia à hora da refeição de Sofia e esperava na porta. Nesse dia, à hora do almoço, compareceu Black George, que não a via desde que ela saíra da província. Sofia recusou-se a comer, pedindo que devolvesse tudo. Era uma franga assada inteira, recheada com ovos, prato predileto da moça. Insistiu Black George com tanto cuidado e brandura que Sofia concordou em abrir a ave. Dentro, além dos ovos, havia uma carta. Este foi o querido recheio que a jovem devorou, antes de mais nada, apesar do prolongado jejum de muitos dias.

Nem seria preciso dizer da procedência da carta. Basta lembrar o diálogo entre Jones e Partridge, já referido anteriormente. Falava-lhe Jones da angústia de que estava possuído diante dos sofrimentos dela. Era mais uma carta carregada de ternura e de amor, do que portadora de notícias ou planos. Mais tarde, a jovem responderia, pois, no momento, não dispunha de material algum com que pudesse fazê-lo.

À noite Sofia ouviu discussão no pavimento inferior. Reconheceu as vozes de seu pai e sua tia, que acabara de chegar à cidade. E chegara no momento em que se achavam reunidos o pároco e o sr. Western. Perguntou pela sobrinha e se o fidalgo já fora visitar lady Bellaston.

— Já fui, já fui — respondeu Western —, e sua sobrinha está bem segura, lá em cima, no quarto.

— Como? Está minha sobrinha nesta casa e ainda não sabe que cheguei?

— Não, que ninguém pode aproximar-se dela — explicou o fidalgo —, pois está debaixo de chave. Tenho-a segura. Fui buscá-la em casa de minha senhora prima na primeira noite em que cheguei à cidade e, desde então, não a perdi de vista. Garanto que está tão segura quanto uma raposa num saco.

— Céus! — exclamou a sra. Western. — Que ouço? — E fez inúmeras censuras ao procedimento do irmão.

Iniciaram o diálogo de sempre e não demorou muito o fidalgo, aos berros, dava explicações à irmã das atitudes que tomara. E, não querendo passar por ignorante, apresentava desculpas:

— Eu tencionava prendê-la apenas enquanto Blifil não chegasse, o que não pode tardar.

Depois de muitos entendimentos, muita conversa entre os três, o pároco e a tia conseguiram a chave para soltar Sofia. O fidalgo continuou bebendo copiosamente, mas estava sereno quando os outros entraram na sala trazendo Sofia. Já vinha pronta para seguir a tia, que decidira hospedá-la nos aposentos que ocupava, pois ali não havia lugar onde pudesse ficar um ser humano.

Felizmente chegaram as cadeirinhas antes que a discussão entre os dois irmãos ficasse mais quente. Ambos eram violentos, teimosos. Ambos dedicavam grande afeição a Sofia e ambos se desprezavam recíproca e soberanamente.

Após tudo isso, Black George apareceu com uma carta de Sofia para Jones.

A jovem contava que estava com a tia Western e falava das aflições por que passara. Que prometera não ver nem falar com ninguém sem consentimento dela. Pedia-lhe que não escrevesse para ela, por enquanto.

Devolvia-lhe a nota de cem libras, dizendo que para nada lhe servia. Tudo isso comoveu muito Jones, que levou horas lendo, relendo e beijando a carta. À noite, nosso herói, acompanhado de Partridge, foi ao teatro com a sra. Miller e a filha mais moça. Assim, da primeira fila da primeira galeria, assistiram à peça *Hamlet, Príncipe da Dinamarca.*

Terminada a peça, enquanto a sra. Miller conversava com Partridge, aproximou-se de Jones uma senhora que este reconheceu ser a sra. Fitzpatrick.

Vira-o da outra parte da galeria e aproveitava a oportunidade para falar-lhe, pois tinha alguma coisa a dizer-lhe que talvez lhe fosse de grande serviço. Deu-lhe o endereço e marcou um encontro para o dia seguinte.

A sra. Western pregava um sermão sobre prudência e política matrimonial à sobrinha quando se apresentaram o sr. Western e Blifil. Assim que o viu, Sofia empalideceu e quase perdeu o uso das suas faculdades. Mas a tia aproveitou e na linguagem do irmão repreendeu-o.

— Acha que está certo — disse ela — invadir a intimidade das senhoras de condição sem o menor aviso?

— Ora, mas que raio aconteceu agora? — perguntou o fidalgo.

— Dir-se-ia que eu lhe tivesse surpreendido a...

— Deixe suas brutalidades, senhor. Assustou tanto a menina que não pode nem falar. Vai, Sofia, e procure reanimar-se.

Ao ouvir essas palavras, Sofia, que nunca recebera ordem mais agradável, retirou-se.

— Mana, parece que está louca — disse o sr. Western —, pois, quando trago o sr. Blifil aqui para cortejá-la, você a manda embora.

— E você, mano, está mais do que louco, pois, sabendo em que pé estão as coisas... Peço perdão ao sr. Blifil. Ele compreende.

Compreendeu tanto que, sem demora, despediu-se, com toda a cerimônia, não sem sentir que havia, no ar, alguma coisa que lhe era desconhecida.

Quanto ao sr. Western, jurou que Blifil veria sua filha naquela tarde ainda.

A sra. Western, logo que chegara à cidade, mandara um cartão a lady Bellaston, pois eram velhas amigas. Esta apressou-se em visitá-la.

Depois de muita conversa, o assunto passou a ser Jones. Contou lady Bellaston à amiga que o jovem havia tido o atrevimento de fazer-lhe a corte, tendo mesmo chegado a pedi-la em casamento. E entregou à prima a carta com a proposta de casamento que o leitor já teve conhecimento. A tia se espantou muito e pediu:

— Se me der licença, eu talvez possa utilizar-me desta carta.

— Pois tem o meu pleno consentimento.

Capítulo 43

A visita à sra. Fitzpatrick.
A consequência da visita.
A má sorte de Jones.

Na hora marcada, Jones se apresentou em casa da sra. Fitzpatrick. Antes de referirmos a conversação que então se travou, vamos explicar a grande mudança no procedimento dessa senhora, que, depois de trocar de residência para evitar Jones, o buscara para uma entrevista.

Basta recorrer ao que sucedera no dia anterior, quando, por intermédio de lady Bellaston, soube da chegada dos tios Western na cidade. Imediatamente partiu para uma visita ao tio. Lá foi recebida com termos ofensivos tão grosseiros que não podem ser repetidos e até ameaçada de ser posta para fora a pontapés. De lá foi à habitação da tia Western, a qual não a tratara com maior bondade, mas com outra espécie de rudeza, diferente da do irmão.

Voltara das casas de ambos convencida não só de que seu plano de reconciliação dera em nada, senão ainda de que teria de renunciar para sempre a todas as ideias de consegui-la, fosse como fosse.

A partir desse momento, o desejo de vingança foi a única coisa que lhe ocupou o espírito. E Jones seria o instrumento.

Assim foi que expôs a Jones o seu plano, que resultaria na conquista de Sofia.
Teria ele que começar conquistando a tia, como o fez o sr. Fitzpatrick, com êxito, pois conseguiu conquistar a ela, Harriet.
Jones, profundamente grato à senhora pelas boas intenções, repeliu o projeto, recusando-se mesmo a discuti-lo.
Por fim, Jones disse:
— Receio, senhora, haver feito uma visita bastante cansativa e sem proveito.
— Absolutamente, senhor — respondeu a sra. Fitzpatrick. — Sei que, depois de pensar melhor, vai resolver aceitar. Estarei em casa o dia todo.
Jones, depois de agradecer muito, retirou-se. Estava decidido a não voltar. Compreendera muito bem o olhar da moça na despedida e mulher nenhuma na Terra conseguiria arrastá-lo a um ato de infidelidade.
A sorte, porém, não era sua amiga. Decidiu tirar disso o melhor proveito e fabricou o trágico incidente que vamos, em seguida, narrar aos leitores.
No exato momento em que Jones saía da casa da sra. Fitzpatrick, o marido desta rondava, indagando, na rua, da moradia da esposa, cuja pista lhe fora fornecida pela tia Western.
Fitzpatrick não reconhecera ainda os traços de Jones, com quem brigara na estalagem. No entanto, ao ver sair da residência da esposa um sujeito bem-vestido, dirigiu-se a ele e perguntou-lhe o que estivera fazendo na casa.
— Tenho certeza de que estivestes lá dentro, pois eu vos vi sair.
Jones respondeu muito modestamente que lá estivera visitando uma senhora.
— E que tendes a ver com essa senhora? — replicou Fitzpatrick.
Reconhecendo então, a voz, os traços, o casaco do cavalheiro, Jones exclamou:
— Ah, meu bom amigo! Dai-me a vossa mão. Espero que não haja rancores entre nós, por causa de um pequeno engano ocorrido há tanto tempo.

— Senhor, não conheço o vosso nome nem o vosso rosto — falou Fitzpatrick.

— De fato, senhor — tornou a dizer Jones —, nem eu tenho o prazer de saber o vosso nome, mas lembro-me de que o vosso rosto eu vi em Upton, onde surgiu entre nós uma tola desavença que, se ainda não foi esquecida, há de sê-lo agora, ao pé de uma garrafa.

— Em Upton! — gritou o outro. — Ah, aposto que o vosso nome é Jones.

— Em realidade o é — respondeu o outro.

— Pois sois precisamente o homem que eu procurava. Juro que bebo uma garrafa convosco, mas quero, primeiro, quebrar-vos o focinho. — E, arrancando da espada, deu-lhe um golpe e colocou-se em posição de defesa.

Jones vacilou ao receber o golpe, desferido inesperadamente. Em seguida, tirou da sua e atacou com tamanha decisão que lhe derrubou a guarda e enterrou metade da espada no corpo do cavalheiro, o qual, assim que o sentiu, recuou, abaixou a ponta da espada e, inclinando-se sobre ela, gritou:

— Já recebi satisfação bastante. Sou um homem morto.

— Espero que não — disse Jones — mas, sejam quais forem as consequências, havereis de reconhecer que fostes vós o culpado. Nesse instante um grupo de sujeitos acorreu e segurou Jones. Este disse que não oferecia resistência, mas pediu que socorressem o ferido.

— Pois sim — exclamou um dos sujeitos —, o ferido será muito bem socorrido, pois creio que não tem muitas horas de vida. Quanto a vós, senhor, tendes pelo menos um mês inteiro ainda.

— Ao diabo, Jack — disse um segundo —, já não lhe é preciso fazer a viagem. O seu porto agora é outro.

E de muitas zombarias Jones foi alvo.

Na verdade aquele grupo fora contratado por lorde Fellamar e seguira Jones até a casa da sra. Fitzpatrick.

O oficial que comandava o grupo de lorde Fellamar achou melhor entregá-lo ao juiz, em vista de que as notícias era de que o cavalheiro estava à morte. Da presença do juiz Jones foi levado preso para Gatehouse. Sendo, porém, a hora bastante adiantada, Jones não quis mandar chamar Partridge.

Quando recebeu o recado, na manhã seguinte, Partridge quase morreu. De joelhos trêmulos e coração aos pulos, dirigiu-se a Gatehouse e logo entrou à presença de Jones. Apavorado com o acontecido, cheio de terror porque já corria a notícia da morte do sr. Fitzpatrick, Partridge entregou a Jones uma carta que lhe dera Black George.

Na carta Sofia dizia-se de posse da carta que continha a proposta de casamento a lady Bellaston. Dizia que reconhecia a letra e desejava nunca mais ouvir o nome dele pronunciado perto dela.

Não poderemos dar ao leitor ideia melhor do estado em que se encontrou o espírito do sr. Jones, nem dos tormentos que experimentou, senão dizendo que sua aflição era tamanha que o próprio Thwackum se teria compadecido dele.

DÉCIMA QUINTA PARTE

Contém: vários assuntos que dão continuidade à história e a encaminham para o fim. O adeus ao leitor.

Capítulo 44

*O generoso e grato
procedimento da sra. Miller.
Jones na prisão.
A história continua.*

O sr. Allworthy e a sra. Miller acabavam de sentar-se para a refeição da manhã quando Blifil, que saíra muito cedo, voltou a juntar-se a eles.

Trazia a notícia dá prisão de Jones por ter assassinado um homem.

—Vosso filho adotivo, senhor — falou Blifil —, esse Jones, revelou-se um dos maiores patifes da Terra.

— Por tudo o que é sagrado, isso é falso! — gritou a sra. Miller. — O sr. Jones não é um patife. É uma das criaturas mais dignas que existem.

— Devo confessar, senhora — falou Allworthy —, que me surpreende muito ver-vos defender com tanto calor um sujeito que não o conheceis.

— Oh, mas eu o conheço, sr. Allworthy. Eu o conheço. Eu seria muito ingrata se o negasse. Ele nos protegeu a mim e à minha pequena família. Temos todos razões para abençoá-lo enquanto vivermos. E peço a Deus que confunda os corações dos seus maldosos inimigos. Sei, verifico que ele os tem.

— Vós me surpreendeis ainda mais, senhora — disse Allworthy.
— Falais de outra pessoa, sem dúvida.
— Não, falo mesmo é dele: do sr. Jones. Nesta sala eu o vi, de joelhos, a implorar todas as bênçãos do céu sobre a vossa cabeça. Não quero mais à minha filha do que ele vos quer.
— Mas, vamos, Blifil, conte agora esse novo caso. Que foi que ele fez ultimamente?
— Matou um homem. Não digo que o assassinou porque talvez a lei não o interprete dessa forma e espero que tudo se resolva da melhor maneira.
O sr. Allworthy pareceu comovido. Exclamou:
— Então, senhora, que dizeis agora?
— Ora, pois direi, senhor, que nunca me senti mais pesarosa em minha vida. Tenho certeza de que a vítima, seja lá quem for, foi culpada. De todos os cavalheiros que já passaram por minha casa, nunca vi nenhum tão delicado e de tão boa índole.

Enquanto falava, bateram à porta. Era visita para o sr. Allworthy. Mal saíra a sra. Miller entrou o sr. Western. Vinha com a notícia de que as senhoras haviam se reunido para apelarem em favor de lorde Fellamar como candidato a marido de Sofia. Mas ele, Western, não queria. Que se apressasse, então, o casamento de Sofia com Blifil. Para aquela tarde, se possível.

— Sr. Western — falou Allworthy —, forçar uma mulher a um casamento contrário à sua vontade é um ato tão injusto que eu quisera que o proibissem as leis do nosso país.

Conversaram muito, discutiram muito, até que Blifil fez referência ao assassinato ocorrido e à prisão de Jones. O sr. Western cantava e dançava pela sala.

Em seguida, convidou o sr. Allworthy para almoçar com ele. Allworthy aceitou e o fidalgo se foi cantando, na esperança de ver Jones enforcado.

Quando o sr. Allworthy e o sobrinho saíram para encontrar o sr. Western, a sra. Miller foi contar ao genro o que ocorrera com o amigo Jones. Foram todos juntos à prisão visitar o jovem.

Enquanto Jones se mostrava satisfeito com a presença dos amigos, Partridge trouxe a notícia de que o sr. Fitzpatrick ainda vivia, embora com pouquíssimas esperanças de sobreviver.

Restava a Jones uma tristeza: ter perdido Sofia para sempre. Contou à sra. Miller a história da carta e Nightingale, o genro, confirmou tudo. Ele próprio ditara a carta para livrar Jones de lady Bellaston.

A sra. Miller ofereceu-se, então, para procurar Sofia e explicar--lhe tudo. Jones entregou-lhe um pedaço de papel que a boa mulher guardou para levar à jovem.

À saída, Nightingale encaminhou-se para indagar do estado do sr. Fitzpatrick, e a sra. Miller saiu diretamente em busca de Sofia, no que nós, agora, nos dispomos a acompanhar.

O acesso à jovem foi fácil, pois a tia dava-lhe liberdade de receber quem bem entendesse.

Sofia recebeu-a com cerimônia e cortesia.

— Não tenho o prazer de conhecer-vos, senhora.

— Não, senhora — respondeu a sra. Miller. — E peço perdão por me apresentar assim dessa maneira.

— Dizei-me, por favor, a que vindes?

— Senhora, não estamos sós — lembrou-lhe a outra.

Sofia mandou sair Betty, a criada.

Quando Betty se afastou, a sra. Miller apresentou a carta. Sofia mudou de cor e não quis nem pegar, dizendo:

— Seja de quem for, insisto em que se devolva à pessoa que a enviou.

Caiu, então, de joelhos a sra. Miller. Implorou. Contou-lhe tudo. Toda a generosidade de Jones. Todo o bem que já havia feito. Disse que era a melhor das criaturas que já existiram.

Tendo ouvido todas as histórias, sugeriu Sofia que deixasse a carta em cima da mesa. Resolveria depois.

A carta ficou sobre a mesa o tempo necessário para que a sra. Miller desaparecesse, pois logo Sofia a abriu e leu. Essa carta pouco adiantou para melhorar a situação do rapaz: confissões da própria indignidade, lamentações, protestos de fidelidade, juras. O significado da carta era um enigma para ela. Continuou, sem dúvida, zangadíssima com Jones. E, para completar, Sofia teve que sofrer a presença de lady Bellaston, lorde Fellamar e outros numa reunião que não lhe interessava. A noite, contudo, restituiu-a por fim ao silêncio do quarto, onde a deixaremos, a fim de prosseguirmos em nossa história, que qualquer coisa nos afirma haver chegado a um ponto mais feliz.

Capítulo 45

A história continua.
Muita coisa se esclarece.
A história continua ainda mais e
se encaminha para a conclusão.
A história se conclui.

Chegamos agora, leitor, à última etapa da nossa longa jornada. Portanto, como viajamos juntos através de tantas páginas, tratemo--nos como companheiros de viagem que passaram vários dias na companhia um do outro. Vamos entrar numa conversa simples e séria, como é a conversa do fim. Antes de te dizer adeus e desejar sinceramente que sejas feliz, preciso ainda te contar umas coisas. As últimas coisas. Eu mesmo ficaria desapontado se não acabasse de te contar o que iniciei. Agora, que falta tão pouco. E que tudo caminha para um final feliz.

O velho sr. Nightingale, que estava tão zangado com o filho por causa do seu casamento com Nancy, recebeu a visita do sr. Allworthy. Perdoou o filho e com ele se reconciliou, diante dos esclarecimentos do cavalheiro.

O próprio sr. Allworthy pôde entender o que se passara com seu filho adotivo Jones, porque muita verdade lhe foi posta diante dos olhos. Eram muitas pessoas de qualidade a amar, respeitar e abençoar o seu Jones. De onde teria vindo o veneno que estragara a vida do rapaz tão cheio de qualidade e tão boa índole? Isto ele ficará sabendo, e acabará vendo no jovem uma natureza humana rica, de belos dotes.

Em sua última conversa com a sra. Miller, recordara-se de certas imagens ternas ligadas a Jones que haviam trazido lágrimas aos olhos do bom homem. Tendo-o observado, disse a sra. Miller:

— Sim, sim, senhor! Seus sentimentos para com esse pobre rapaz são conhecidos, embora todo o seu empenho em disfarçá-los. Mas não há uma única sílaba verdadeira no que disseram os patifes que falaram dele. O sr. Nightingale descobriu a história toda. No caso do assassinato, os sujeitos foram contratados por um lorde, rival do sr. Jones, para fazê-lo embarcar à força num navio. O oficial que chefiava o grupo conversou com Nightingale e lastimou profundamente ao saber que o sr. Jones também é um cavalheiro e não um vagabundo comum, conforme lhe haviam dito.

O sr. Nightingale e o advogado Dowling vieram à presença do sr. Allworthy e lhe disseram que o criado de Jones queria vê-lo. Allworthy reconheceu logo Partridge e se surpreendeu.

— E sois vós o criado de Jones? — perguntou.

— Sim, senhor. Vivo com ele desde que saiu de casa.

Allworthy quis saber tudo a respeito do jovem. E Partridge foi contando. Os outros saíram e deixaram os dois conversarem à vontade. Allworthy disse:

— Sois o homem mais estranho que já vi. Por que motivo passais aos olhos do mundo como criado do vosso próprio filho?

— Vejo, senhor, que continua decidido a não acreditar em mim. Logo que saí expulso de Somersetshire fui para Salisbury, onde entrei para o serviço de um advogado, um dos melhores...

— Não é preciso ser tão minucioso — interrompeu Allworthy. — Eu conheço esse cavalheiro e sei que é um homem digno e uma honra para a profissão. Mas falai-me de vosso filho, sr. Partridge.

Partridge continuou. No final, disse soleníssimo:

— Senhor Allworthy, eu sou tão pai de Jones como sou do papa. Se Vossa Senhoria não quiser acreditar, não tardará em saber de tudo.
— Então Jones não é vosso filho e de Jenny Jones?
— Senhor, eu quisera que vós vos tivésseis enganado com respeito à mãe desse rapaz como vos enganastes com respeito ao pai.
— Céus! — disse ele. — A que aflições e sofrimentos o vício e a imprudência arrastam os homens!
Mal pronunciara essas palavras quando a sra. Waters entrou bruscamente na sala. Logo que a viu, Partridge exclamou:
— Ei-la, senhor, eis a mãe de Jones. Tenho a certeza de que ela me justificará diante de Vossa Senhoria.
A sra. Waters, sem dar atenção a Partridge, dirigiu-se a Allworthy:
— Estou tão mudada que creio não me tenhais reconhecido. Mas o assunto que tenho a tratar é da mais alta importância e queria falar-vos em particular.
Partridge recebeu ordem para afastar-se, mas antes de sair rogou à dama que o inocentasse: ele não era o pai de Jones.
— Não é ele o pai da criança? — perguntou Allworthy, mal saíra Partridge.
— Na verdade, senhor, não é. Deveis lembrar-vos de um jovem que tinha o nome de Summer, que vivia em vossa casa.
— Perfeitamente! — exclamou Allworthy. — Era filho de um clérigo de grande saber e virtude, a quem eu dedicava a maior das amizades.
— Era o que parecia, senhor. Creio que o educastes e o mandastes para a universidade. Devo dizer que nunca existiu criatura melhor, além de ser um homem bonito, educado, conceituoso.
— Pobre cavalheiro — disse Allworthy —, morreu muito cedo. Mal poderia eu pensar que ele respondesse por erros dessa natureza, pois vejo claramente que pretendeis dizer que ele era o pai de vosso filho.

— Em realidade, senhor — replicou a sra. Waters —, não o era. Oh, senhor, preparai-vos para ouvir algo que vos surpreenderá, vos afligirá. De fato esse sr. Summer, filho do vosso amigo, que viveu e morreu na sua casa e Vossa Senhoria o chorou como se fosse vosso filho, era o pai da criança, mas não sou eu a mãe!

— Mas o confessastes em minha presença!

— Sim, confessei. E estas mesmas mãos puseram a criança em vosso leito, a pedido da mãe. Por ordem dela, confessei e fui nobremente recompensada assim do meu sigilo como da minha vergonha.

— E quem poderia ser esta mulher?

—Vossa irmã era a mãe da criança que encontrastes entre vossos lençóis.

E, diante de todo o espanto do cavalheiro, contou a história toda e concluiu, dizendo:

— Assim, senhor, descobristes afinal o vosso sobrinho, pois tenho a certeza de que considerá-lo assim será não só uma honra, mas um consolo para vós.

O resto foi todo muito fácil.

Como o sr. Fitzpatrick não morreu, Jones foi solto. E como Jones era tão nobre quanto qualquer um dos fidalgos, ou mais, porque trazia com ele mais outro gênero de nobreza, seu casamento com a srta. Sofia Western foi abençoado por todos.

No meio de tudo isso uma nota triste, também revelada pela sra. Waters. Esta senhora tornara-se esposa do sr. Fitzpatrick, desde o encontro em Upton. Fora ela procurada pelo jovem Blifil, que lhe ofereceu todo o dinheiro que quisesse para depor contra Jones no processo de assassinato do marido. Também o advogado Dowling declarou ter sido procurado pelo mesmo jovem para ouvir as testemunhas oculares da luta. Disse também que Blifil afirmara ser do desejo do sr. Allworthy ver Jones bem punido. Aí, no caso, o advogado Dowling achou que devia procurar o tio do rapaz e contar tudo. E aproveitaria para falar-lhe do recado de Bridget na hora da morte:

"Dizei a meu irmão que Jones é sobrinho dele. É meu filho." Pois entregara a carta e o recado a Blifil no dia em que comunicara a morte de Bridget. Mas via que o rapaz ocultara tudo. Jones, tendo regressado da prisão, acompanhou o tio à residência do sr. Western. Foi chamada Sofia. O sr. Western disse-lhe:
— Dá-lhe a tua mão neste instante.
— Pois bem, senhor, aqui está a minha mão, sr. Jones.
— Pois bem, e consentes em casar com ele amanhã cedo?
— Obedeço, senhor. — E os dois se olharam com amor. Jones beijou-lhe as mãos.

E conservam a mais pura e a mais terna das afeições um pelo outro. Não se pode imaginar ninguém mais feliz.

Não há um vizinho ou um criado que não abençoe, com a maior das gratidões, o dia em que o sr. Jones se casou com a srta. Sofia.

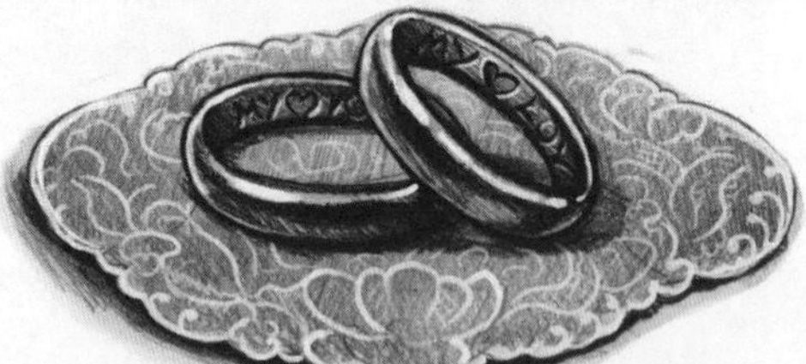

Índice

PRÓLOGO 9
INTRODUÇÃO   *A história de Tom Jones: com o que se parece e com o que não se parece.* 11

PRIMEIRA PARTE

Contém: o nascimento do enjeitado e todo o necessário para que o leitor o conheça no início da história.

CAPÍTULO 1   *O nobre sr. Allworthy e a srta. Bridget, sua irmã.* 17
CAPÍTULO 2   *Estranho acidente com o sr. Allworthy. A sra. Débora Wilkins, criada da casa. Seu procedimento e considerações oportunas sobre os filhos bastardos.* 19
CAPÍTULO 3   *Uns poucos assuntos comuns. A sra. Débora enfrenta a paróquia e a paróquia enfrenta a sra. Débora. Jenny Jones e o que pode cercar uma jovem pobre que busca o saber. Alguns outros assuntos sérios.* 24
CAPÍTULO 4   *Dois irmãos: um doutor e um capitão, hospedados pelo cavalheiro Allworthy. Algumas regras e exemplos sobre apaixonar-se e casar. Uma ingratidão fácil de explicar e difícil de entender.* 30

SEGUNDA PARTE

Contém: os primeiros anos que se seguiram ao casamento do capitão Blifil com Bridget Allworthy. Uma batalha sangrenta no setor doméstico.

CAPÍTULO 5   *Precauções religiosas contra a benevolência exagerada para com os bastardos. Um grande descobrimento feito pela sra. Débora Wilkins.* 37
CAPÍTULO 6   *Matéria para pensar e exercitar o juízo. Julgamento de Partridge, o mestre. Outros assuntos graves.* 41
CAPÍTULO 7   *A felicidade que os casais prudentes podem sacar do ódio. A sabedoria das pessoas que não fazem caso das imperfeições dos amigos.* 45

TERCEIRA PARTE

Contém: o que ocorreu na família do sr. Allworthy, desde que Tom Jones chegou à idade de 14 anos até atingir os 19. E, de vez em quando, alguma sugestão relativa à educação das crianças.

CAPÍTULO 8   *Maus prenúncios para o herói desta história. Um cavalheiro, um couteiro (espécie de vigia da caça) e um mestre de meninos. Algumas palavras sobre um tempo que contém pouco ou nada.* 49
CAPÍTULO 9   *Algumas razões mais para facilitar uma opinião sobre os dois mestres. Incidente infantil que revela uma disposição boa em Tom Jones. Os dois rapazes, Master Blifil e Tom Jones, sob aspectos diversos.* 56

CAPÍTULO 10 O que aconteceu no espaço de um ano. A srta. Sofia Western. Uma desculpa para a insensibilidade de Tom diante dos encantos de Sofia. 61

QUARTA PARTE

Contém: uma porção de tempo algo maior do que meio ano.

CAPÍTULO 11 Assuntos muito mais claros. Terrível acidente que sucedeu a Sofia. O procedimento de Tom e as consequências ainda mais terríveis desse procedimento para o jovem. 69
CAPÍTULO 12 A sra. Western. Seu caráter, sabedoria e conhecimento do mundo. O encontro: Jones e Sofia. O amor. Outros assuntos. 75
CAPÍTULO 13 O procedimento de Sofia nas presentes circunstâncias. Grande variedade de assuntos. Habilidade, sabedoria, esperteza e outras coisas também necessárias para as pessoas curtirem bem a vida. 83

QUINTA PARTE

Contém: a estreia do maravilhoso: coisas impossíveis podem ser prováveis. Muitas coisas acontecidas no espaço de meses, dias e horas, mas que não têm grandes efeitos. E um simples diálogo, entre Jones e o barbeiro, esclarece grandes coisas sucedidas há vários anos passados.

CAPÍTULO 14 Jones e a estalajadeira. Jones e o cirurgião-barbeiro. O sr. Benjamin se identifica. Jones arranja um companheiro para a viagem. 93
CAPÍTULO 15 Razões para o procedimento do sr. Partridge. Desculpas para a fraqueza de Jones e de muita gente. No fundo há sempre uma razão que desculpa tudo. 100
CAPÍTULO 16 Os diversos diálogos entre Jones e Partridge sobre vários assuntos. E uma aventura para amadurecer e enriquecer a vida de Jones. 104

SEXTA PARTE

Contém: vários assuntos que dão um grande adiantamento a esta história.

CAPÍTULO 17 Jones e mais uma aventura. A experiência do velho começa a lhe servir. Jones age certo ao encaminhar uma jovem desorientada. O outro Jones: um jovem mais maduro. Começamos a conhecer um certo sr. Thomas Jones. 115
CAPÍTULO 18 Uma paz segura e duradoura entre todas as partes. Uma batalha do gênero amoroso. 119
CAPÍTULO 19 Uma conversa amistosa na cozinha. Uma conclusão comum, não muito amistosa. A sra. Waters. Métodos infalíveis para se ganhar a antipatia alheia. 124

SÉTIMA PARTE

Contém: algumas instruções que devem ser lidas com a maior atenção pelos leitores modernos. E assuntos que dão grande adiantamento à história.

CAPÍTULO 20 A chegada de um cavalheiro irlandês. aventuras na estalagem. Coisas boas a serem aprendidas por pessoas de qualidade. Uma amável senhora e sua desamável criada. A história se adianta. A história retrocede. Conclusão da aventura na estalagem. 131

CAPÍTULO 21   As aventuras com que topou Sofia depois de sair de Upton. Um Sol. Uma Lua. Uma estrela e um anjo. A sra. Fitzpatrick. 144
CAPÍTULO 22   Um engano do estalajadeiro deixa Sofia num terrível embaraço. Alvoroço na estalagem. Uma carruagem. 154

OITAVA PARTE

Contém: uma ou duas observações nossas. Muitas outras de boas pessoas.

CAPÍTULO 23   Feitio heroico de Sofia. A sua generosidade. Como lha atribuíram. A partida do grupo e a sua chegada a Londres. 163
CAPÍTULO 24   Uma ou duas referências à virtude e algumas à desconfiança. 165
CAPÍTULO 25   O sr. Western não encontra a filha, mas encontra alguma coisa que lhe põe fim a esta caçada. 169

NONA PARTE

Contém: mais algumas aventuras de Tom Jones, em que a sorte parece ter-se mostrado de melhor humor em relação a ele, do que, até agora, tem sido.

CAPÍTULO 26   A partida de Jones de Upton e o que se passou entre ele e Partridge na estrada. 175
CAPÍTULO 27   A aventura de um mendigo. Outras aventuras com que Jones e Partridge se defrontaram na estrada. 180
CAPÍTULO 28   As melhores coisas podem ser mal compreendidas e mal interpretadas. A sorte começa a mostrar-se de melhor humor para Jones. 186

DÉCIMA PARTE

Contém: pouco mais que umas poucas observações esquisitas.

CAPÍTULO 29   A sorte parece continuar sorrindo para Jones. O sr. Jones e o sr. Dowling, o advogado. 197
CAPÍTULO 30   O sr. Jones e o sr. Dowling. Um brinde feito às coisas muito importantes da vida. 203
CAPÍTULO 31   Os desastres que sucederam a Jones em sua ida para Coventry: com os sábios reparos de Partridge. Jones prossegue sua jornada. 207

DÉCIMA PRIMEIRA PARTE

Contém: o que sucedeu ao sr. Jones em sua viagem, depois de partir de St. Albans, e alguns outros assuntos. O sr. Jones em Londres.

CAPÍTULO 32   Um diálogo entre Jones e Partridge. Primeiras aventuras a caminho de Londres. 217
CAPÍTULO 33   O que sucedeu ao sr. Jones ao chegar a Londres. Um projeto da sra. Fitzpatrick e sua visita a lady Bellaston. 225
CAPÍTULO 34   Visitas e mais aventuras do sr. Jones em Londres. 231

DÉCIMA SEGUNDA PARTE

Contém: assuntos muito diversos dos capítulos anteriores.

CAPÍTULO 35   *Todas as fantasias de uma festa de mascarados.* 239
CAPÍTULO 36   *Uma suspeita de Partridge e um capítulo curto que pode surpreender o leitor.* 245
CAPÍTULO 37   *Um encontro. O encontro.* 249

DÉCIMA TERCEIRA PARTE

Contém: vários e estranhos assuntos.

CAPÍTULO 38   *A história prossegue. As mentiras. Os amores. As intrigas. As paixões. Os seres humanos.* 261
CAPÍTULO 39   *A carta de Sofia. A carta de Jones. Outros assuntos.* 268
CAPÍTULO 40   *Ainda a generosidade de Jones. Sombrio projeto contra Sofia. O sr. Western descobre a filha.* 271

DÉCIMA QUARTA PARTE

Contém: em parte, fatos e, em parte, observações sobre eles.

CAPÍTULO 41   *Como o sr. Western descobre a filha. Infortúnios de Jones.* 283
CAPÍTULO 42   *Infortúnios de Sofia. A sorte continua ruim para Jones. Aparece Blifil.* 293
CAPÍTULO 43   *A visita à sra. Fitzpatrick. A consequência da visita. A má sorte de Jones.* 298

DÉCIMA QUINTA PARTE

*Contém: vários assuntos que dão continuidade à história
e a encaminham para o fim. O adeus ao leitor.*

CAPÍTULO 44   *O generoso e grato procedimento da sra. Miller. Jones na prisão. A história continua.* 305
CAPÍTULO 45   *A história continua. Muita coisa se esclarece. A história continua ainda mais e se encaminha para a conclusão. A história se conclui.* 309

Este livro foi impresso na Intergraf Ind. Gráfica Eireli.
para a Editora Rocco Ltda.